ro
ro
ro

FRL. KRISE wurde 1948 am Niederrhein geboren, ihre Eltern waren Lehrer. Nach dem Studium, Biologie und Kunst, arbeitete sie an Gesamtschulen in Hessen und Berlin, mittlerweile ist sie pensioniert. Sie hat zwei Töchter mit einem Lehrer und ist jetzt mit einem Nicht-Lehrer liiert. Ihr erstes Buch, «Ghetto-Oma», erzählt von unglaublichen Schulgeschichten und erklomm die Bestsellerliste.

FRAU FREITAG, geboren 1968, unterrichtet Englisch und Kunst an einer Gesamtschule. Ihre Bücher «Chill mal, Frau Freitag!», «Voll streng, Frau Freitag!», «Echt easy, Frau Freitag!» und «Für mich ist auch die 6. Stunde ...» standen allesamt auf der Bestsellerliste. Trotzdem geht sie nach wie vor jeden Morgen in die Schule.

«Witzig, rasant, einfach urkomisch. Pflichtlektüre!»
WESTFÄLISCHE NACHRICHTEN

«Witzig, treffend und brutal real.» **WESER KURIER**

«Witzige Geschichten aus dem Katastrophengebiet Schule, kombiniert mit einem Kriminalfall – temporeich, absurdkomisch, unterhaltend.» **BUCHMARKT**

«Ein temporeiches Buch voll Witz und leichter Ironie, nicht nur für geplagte Lehrkörper sehr unterhaltsam.» **HANNOVER LIVE**

FRAU FREITAG UND FRL. KRISE

Hurra, hurra, die Schule brennt

KRIMINALROMAN

ROWOHLT TASCHENBUCH VERLAG

Originalausgabe
Veröffentlicht im Rowohlt Taschenbuch Verlag,
Reinbek bei Hamburg, Juni 2017

Umschlaggestaltung Cornelia Niere, München
Umschlagabbildung ollo / iStockphoto.com
Gesamtherstellung CPI books GmbH, Leck, Germany
ISBN 978 3 499 29098 5

Hurra,
hurra,
die Schule
brennt

PROLOG

«Ob das heute ein guter Tag zum Sterben ist?» Jessica lehnte die große Leiter gegen den Schrank des Vorbereitungsraumes. Die Leiter wackelte, sie war alt und kaputt – wie alles in dieser Schule. Ein Wunder, dass das Teil noch nicht zusammengebrochen war.

War der Schrank hoch! Seine Oberseite sollte sie abwischen, so ein Schwachsinn! Der Hausmeister hatte echt einen Knall. Der ganze Kunstbereich sei in einem verheerenden Zustand, hatte er gesagt, und irgendwo müsse man ja mal anfangen, gründlich zu putzen.

Sie stieg langsam hinauf, zum Glück war sie schwindelfrei.

Na, eins stand fest, lange würde sie hier nicht mehr arbeiten, schließlich hatten sich in letzter Zeit noch andere, viel angenehmere Verdienstmöglichkeiten aufgetan ...

Sie wirbelte eine dicke Staubschicht mit ihrem Tuch auf. Ekelhaft, seit Bestehen der Schule hatte hier garantiert noch nie jemand sauber gemacht.

«Noch drei Stunden», murmelte sie. «Gott sei Dank! Dann könnt ihr mich alle mal.»

Wochenende ... endlich! Hoffentlich klappte die Verabredung mit dem Cabrio-Typen, den sie neulich im Club kennengelernt hatte! Sie lächelte. Der war voll auf sie abgefahren – da ließ sich bestimmt einiges machen, auch finanziell ...

Im Nebenraum knackte es laut.

Jessica hielt mitten in ihrer Bewegung inne und runzelte die Stirn.

Was war das? War da jemand?

Sie wandte sich um, aber leider konnte sie nicht um die Ecke in den anderen Raum hineinsehen.

Es war aber auch schon wieder still. Sie hatte sich wohl geirrt.

Sie warf das Tuch in den Eimer, der an der Leiter hing, und wusch es aus. Das Wasser färbte sich dunkel.

Da!

Hatte sie nicht gerade wieder etwas gehört?

Ja! Da waren doch Schritte, oder? Als ob jemand nebenan herumschlich. Jessica klammerte sich an der Leiter fest.

Wer konnte das sein? Der Hausmeister nicht, der hatte einen Termin an einer anderen Schule. Ein Lehrer? Nein, die waren doch längst alle zu Hause.

Seltsam. Sie lauschte.

Nichts.

Unheimlich war das ... sollte sie jetzt herunterklettern und nachsehen? Nein, sie wollte fertig werden, und doch ...

«Hallo!», rief sie. «Hallo, ist da wer?» Ihre Stimme zitterte.

Sie wartete auf Antwort, doch niemand steckte den Kopf zur Tür hinein und sagte einen beruhigenden Satz wie: «Alles gut, ich hab nur mein Notenbuch vergessen.»

Ihr wurde auf einmal ganz heiß.

Sie war alleine in diesem Gebäude, in das jeder, aber auch wirklich jeder, hineinspazieren konnte! Einfach durch die offene Schultür, dann ungesehen durch die Halle, das Treppenhaus hoch und ...

Jeder! Also auch ...

Sie schrie.

«Frau Freitag, gehen wir noch zu Onkel Ali?»

«Unbedingt! Ich brauche jetzt ein Feierabendbier. Oh Mann, es ist ja schon sechs Uhr. Warum ziehen sich Gesamtkonferenzen bei uns eigentlich so in die Länge?»

Frl. Krise rollt mit den Augen, deutet mit ihrem Kopf auf Frau Krause und flüstert: «Unter anderem weil sich einige Leute vor dem neuen Kollegen dicketun wollen!»

Der Neue ist Basti aus Bayern. Er ist ganz nett, jedenfalls bemüht er sich sehr, alles richtig zu machen und gut gelaunt rüberzukommen. Er lächelt immer, und ich habe ihn auch noch nie schlecht über Schüler reden hören. Komisch eigentlich. Hier im Lehrerzimmer lässt doch niemand ein gutes Haar an denen. Frl. Krise wühlt in ihrem Fach. Kann sie das nicht Montag machen? Ich bin jetzt seit acht Uhr in der Schule und will endlich raus.

«Frau Freitag, sag mal, hast du meine Uhr gesehen? Ich meine, ich hätte die in mein Fach gelegt.»

«Warum das denn?» Klingt nach einer seltsamen Übersprungshandlung. Das sähe Frl. Krise ähnlich ...

«Ich hab doch abgewaschen, und meine Uhr ist nicht wasserdicht. Ich hatte da schon mal so Wassertropfen drin, die ich ...»

«Laaaaaangweilig! Können wir langsam gehen, Frl. Krise?» Jetzt hat sie alle Zettel aus ihrem Fach geräumt, den ganzen Haufen auf den Tisch gelegt und hält jedes einzelne Blatt hoch.

«Du, Frl. Krise, mein Schulschlüssel ist auch weg», ruft Frau Nolte und kippt den Inhalt ihrer Tasche auf den Tisch neben dem Kopierer. Es gibt ja wohl nichts Schlimmeres als Leute, die dauernd ihren Schlüssel, ihr Handy oder ihr Portemonnaie suchen. Frl. Krise ist so jemand. Dass Frau Nolte auch ...

«Monika, ich glaube, hier war jemand im Lehrerzimmer und hat uns beklaut», sagt Frl. Krise und dreht sich zu mir.

«Frau Freitag, vielleicht vermisst du ja auch irgendwas.»

«Was denn? Meinen Schlüssel und mein Portemonnaie habe ich in der Hosentasche.» Ich würde nie mein Geld im Lehrerzimmer lassen, und mein Handy ist hinten in meiner Schulta... «Auweia, mein Handy ist weg! Hier war ein Dieb! Keiner verlässt den Raum! Frl. Krise, ruf sofort die Polizei!»

2

Nach der Konferenz fallen Frau Freitag und ich wie üblich in Onkel Alis Späti ein, denn hier gibt es alles, was der abgekämpfte Lehrkörper nach dem Unterricht dringend braucht: Kaffee, Zigaretten, Süßigkeiten, ein bisschen privacy – die Kollegen bevorzugen die umliegenden Cafés – und vor allem Onkel Alis coolen Rat in allen Lebenslagen. Tag und Nacht steht er hinter seiner Theke, verkauft Zeitungen, Bier, Ravioli und Katzenfutter und lässt sich im Gegenzug von seiner Kundschaft mit den Kiez-News versorgen. Ach ja – und eigentlich heißt er Hüseyin, aber außer seiner Frau nennt ihn niemand so.

Onkel Ali greift sofort zur Kaffeekanne, als er Frau Freitag und mich sieht, aber wir ordern zwei Mädchenbiere. Leider ist gerade Familienbesuch da, irgendein Neffe oder Cousin mit stark geschminkter Freundin lungert an der Theke herum, und wir können gar nicht mit unserem Diebstahl punkten, sondern müssen uns in den Hintergrund des Ladens zurückziehen.

«So ein Mist. Die Uhr hat mir Männe zu Weihnachten geschenkt. Bestimmt hat der komische Kerl sie eingesteckt, der neuerdings bei uns putzt. Weißt du, wen ich meine?»

«Na klar, sofort werden die Putzleute beschuldigt. Frl. Krise, ich glaube, das war dieser neue Kollege. Dieser Typ aus Bayern. Der war nämlich während der Konferenz im Lehrerzimmer, und da ...»

«Woher weißt du das?»

«Ich war doch auch draußen.»

«Im Lehrerzimmer? Ich dachte, du warst auf dem Klo!»

«War ich ja auch, aber dann, äh ... na ja, ich wollte noch schnell eine rauchen, und meine Kippen waren doch in meiner Schultasche im Lehrerzimmer, und da habe ich diesen Basti rauskommen sehen. Wenn ich jetzt drüber nachdenke ... der war irgendwie ganz komisch. So überrascht. Warum hab ich das nicht der Polizei gesagt? Gib mal dein Handy, ich mach das jetzt noch. Die sollen den ins Kreuzverhör nehmen.»

«Dann kannst du aber auch damit rechnen, dass die dich in die Mangel nehmen, Frau Freitag, schließlich warst du auch im Lehrerzimmer.»

«Meinst du, ich hab mein eigenes Handy geklaut? Und was soll ich mit dem Schulschlüssel von der Nolte? Ich hab doch selber einen ...»

«Der Dieb muss auch einen gehabt haben, hat die Polizei gesagt, das Schloss vom Lehrerzimmer ist völlig intakt!»

«Siehste – Herr Sebastian Huber!»

«Das versteh ich nicht, wieso der, Frau Freitag?»

«Mann, Frl. Krise, denk doch mal nach. Dieser Huber ... der ist ganz neu an der Schule. Vielleicht ist der gar kein Lehrer.

Der hat einfach seine Papiere gefälscht, sich bei uns eingeschlichen, klaut einen Schulschlüssel, um von sich abzulenken, und dann plant er das ganz dicke Ding. Wirst du sehen. Heute war nur der Anfang.»

«So ein Quatsch! Was gibt es denn schon groß bei uns zu holen? Vielleicht ausgestopfte Vögel ...»

«Laptops, Beamer und vor allem Stempel. So Beglaubigungsteile und Zeugnisformulare, das kannst du doch alles verticken.»

«Du hast echt eine kriminelle Phantasie, Frau Freitag, da wäre ich gar nicht draufgekommen. Ich glaub das trotzdem nicht. Was sollte er auch mit meiner Uhr anfangen ... aber Männe wird schön sauer sein, er war damals so stolz, dass er die aufgetrieben hat.»

«Du musst es ihm doch gar nicht erzählen. Kauf dir so eine einfach noch mal bei eBay. Das merkt der doch gar nicht.»

3

Der schönste Teil des Wochenendes ist doch immer wieder der Freitagnachmittag. Da liegt das ganze Wochenende noch so herrlich unangebrochen vor einem. Ich muss mir jetzt gut überlegen, was ich mache: mich auf die Couch legen, eine Runde schlafen oder ...

RrrrrrrrrrRrrrrrrrRrrrrrrrr

Oh, Mist, mein Handy. Die Brendel. Was will die denn von mir? Bestimmt hat sie wieder das übliche Desaster in meiner Klasse erlebt und will sich beschweren. Ach nee, sie ist ja krank, fehlt schon seit ein paar Tagen. Weshalb ruft sie dann an? Das kann nichts Gutes bedeuten, bestimmt soll ich irgendwas für sie in der Schule regeln. Nee, meine Liebe! Ohne mich. Ich räume jetzt die Spülmaschine aus, davon hab ich mehr.

RrrrrrrrrrRrrrrrrrRrrrrrrrr

Schon wieder die Brendel.

Wenn ich jetzt nicht mit ihr spreche, hab ich sie bestimmt das ganze Wochenende am Bein, ich kenne sie! Sie tut immer so sanft, aber sie lässt nicht locker, wenn sie etwas will.

«Hallo, Susanne!»

«Frl. Krise, hallo, ich will nur schnell was durchgeben: Die Schule brennt!»

«Hä? Was? Die Schule brennt? Susanne, bitte! Mit so was macht man keine Scherze!»

«Nein, Frl. Krise! Das ist kein Scherz! Es brennt wirklich.»

«Oh nein! Aber ich bin doch eben erst aus der Schule gekommen! Als ich ging, hat noch nichts gebrannt! Woher weißt du das überhaupt? Du bist doch krank, oder?»

«Ja, ich bin zu Hause, aber der Tobias hat mich angerufen, der ist vor Ort, und ich fahre jetzt auch sofort hin! Los, schwing dich aufs Fahrrad, Frl. Krise!»

Ich lasse das Handy fallen. Die Schule brennt! Soll ich das glauben? Susanne ist seit drei oder vier Tagen krankgeschrieben. Die Ärmste, es ging ihr nicht gut in letzter Zeit. Ich glaube, sie hatte wieder Liebeskummer, und soweit ich weiß, wirft sie allerlei ein, um ihre Stimmung aufzuhellen. Hat sie neulich selbst erzählt: Johanniskraut, Bachblüten, Vitamin B, Magnesium – keine Ahnung, was noch alles. Vielleicht bekommt man Halluzinationen, wenn man dieses ganze Zeug unkontrolliert nimmt …

Eine dicke dunkle Wolke treibt träge quer über den blauen Himmel. Ich sehe sie sofort, als ich aus dem Haus trete. Das muss der Brand sein! Ist das crazy, ich kann es nicht glauben! Kurz vor der Schule stoße ich fast mit Sina und Hakan aus der Sieben zusammen, die rennen, ohne nach rechts und links zu gucken, mir genau vors Fahrrad.

«Es brennt», schreit Hakan völlig entfesselt, «es brennt, es brennt! Die Schule brennt.» Das Wort «Hurra» hat er sich gespart, wahrscheinlich befindet es sich gar nicht in seinem Wortschatz, aus seinem Tonfall war es aber deutlich herauszuhören.

Der Rauch quillt aus den Fenstern des vierten Stocks – oh Gott, da oben ist doch unser Kunstbereich! Da habe ich doch vorhin noch so schön mit dem Wahlpflichtkurs Zehn gearbeitet! Große Bilder im Stil der Pop-Art haben die Schüler gemalt, wochenlang sind sie schon damit beschäftigt. Oh nein, Leinwand brennt bestimmt weg wie nichts ...

Brandgeruch liegt in der Luft, offenes Feuer ist nicht zu sehen. Zwei Feuerwehrwagen mit tierisch lauten Sirenen biegen neben mir auf den Schulhof ein. Dabei sind schon mehrere Löschzüge im Einsatz, Feuerwehrleute rennen hin und her, Schläuche werden verlegt, eine riesige Leiter wird ausgefahren, und zwei Polizisten sperren einen Teil des Schulgeländes mit rot-weißem Flatterband ab.

Der restliche Schulhof wimmelt vor Menschen. Hauptsächlich Gaffer von der Straße stehen reglos mit nach oben gerichteten Gesichtern und offenen Mündern da, aber auch einige Schüler flitzen aufgedreht hin und her.

Ach, und da sind ja auch die Kollegen und unser Schulleiter! Der arme Fischer! Er ist leichenblass. Frau Nolte ringt verstört die Hände, Basti Huber diskutiert mit einem Feuerwehrmann, und Tobias Voss hält die schluchzende Susanne im Arm.

Plötzlich knallt es laut. Alle schreien auf. Glasscherben rieseln auf den Hof, und hinter den Fenstern des vierten Stocks zucken Flammen hoch. Man hört ein lautes Knistern und Prasseln. Garantiert verbrennen da gerade unsere schönen Papiervorräte, sämtliche Materialien, alle Schülerarbeiten – ja toll, mein ganzer Unterricht, nein, mein Arbeitsplatz wird hier in Schutt und Asche gelegt!

Herrgott noch mal, warum tut denn keiner was? Es fehlt nicht mehr viel, und die gesamte Etage brennt lichterloh! Nun kommt auch noch Wind auf. Der Rauch ändert seine Farbe, er wird dunkler und dichter und treibt in dichten Schwaden über den Schulhof.

Die Feuerwehrleute rufen sich Kommandos zu, und endlich, endlich richten sie die Schläuche auf die Flammen. Das Wasser schießt aus allen Rohren. Das wurde aber auch Zeit! Hoffentlich ist es nicht schon zu spät! Hoffentlich bekommen sie das noch in den Griff ... hoffentlich, hoffentlich ... nicht auszumalen, wenn auch noch der Dachstuhl Feuer finge oder ...

Frau Freitag stürzt auf mich zu: «Frl. Krise! Frl. Krise! Ich sag dir nur eins! Kein Unterricht mehr bis zu den Sommerferien!»

4

«Auwei, auwei, ob jetzt die ganze Schule abbrennt?» Monika Nolte hat sich neben uns gestellt und schüttelt den Kopf: «Was das kosten wird. Die müssen ja das gesamte Dach neu aufbauen. Der arme Fischer.» Als ob unser Schulleiter die Arbeiten aus eigener Tasche bezahlen müsste! Automatisch gucken Frl. Krise, Frau Nolte und ich zu Herrn Fischer, der neben einem Polizisten steht.

«Ja, das wird bestimmt nicht billig», sagt Frl. Krise. «Aber wenigstens können die uns gleich mal ein paar vernünftige

Waschbecken einbauen, falls die Kunsträume überhaupt noch renoviert werden können ...»

«Wieso die Kunsträume?» Ich bin verwirrt.

«Der Brand ist doch in eurem Kunstvorbereitungsraum ausgebrochen», sagt Frau Nolte. In ihrem Ton schwingt die Überheblichkeit des Informationsvorsprungs mit.

Frl. Krise stößt mich mit dem Ellbogen an: «Was hast du da heute für heiße Sachen gemacht?»

«Ich? Wieso ich? Was hab ich damit zu tun?»

Frl. Krise dreht sich zu Monika. «Man weiß noch nicht, was den Brand ausgelöst hat, oder?»

Monika schüttelt den Kopf. «Nee, aber bei unserem maroden Gebäude war das bestimmt die Elektrik, ein Kabelbrand oder so was. Vielleicht aber auch ...»

Frau Nolte und Frl. Krise haben ja keine Ahnung. Ich glaube, ich weiß, wie der Brand entstanden ist. Ich weiß auch, wer den gelegt hat. Na ja, gelegt ... Das war eher ein Unfall. Ein unglücklicher Zufall, also Unfall. Ich wollte doch nicht meine eigene Schule anzünden. Und überhaupt ist das doch nicht meine Schuld. Wenn die Schulleitung mir immer so einen blöden Stundenplan gibt, wo ich vier Stunden hintereinander Kunst unterrichten soll ... und dann geh mal in den Pausen runter auf den Raucherhof. Das schaffst du gar nicht. Da würdest du immer zu spät zum Unterricht kommen. Da muss ich doch im Kunstvorbereitungsraum rauchen. Ich mach doch auch immer das Fenster auf, und bisher ist ja auch noch nie ...

«Frau Freitag, was ist denn mit dir?»

«Ich, äh, Frl. Krise, kommst du kurz mit auf die Straße? Ich muss mal eine rauchen.»

«Kann ich verstehen. Manchmal vermisse ich die Zigaretten wirklich.»

«Fang doch wieder an.» Ich halte ihr meine Packung hin, aber sie verzieht nur angewidert das Gesicht. «Bist du jeck?»

Ah, endlich rauchen, endlich ein paar Meter weg. Weg vom Tatort. Weg von ...

«Frau Freitag, was hast du denn? Du bist plötzlich so komisch. Was ist denn mit ‹Hurra, hurra, die Schule brennt›? Ich dachte, das war immer dein Traum: Die Schule bleibt bis auf weiteres geschlossen, kein Unterricht bis zu den Sommerferien.»

«Ja, schon, aber, also, ich ...»

«Was denn?»

«Frl. Krise, ich muss dir was sagen.»

«Was denn?»

«Also ich ...»

«Frau Freitag, waaas denn?»

«Du musst schwören, dass du es niemandem sagst.»

«Du bist schwanger!»

«Hä? Quatsch. Wie kommst du denn jetzt dadrauf?»

«Na, du hast am Bauch etwas ...»

«Frl. Krise, nein, ich bin nicht schwanger. Aber du musst mir hoch und heilig versprechen, dass du nieeemals jemandem sagst ...»

«Ja, ja, nun spuck's schon aus. Ich schwöre auf alles.»

«Ich glaube, ich bin schuld an dem Feuer.»

Frl. Krise guckt mich an. Stumm. Dann schüttelt sie den Kopf. «DU? Wieso solltest du denn ...?»

«Ich hab da oben geraucht, und vielleicht war die Zigarette nicht richtig aus, und dann ist ein Funken auf ...»

«Ach Quatsch. Frau Freitag, nun hör mal auf zu spinnen. Das war die Elektrik. Da ist doch alles im Arsch in unserer Schule. Der Fischer hat da doch jahrelang nichts machen lassen. Ich bin sicher, der Brand hat nichts mit dir und deinem Rauchen zu tun.»

«Und wenn doch?»

«Nun warte erst mal ab.»

«Soll ich nicht gleich zu dem Polizisten gehen und dem sagen, dass ich ...»

«Frau Freitag, nun hör doch mal auf mit dem Quatsch. Jetzt lässt du die Männer in den weißen Anzügen ihre Arbeit machen. Wirst sehen, die sagen uns spätestens am Montag, dass ein Kabel durchgeschmort ist. Bestimmt!»

Vielleicht hat Frl. Krise ja recht. Vielleicht ist dieser Scheißbrand gar nicht meine Schuld. Aber was, wenn nun meine Zigarette doch ...

«Frl. Krise, aber was ist, wenn ich doch schuld bin? Was passiert dann mit mir? Werde ich dann entlassen?»

«Na, das Rauchen ist ja auf dem gesamten Schulgelände verboten, und im Schulgebäude ...»

«Auweia, muss ich dann die ganze Schule bezahlen? Was wird das denn kosten?»

«Ach, das bezahlt doch die Versicherung.»

«Meinste? Frl. Krise, kannst du Männe mal fragen, wie das mit der Versicherung ist, ob die auch bezahlt, wenn man ... also bei schuldhaftem Verhalten, also wegen der Zigarette, das ist ... Ja, und zahlt das denn meine Haftpflicht überhaupt, oder braucht man da Berufshaftpflicht, oder ...»

«Frau Freitag, jetzt beruhige dich!»

«Aber fragst du Männe?»

«Ja, ja, mach ich. Wenn ich den mal wieder sehe.»

«Fragst du ihn?»

«Ja, Frau Freitag, ich frag ihn! Versprochen.»

«Und Frl. Krise, kein Wort zu irgendjemandem! Bitte!»

5

«Los, Basti, lass uns noch kurz zu Onkel Ali gehen, ich kann jetzt unmöglich nach Hause.»

«Onkel Ali? Wer ist das denn?»

Ich zeige auf den kleinen Späti, auf den wir gerade zusteuern.

«Der Chef von diesem Laden. Frau Freitag und ich sind hier Stammkunden.»

Basti bleibt abrupt stehen und zieht mich mit festem Griff am Oberarm zurück.

«Vorsicht! Auto, Frl. Krise!» Ein schwarzer BMW rauscht gefährlich nahe an der Bordsteinkante und mir vorbei.

«Huch! Danke, Basti! Oh Mann, ich glaube, ich bin ganz schön durch den Wind.»

Basti schiebt seine Hand unter meinen Ellenbogen: «So, jetzt können wir rübergehen. Übrigens, was ist denn eigentlich mit Frau Freitag los, weshalb wollte die nicht mit?»

«Keine Ahnung. Ich glaube, die ist total geschockt. Die wollte nur noch nach Hause und nichts mehr hören und sehen.»

Onkel Ali hat die Neuigkeiten schon vernommen. Er weiß fast besser Bescheid als wir. «Dit soll ja Brandstiftung jewesen sein», sagt er, «dit war jarantiert eener von eure Schüler!» Er schiebt uns zwei Tassen Kaffee über die Theke zu. «Willste ooch noch een kleen Cognac, Frl. Krise, uff den Schreck hin?»

«Ja, gerne!»

«Das wärmste Jäckchen ist das Conjäckchen», sagt Basti leise und lacht.

Der Cognac tut mir richtig gut. Er breitet sich in meinem Körper aus wie eine kleine Sonne, und ich fühle mich auf einmal leicht und beschwingt.

Wir ziehen uns in den hinteren Teil des Ladens zurück. Früher konnte man in diesem Raum an vier Rechnern ins Internet gehen, doch jetzt will Onkel Ali hier eine gemütliche Sitzecke einrichten. Natürlich nur für Stammkunden. Noch sieht es aber unwirtlich aus, überall stapeln sich Kartons, und Bastian setzt sich etwas zögernd an das einzige Tischchen.

«Das ist ja hier fast wie in meinem Zimmer», sagt er. «Ich habe auch gerade gestern gepackt, weil ich raus muss.»

«Du ziehst aus? Warum das denn? Du bist doch gerade erst eingezogen, oder?»

«Ja, schon. Ich hatte auf die Schnelle nur dieses WG-Zimmer gefunden, und mein Vermieter hatte gesagt, dass ich ein Semester dableiben könnte. Aber jetzt setzt er mich auf die Straße, weil der ursprüngliche Bewohner angeblich überraschend aus dem Ausland zurückkommt.»

«Ach so! Und du hast noch nichts Neues gefunden?»

«Nein, du weißt doch, wie schwierig das in Berlin ist.»

Basti rührt stumm in seinem Kaffee. Er seufzt tief. «Heute Abend muss ich das Zimmer übergeben, und ich weiß ehrlich gesagt noch gar nicht, wohin mit mir! Ich werde es wohl mal mit einem Hostel versuchen müssen. Kennst du zufällig eins in der Nähe der Schule?»

Der arme Mann. Alleine in einer wildfremden Stadt ohne vernünftige Bleibe und dann auch noch an einer Schule arbeiten, die gerade halb abgefackelt ist. Das ist ja Horror! Und in ein Hostel will er ziehen! Er weiß wohl nicht, wie es da zugeht!

Schlimmer als auf Klassenfahrt – Tür an Tür mit besoffenen Engländern und kreischenden jungen Dingern.

Ach Gott – wie gut ich es habe! Ich bewohne quasi alleine eine ganze Vierzimmerwohnung! Wohnzimmer, Schlafzimmer, Arbeitszimmer, Gästezimmer, Küche und Bad. 120 qm. Altbau, zweiter Stock. Und in Laufnähe der Schule.

Okay, Männe wohnt natürlich auch noch da, aber der ist ja unter der Woche ständig in Hannover. In letzter Zeit kam er sogar öfter nicht mal am Wochenende nach Hause. Frau Freitag hat mich schon gefragt, ob wir vielleicht eine Beziehungskrise hätten, und ja, ich musste zugeben, dass es bei uns in letzter Zeit nicht ganz rundläuft. Wir sprechen kaum noch miteinander, wir unternehmen gar nichts mehr zusammen, von Zärtlichkeit und Erotik will ich gar nicht – ach nein, schön ist das alles nicht. Irgendwie haben wir uns wohl ein bisschen auseinandergelebt, Männe und ich. Jetzt ist er gerade in Hannover, und dann fährt er von da aus nach Brüssel auf eine superwichtige Tagung, und anschließend will er noch nach … ach, vergessen, wohin. Genf oder so.

Basti lächelt mich an. «Frl. Krise? Ich hatte dich gefragt, ob du ein Hostel …?»

«Entschuldige bitte, Basti. Ich war ganz in Gedanken. Nein, ich kenne kein empfehlenswertes Hostel, weder in der Nähe der Schule noch anderswo, aber ich habe eine viel bessere Idee.»

6

Oh Mann, ich hasse dieses Internet. Wenn man wirklich mal was sucht, dann findet man nichts. Von wegen Informationsgesellschaft. Bei der Eingabe *Schule brennt Lehrer ist schuld* kommen da nur so Zeitungsartikel, dass wir Lehrer schuld seien an der Bildungsmisere. Und wenn ich frage, was man als Lehrer für eine Strafe erwarten kann, dann steht da nur, dass der Lehrer nicht schlagen und niemanden in die Ecke stellen darf. Ich will wissen, was jetzt mit der Gebäudeversicherung ist.

Also, neuer Versuch: *Wer zahlt im Brandfall?* Vielleicht noch: *Schule.*

Na toll, jetzt kriege ich tausend Brandschutzverordnungen. Verhalten im Brandfall in Gemeinschaftsschule.

Ah, hier: ... *bei Bränden zahlt die Gebäudeversicherung oder der Brandverursacher.* Aber da steht nicht, welche Strafe es bei Brandstiftung gibt. Wenn ich das alles alleine bezahlen soll ... das schaffe ich nie. Wahrscheinlich darf ich ja auch gar nicht mehr arbeiten. Und selbst wenn, wie soll ich denn jemals für so einen Riesenschaden aufkommen? Vielleicht finden die ja gar nicht raus, dass ich das war. Aber die Versicherungen haben doch bestimmt ein großes Interesse daran, einen Täter zu finden. Dann müssen sie nichts bezahlen.

Vielleicht befragen die uns alle. Und dafür benutzen sie bestimmt einen Lügendetektor. Da kriegen die doch dann gleich raus, dass ich da oben geraucht habe. Ich kann doch so schlecht lügen.

Und Frl. Krise tut so, als sei das sooo unwahrscheinlich, dass meine Zigarette ... ja, ich habe ihr auch nicht gesagt, dass ich den Aschenbecher in den Papierkorb entleert habe. Vielleicht hat da noch was geglüht. Ich konnte ja nicht warten und checken, ob sich Rauch bildet. Es hatte doch schon geklingelt, und ich musste in die Neunte von der Brendel. Wenn man da nicht pünktlich im Raum ist, dann nehmen die den auseinander. So schnell kann man gar nicht gucken. Vielleicht gebe ich mal «Schwelbrand» als Suche ein. Ist das nicht ein Schwelbrand, wenn die Kippe da so im Papierkorb glüht? Oder noch besser: ...

«Essen ist fertig!»

«Ich hab keinen Hunger.»

«Du musst aber was essen», sagt mein Freund und klappt meinen Laptop zu.

«Essen, als ob ich jetzt was essen könnte ... Das sind wahrscheinlich meine letzten Tage in Freiheit, und du ...»

«Nun spinn doch nicht rum. So schlimm wird das alles nicht werden.»

«Du hast ja leicht reden. Du wirst ja nicht angezeigt, verlierst nicht deinen Job, wirst nicht verhaftet und ...»

«Selbst wenn du schuld an dem Brand sein solltest, was ja noch gar nicht feststeht, dann kommst du doch nicht ins Gefängnis.»

Der Freund will mich beruhigen. Das ist ja auch nett von ihm. Aber was weiß er denn schon? Er kennt sich ja mit Versicherungen und Strafrecht noch weniger aus als ich.

«Und was ist mit dem Hippie-Typen auf den Kanaren?», frage ich.

«Hä, was für ein Hippie-Typ?»

«Na, der, der in den Wald gemacht und dann sein Klopapier angezündet hat. Da ist doch fast die ganze Insel abgebrannt.»

«Das ist doch was ganz anderes.»

«Wieso? Der wollte ja auch nicht, dass der Wald abbrennt. Der wollte nur seine Spuren beseitigen, und den haben sie auch erwischt, und der muss vielleicht für mehr als ein Jahr ins Gefängnis.»

Der Freund deckt den Tisch. «Ja, aber da ist auch ein Mensch verbrannt. Das ist doch was ganz anderes. Bei euch in der Schule gibt es doch nur ein paar Materialschäden.»

7 Wie nett, dass Basti mir beim Tischdecken hilft, aber wir müssen ja auch endlich frühstücken, selbst wenn wir überhaupt keinen Hunger haben.

Er ist überhaupt sehr anstellig, das hätte ich nicht gedacht. Vorhin, als ich die Spülmaschine ausgeräumt habe, hat er sich gleich danach erkundigt, wo die Reinigungstabs liegen, und die Waschmaschine und den Trockner musste ich ihm gestern Abend auch sofort erklären. Er wollte unbedingt waschen, nachdem er seine Sachen aus der WG geholt hatte. Sehr viele Klamotten scheint er nicht zu haben, dafür aber jede Menge Sportschuhe in allen Farben. Außerdem mehrere große Kartons mit Büchern, Leitzordnern und allerlei Unterrichtsmaterialien.

Beim Auspacken waren wir noch ausgesprochen gut gelaunt, wir haben gelacht und uns über den Pommer lustig gemacht, dessen gesamte Bibliothek laut eigenen Angaben in einen Schuhkarton passt.

Da wussten wir ja auch noch nicht, was inzwischen geschehen war …

Kurz vor Mitternacht, nachdem wir das Gästezimmer umgeräumt und auch noch ein halbhohes Regel aus meinem Arbeitszimmer rübergeschleppt hatten, setzte sich Bastian an seinen Rechner – eigentlich nur um zu sehen, ob es unser Brand ins Internet geschafft hatte, und da fand er die Horrornachricht!

Im Vorbereitungsraum des Kunstbereichs, in dem der Brand offenbar ausgebrochen war, hatte die Feuerwehr bei ihren Löscharbeiten eine tote Person gefunden. Die Leiche konnte noch nicht identifiziert werden. Wir waren total geschockt.

Jetzt ist es kurz nach sieben. Basti gähnt zum Herzerweichen. Er sieht sehr müde aus. Aber mir geht es auch nicht besser, unter meinen Augen habe ich rekordverdächtige Ringe. Ich musste mich sogar schon ein bisschen schminken, um halbwegs präsentabel auszusehen – das mache ich sonst nie vor dem Frühstück.

«Trinkst du lieber Kaffee oder Tee, Basti?»

«Auf jeden Fall Kaffee!»

«Ich auch.»

«Oh Mann, Frl. Krise, ich habe das mit dem Toten in der Schule noch nicht verkraftet. Die ganze Nacht hat es mich verfolgt, ich habe keine drei Stunden geschlafen!»

«Mir ging es genau so. Wenn man wenigstens wüsste, wer die Person ist! Hoffentlich niemand, den wir kennen! Ach, ich frag mich, wie ich in diesen Räumen je wieder unterrichten kann!»

Basti nickt. Er steht auf und geht mit unseren Tassen zur Kaffeemaschine. Im Vorbeigehen legt er mir kurz die Hand auf die Schulter. «Stimmt! Du und Frau Freitag, ihr müsst ja ständig da oben arbeiten. Ihr Ärmsten.»

Ach herrje, Frau Freitag! An die habe ich noch gar nicht gedacht. Ob die wohl schon Bescheid weiß? Bestimmt! Der Freund treibt sich doch auch dauernd im Internet herum. Ich muss sie sofort nach dem Frühstück anrufen ... Ach nee, besser nicht. Ich habe keine Lust, mir wieder stundenlang ihre Selbstvorwürfe anzuhören, weil sie sich jetzt garantiert nicht nur für eine Brandstifterin, sondern auch noch für eine Mörderin hält. Und was soll ich dazu auch sagen? Jetzt ist eh alles zu spät.

Außerdem müsste ich ihr dann erzählen, dass Basti gestern Abend bei mir eingezogen ist.

«Was sagt denn Männe dazu?», würde sie natürlich fragen.

«Er sagt nichts, Frau Freitag», müsste ich antworten, «denn er weiß es noch gar nicht.»

Und wenn schon! Er wird es schon noch früh genug erfahren, und es ist ja schließlich auch völlig selbstverständlich, dass man einen obdachlosen Kollegen aus einem anderen Bundesland aufnimmt. Ganz Deutschland nimmt aktuell Hunderttausende Menschen aus aller Welt auf!

Nee, ich ruf sie nicht an. Ihre blöden Kommentare und Fragen gehen im Moment entschieden über meine Kräfte.

8

«Hat die Dienstbesprechung schon angefangen?»

«Nein, Frau Freitag, sonst würde ich nicht mehr hier auf dem Hof stehen.»

«Stimmt auch wieder. Oh Mann, ich bin immer noch ganz durcheinander. Jetzt haben die auch noch eine Leiche gefunden. Vielleicht wollte jemand das Feuer löschen und ist dabei verbrannt. Frl. Krise, ich habe einen Menschen ermordet, ich ...»

«Ach Mann, jetzt reg dich doch nicht so auf. Du weißt doch noch gar nicht, was passiert ist. Warte erst mal ab, was die Polizei oder die Feuerwehr dazu sagt. Da sind eben zwei Männer zu dem Fischer gegangen ...»

«Jaaaa, die sind hier, um mich zu verhaften. Was sagt denn Männe wegen der Versicherung?»

«Mit Männe habe ich noch nicht geredet, der ist doch in Hannover.»

«Hä, ihr redet doch sonst jeden Tag miteinander, wenn der weg ist.»

«Ja, wir haben aber nur ganz kurz gesprochen, ich hatte keine Zeit.»

«Wie, keine Zeit? Was hast du denn das ganze Wochenende gemacht?»

«Och, so allerhand. Komm, lass uns reingehen, es geht gleich los.»

Na toll, da bittet man Frl. Krise einmal um einen kleinen Gefallen, und dann lässt sie einen so hängen. Bitte, bitte, lieber Gott, mach, dass ich das gar nicht war mit dem Brand. Bitte, bitte, ich verspreche dir auch, dass ich immer zu allen nett sein werde. Ich werde überhaupt keine gemeinen Witze mehr machen. Nicht mehr fies sein zu den Kollegen. Nicht mal zu den Schülern. Bitte erfülle mir nur diesen einen Wunsch. Ich schwöre, ich werde ein ganz neuer Mensch!

Die anderen Kollegen haben es gut. Keiner von denen erleidet solche Höllenqualen wie ich. Der Pommer scheint sogar fast zu schlafen. Und die Nolte spielt mit ihrem Handy. Komischer Anblick. Bei den Schülern ist sie immer so streng, wenn die heimlich chatten, und hier im Lehrerzimmer macht sie das jetzt selber. Muss ja unheimlich lustig sein, was sie da gerade liest. Mit der würde ich jetzt gerne tauschen. Chattet fröhlich vor sich hin, während ich hier sitze und gleich lebenslang in den Knast wandere. Was die Kollegen wohl sagen, wenn die das hören? Die Brendel wird bestimmt heulen. Die heult ja immer. Frl. Krise wird ganz entsetzt sein. Hoffe ich zumindest, und der Pommer, falls der das überhaupt mitkriegt, wird wahrscheinlich irgendwas Gemeines sagen. Ah, da kommt der Fischer mit dem Polizisten. Bitte, bitte, lieber Gott ...

«Liebe Kolleginnen, liebe Kollegen, vorab möchte ich Sie darum bitten, mit den Informationen, die ich Ihnen gleich geben werde, äußerst diskret umzugehen. Die Ermittlungen laufen noch, aber bisher gibt es folgende Erkenntnisse: Bei der Person, die am Freitag so tragisch ums Leben gekommen ist, handelt es sich um Jessica Braun. Sie war bei der Zeitarbeitsfirma angestellt, die an unserer Schule für die Gebäudereinigung zuständig ist ...»

Dieser unterdrückte Aufschrei? War das der Pommer? Alle gucken in seine Richtung. Was ist denn mit dem los? Kannte der die Frau? Was hat der Pommer denn mit unseren Putzfrauen zu tun?

«Äh, ja, also, Jessica Braun. Die genaue Todesursache ist noch nicht geklärt. Der Brand wurde allerdings mutwillig gelegt.»

«Wie denn?» Das war Frl. Krise. Warum fragt die das jetzt? Vielen Dank, Frl. Krise!

«Es wurden Brandbeschleuniger gefunden. Mehrere leere Kanister mit brennbaren Flüssigkeiten, die wahrscheinlich im Raum waren.» Herr Fischer guckt für eine Sekunde zu Frl. Krise. Die zuckt kurz zusammen.

Was hat der Fischer da eben gesagt? Brennbare Flüssigkeiten? Brandbeschleuniger? Kein Wort über eine glühende Zigarettenkippe. Heißt das jetzt ...

«Siehste, Frau Freitag, dich trifft keine Schuld!», flüstert Frl. Krise. Ich kann es gar nicht glauben. Ich bin nicht schuld! Ich werde nicht verhaftet! Verliere nicht meinen Job! Oh, danke, lieber Gott! Ich schwöre, dass ich da oben nie mehr rauchen werde! Und ich werde ein besserer Mensch. So wie ich es dir versprochen habe! Danke, danke, danke. Das ist der schönste Tag in meinem Leben!

Frl. Krise stößt mich in die Seite. «Frau Freitag, hör mal auf zu grinsen!»

«Was?»

«Mach mal ein ernsteres Gesicht. Schließlich ist vor drei Tagen eine Frau in unserem Kunstfachbereich verbrannt.»

«Oh, ja, sorry. Du hast recht.»

Lalalalala, ich war's nicht! Herrlich! Mir geht es soooo gut. Und die Kollegen ... die Nolte hört dem Fischer gar nicht richtig zu. Spielt immer noch mit ihrem Handy rum. Die Brendel starrt aus dem Fenster. Und der Pommer guckt auf den Boden und schüttelt den Kopf. Was der nun wieder hat? Egal. Hauptsache, mir geht es gut. Ob wir heute noch Unterricht haben? Wahrscheinlich nicht. Dann gehe ich mit Frl. Krise zu Onkel Ali und geb ihr einen Kaffee aus. Meine Unschuld muss doch gefeiert werden.

Jetzt meldet sich dieser Neue aus Bayern. Sebastian Huber. Was will der denn jetzt? Wahrscheinlich will der fragen, ob wir noch unterrichten müssen.

«Ja, Herr Huber?» Der Fischer guckt ein bisschen genervt. Na, in seiner Haut möchte ich auch nicht stecken. Der muss ja diese ganzen Renovierungsarbeiten organisieren. Und was das alles kosten wird. Aber der Schule wird das auf jeden Fall guttun. Die Kunsträume sahen echt schlimm aus.

«Ich wollte fragen, wie es sein kann, dass sich da oben leicht entzündliche Flüssigkeiten in den Räumen befinden. Gibt es hier an dieser Schule keinen Brandschutzbeauftragten?»

Was will er denn jetzt? Brandschutzbeauftragten ... als ob es bei uns jeden Tag brennen würde. Brandschutz, tzzzz.

«Doch, natürlich», sagt der Fischer und blättert in ein paar Papieren, die er in der Hand hält. «Dieses Schuljahr ist das ... äh, warten Sie ... ist das ... Herr Pommer.»

«Was?» Der Pommer schreckt hoch. «Was ist mit mir?»

«Du bist doch unser Brandschutzbeauftragter», sagt Frau Brendel.

«Ja, und?», fragt der Pommer und sackt wieder in sich zusammen. Der Fischer flüstert mit dem Polizisten und guckt dann auf seine Armbanduhr.

«Ich hab da noch eine Frage!», ruft Frl. Krise. «Vielleicht kann mir die der Herr von der Polizei beantworten. Was ist eigentlich mit dem Diebstahl im Lehrerzimmer? Hat man da schon was rausbekommen, und steht der eventuell im Zusammenhang mit dem Brand?»

Der Polizist kratzt sich am Kopf. «Nein, leider gibt es da noch keine neuen Erkenntnisse, aber ein Zusammenhang mit dem Brand ist eher unwahrscheinlich. Wir ermitteln weiter ...»

Der Fischer nickt dem Polizisten zu und klopft ungeduldig auf seine Uhr.

«So, liebe Kolleginnen und Kollegen. Wir setzen am Mittwoch den regulären Unterricht fort. Die dritte Etage bleibt natürlich bis auf weiteres gesperrt. Einen neuen Raumverteilungsplan finden Sie dann am Schwarzen Brett im Lehrerzimmer. Gibt es sonst noch Fragen?»

Herr Dr. Büchner meldet sich: «Sie meinen, wir sollen ab übermorgen wieder ganz normal unterrichten? Was ist denn mit den Dämpfen? Bei dem Brand sind doch sicher gesundheitsschädigende Substanzen ...»

«Herr Dr. Büchner, ich sagte doch bereits, dass morgen Messungen der Raumluft durchgeführt werden. Lassen Sie uns die doch bitte erst mal abwarten.»

Der Büchner schüttelt den Kopf. Wahrscheinlich dachte der auch, dass der Unterricht jetzt bis zu den Sommerferien ausfällt. Na, mir ist alles recht. Unterricht – kein Unterricht, Hauptsache, ich muss nicht ins Gefängnis.

9 Die Klassenräume sind in den Tagen, in denen der Unterricht ausfiel, alle gereinigt worden, sogar von einer professionellen Firma, aber an die Schränke und Regale, die überall rumstehen, hat natürlich keiner gedacht. Dabei haben sich dadrinnen die ganzen gesundheitsschädlichen Schwefeldämpfe bestimmt richtig ablagern können.

«Ja, Himmel Herrgott noch mal, dann reinigen Sie die Möbel eben im Unterricht!», hat der Fischer gestern gesagt und seine Hände wie zum Gebet erhoben. «Ich habe verdammt noch mal andere Sorgen, Frl. Krise, als mich auch noch um jedes einzelne Regal in dieser Schule zu kümmern.»

«Der sitzt ja auch in seinem feinen Büro», sagt Susanne auf der Treppe zu mir, «das wird jeden Tag feucht gewischt, musst du dir mal vorstellen!»

Eimer, Schwämmchen, Putzmittel und Lappen – alles haben Susanne und ich uns beim Hausmeister geholt und bringen das nun in meinen Klassenraum. Putzen für A13, warum nicht – davon träumt doch jede Reinigungskraft. Ein Häuflein Schüler wartet schon vor der Tür.

«Nanu», wundert sich Susanne, «wieso seid ihr so wenige? Wo sind denn die anderen?»

«Alle krank», ruft Hava. «Tina hat Kopfschmerzen, und Serkan ist Arzt, weil er hat was an den Augen.»

«Laura hat Husten!»

«Haluk auch!»

«Und Nimet hat mir geschrieben, sie kommt nicht, weil die Schule bald einbricht», sagt Sara und guckt bedenklich. «Stimmt das, Frl. Krise?»

«So ein Quatsch! Hier bricht nichts ein! Wie kommt die denn darauf! Ihr seht doch, dass hier alles in Ordnung ist –

also jedenfalls bis auf den obersten Stock. Ich sage euch, unser Klassenraum ist besser in Schuss als vor dem Brand.»

Ich schließe die Tür auf, und tatsächlich, der Boden blitzt wie nie zuvor. Alle Bilder sind abgehängt und liegen auf den Tischen, sie haben also auch die Wände abgewaschen.

«Und wofür sind dann die Putzsachen, wenn hier alles okay ist?» Ahmet natürlich. Der kleine Macho hat Angst vor Schwamm und Bürste.

«Ach, ich dachte, wir reinigen heute mal gründlich die Schränke von innen, das wollte ich schon lange mit euch machen!», sage ich betont harmlos und klatsche motivierend in die Hände.

Unsere Schüler fühlen sich wichtig mit den komischen Einmalhandschuhen, die ich ausgegeben habe, und einige beginnen wirklich zu schrubben und wischen, als bekämen sie es bezahlt. Ahmet sitzt auf der Fensterbank und guckt zu.

«Ich hab Latexallergie!», behauptet er.

«Woher willst du das wissen?», frage ich und grinse. «Wann hast DU denn was mit Latex zu tun?»

Er versteht mich. «Was wollen Sie? Ich hab noch nie Kondome benutzt!», ruft er und läuft rot an.

«Du kannst ja gerne auch ohne Handschuhe mithelfen!», sagt Susanne und reicht ihm ein grünes Microfasertuch.

«Nein, kann er nicht! Dann hat er doch voll das Gift an der Hand!» Nimet zeigt auf mich. «Sie hat uns extra die Handschuhe gegeben, wa, Frl. Krise, weil es hier alles voll verseucht ist!»

Schon schreit Hava los: «Was verseucht? Was Gift? Ist hier noch Gift von den Brand?»

«Beruhige dich, es ist nicht mehr gefährlich!», sage ich,

«die haben hier Messungen gemacht, die Luft ist wieder ganz sauber, und Boden und Wände sind gründlich geschrubbt worden!»

Susanne räuspert sich. «Mag sein, Frl. Krise», flüstert sie, «aber ich habe so ein komisches Halskratzen! Schon die ganze Zeit! Du nicht?»

Nimet, die immer hört, was sie nicht hören soll, schreit los: «Und ich hab voll Tränen in mein Auge, und das brennt ganz doll!»

Sie reibt mit beiden Händen über die Augen.

«Nun lass doch mal das Gefummel da», fahre ich sie an, «ist doch kein Wunder, dass du weinen musst, wenn du dir die ganze Schminke da reinrubbelst!»

«Höhö, rubbelst!», flüstert Ahmed.

Die Tür fliegt auf. Frau Yilmaz, die Mutter von Serkan, steht in der Tür.

«Ich komme gerade vom Augenarzt, Frl. Krise. Serkan hat eine schwere Bindehautreizung. Der Arzt meint, das hätte wahrscheinlich was mit dem Brand zu tun, und er hat mich gefragt, ob hier überhaupt die Schadstoffe gemessen wurden!»

Ich nicke. «Ja, natürlich, es gab ...»

Aber Frau Yilmaz ist nicht zu stoppen. «Und er hat gesagt, wir Eltern sollten unbedingt die Messergebnisse – falls es welche gibt – einsehen und dann erst entscheiden, ob wir die Kinder wieder in die Schule schicken. Ich melde meinen Sohn hiermit vom Unterricht ab, Frl. Krise, bis ich genau weiß, was los ist! Und ihr ...», sie wendet sich an meine Schüler, die sie mit großen Augen anstarren, «ihr geht auch besser gleich nach Hause und informiert eure Eltern.»

10

Nachdem sich mehrere Eltern beim Schulrat beschwert hatten, ging das mit dem Umzug sehr schnell. Also, was heißt hier Umzug? Wir unterrichten jetzt im Hermann-Hesse-Gymnasium und an der Sonnenblumen-Grundschule. Wir haben neue Stundenpläne bekommen, und manchmal müssen wir auch an einem Tag die Schulgebäude wechseln. Wie das funktionieren soll, ist mir schleierhaft. Ich bin sicher, die Schüler werden jetzt immer zu spät oder überhaupt nicht mehr kommen. Ich höre es schon: «Ich hab den Raum nicht gefunden.» – «Ich kann doch nicht wissen, dass es von der Sonnenblume zum Hesse-Gymnasium zu Fuß sooooo lange dauert.»

Na, mir soll es egal sein. Ich habe gestern schon ein paar Stunden Englisch in dem Gymnasium unterrichtet. Aber da war ich noch nicht im Lehrerzimmer. Das lohnt sich auch nur, wenn man eine Freistunde hat. Dieses Gymnasium ist viel größer als unsere Schule. Da latscht man sich 'nen Wolf, wenn man in zwei verschiedenen Gebäuden Unterricht hat oder in der Pause mal ins Lehrerzimmer will.

«Frau Krause, hallo. Endlich ein bekanntes Gesicht. Wohin geht's?»

«Hallo, Frau Freitag, ich wollte ins Lehrerzimmer. Ich habe eine Freistunde.»

«Super, ich auch. Ich bin total gespannt, wie diese Gymnasiumslehrer so drauf sind. Ich habe noch gar nicht viele gesehen. Ist doch aufregend, mal in ein fremdes Lehrerzimmer zu kommen.»

«Ach, warst du da noch gar nicht drin? Da wirst du aber staunen. Da sieht es aus wie in einem Möbelhaus. Die haben sogar Teppich. Und eine richtige Küche.»

«Eine Küche?»

«Ja, mit Kaffeeautomaten. Da stellst du nur deine Tasse hin und drückst auf den Knopf. Und die Küche ... mit Geschirrspüler und einem Kühlschrank mit Glastür. Wirklich nur vom Feinsten.»

«Ist halt ein Gymnasium.»

«Hast du schon die Schulleiterin kennengelernt?»

«Nee. Haben die hier echt eine SchulleiterIN?»

«Ja. Und was für eine ... die sieht aus wie ein Model. Und ihre Klamotten! Nur so teure Markensachen. Aber schick. Irgendwie auch cool. Immer Jackett und Jeans. Die macht richtig was her.»

«Du meinst: mehr als unser Herr Fischer?»

Frau Krause kichert: «Herr Fischer, der sieht gegen die aus wie ein Hausmeister.»

«Wie alt ist die denn?»

«So alt wie du, würde ich sagen. Also die sieht jünger aus, als sie ist. Das sieht man.»

«Hä? Und ich sehe dann älter aus, als ich bin, oder wie?»

«Nein, nein, gar nicht. Aber wenn du sie siehst, dann weißt du schon, was ich meine. Dahinten links, dann den Gang runter. Geh schon mal vor, ich muss noch mal aufs Klo. Bis gleich.»

Ich sehe also nicht jünger aus, als ich bin. Nein, ich sehe älter aus als die gleichaltrige tolle Schulleiterin, die älter ist, als sie aussieht. Vielen Dank auch, Frau Krause. So, wie war das jetzt noch mal, den Gang runter und dann rechts?

«Hallo, Frau Freitag. Willkommen in der Lehrerlounge des Hesse-Gymnasiums.»

Der Büchner sitzt auf einer Couch vor dem Fenster und winkt mir zu. «Kaffee gefällig?»

«Ja, klar. Danke, Olaf.» Er springt auf und verschwindet im Nachbarraum. Haben die hier zwei Lehrerzimmer? Krass.

Und Frau Krause hat recht. Was die hier für tolle Möbel haben. Schade, dass unser Lehrerzimmer nicht ausgebrannt ist, sonst könnten wir uns vielleicht auch ...

«Milch und Zucker?»

«Nee, schwarz. Danke.»

«Jetzt guck dir mal diese grandiose Küche an.» Der Büchner steht mit zwei Kaffeetassen vor einer sehr schicken beigen Einbauküche. Er sieht aus wie in einem Werbespot. «Die ist hochwertiger als meine zu Hause. Und die war schon nicht billig.»

«Wo hat denn dieses Gymnasium so viel Kohle ...» Ich beende meine Frage nicht, weil die Tür zum Nachbarraum aufgeht und ein gut aussehende Frau in einem schwarzen Jackett hereinkommt. «Herr Dr. Büchner. Hallo! Und Sie sind ...»

«Frau Freitag, angenehm!»

Sie schüttelt mir die Hand und lächelt mich an. «Ich bin Frau Arndt. Die Schulleiterin. Ich sehe schon, Ihr Kollege hat Ihnen bereits einen Kaffee gemacht. Sehr gut, sehr gut. Ich heiße Sie aber auch noch mal herzlich am Hermann-Hesse-Gymnasium willkommen. Fühlen Sie sich bitte ganz wie zu Hause, und wenn Sie ...»

«Frau Arndt, können Sie mal kurz kommen? Hier draußen wartet die Mutter von Samuel Schäfer, sie sagt, sie hätte einen Termin.» Frau Arndt lächelt mir und Herrn Büchner kurz zu, macht einen entschuldigenden Gesichtsausdruck und verschwindet wieder.

«Na, was sagst du, Frau Freitag? Das nenne ich mal eine repräsentative Schulleitung.» Der Büchner hat sich wieder auf die Couch gesetzt und grinst zufrieden. Sein Blick wandert durchs Lehrerzimmer. «Diese Ausstattung hier ließe ich mir aber auch gefallen. Hast du gesehen, die haben hier zwei Kopierer. Einer sogar für Farbe.»

«Gibt's ja gar nicht.»

Die Tür geht auf. Nadja Krause und Basti Huber kommen rein. Sie legen ihre Schultaschen auf den Tisch unter dem Schwarzen Brett und gehen direkt zum Kaffeeautomaten. Die fühlen sich hier ja schon richtig zu Hause.

«Habt ihr die Toiletten gesehen?», fragt Nadja. «Ich hab vorhin mal kurz reingeguckt. Das Mädchenklo ist picobello. Da würde ich sogar draufgehen, und auch die Jungstoilette war sauber. Die stinken doch sonst immer so nach Urin.»

Basti nickt: «Wenn du wissen willst, ob eine Schule gut ist, dann guck dir die Schülertoiletten an! Das hat jedenfalls mein Seminarleiter immer gesagt.»

«Aber das ist doch voll gemein, dass der Senat den Gymnasien mehr Geld gibt als unserer Schule», stellt Nadja fest. «Nur weil wir eine Brennpunktschule sind. Da können wir doch nichts für. Wir brauchen doch trotzdem saubere Klos und ...»

«Nadja», unterbricht Olaf sie, «unsere Schule bekommt doch nicht weniger Geld als das Hermann Hesse. Ganz im Gegenteil.»

«Aber warum ...»

«Das liegt alles in der Hand der Schulleitung. Gelder beantragen, Angebote von Baufirmen einholen, Aufträge ausschreiben ...»

Was will uns denn Herr Dr. Schlau damit sagen? «Olaf, meinst du, der Fischer bekommt vom Senat Geld für die Schule und gibt das dann nicht aus?», frage ich.

Olaf schüttelt sofort den Kopf. «Nein, nein, Frau Freitag, das habe ich nicht gesagt.»

Aber wenn die Schulen alle gleich viel Geld bekommen, warum sieht es dann hier so toll aus und bei uns so schlimm? Wenn ich Schulleiter wäre, dann würde ich dafür sorgen, dass nicht alles so vergammelt. Und was macht der Fischer denn mit dem Geld? Vielleicht überweist der Senat ihm immer Kohle für die Schule, also für die Klos und für neue Möbel im Lehrerzimmer, und er steckt das alles in die eigene Tasche. Krass. Der hinterzieht die Gelder, und jetzt sind sie ihm auf die Schliche gekommen, und da musste er handeln. Und da dachte er: warm sanieren. Voll schlau. Er kann ja dem Schulrat einfach sagen, dass er das ganze Geld gerade in die Kunsträume gesteckt hatte, und jetzt sind sie abgebrannt, und dann muss die Schulbehörde alles neu machen, und er muss keinen Cent dafür bezahlen.

Der Herr Fischer – was für ein schlauer Fuchs. So viel kriminelle Energie hätte ich dem gar nicht zugetraut. Aber eigentlich ... ist doch auch sehr auffällig, dass er sich genau zu dem Zeitpunkt, als wir in die anderen Schulen umgezogen sind, hat krankschreiben lassen. Frl. Krise meinte zwar, dass er nur sein Gesicht wahren will und sich nicht einem anderen Schulleiter, und schon gar nicht einer jüngeren Frau, unterordnen will, aber das glaube ich nicht. Der will sich nicht in die Karten gucken lassen, und je weniger er nach seiner Straftat in Erscheinung tritt, umso besser. Oh Mann, ich habe den Fall gelöst. Unser Schulleiter Herr Fischer hat das Feuer gelegt. Frl. Krise wird Augen machen, wenn sie das erfährt.

II

«Möchten Sie noch einen Kaffee?»

Herr Sorg, der Schulleiter der Sonnenblumen-Grundschule, gibt seiner Sekretärin einen Wink. Die hebt sofort die Kaffeekanne an, lächelt uns freundlich zu und schenkt nach.

«Das muss ja eine sehr schwere Zeit sein für Sie – jetzt!» Herr Sorg legt sein Gesicht mitfühlend in Falten.

«Och, es geht», sage ich, doch Frau Nolte übertönt mich: «Ja, wirklich, da haben Sie recht», sagt sie und seufzt tief.

«Umso mehr möchten wir Ihnen danken, dass Sie uns so nett aufgenommen haben», säuselt Susanne und macht ihren grässlichen Augenaufschlag.

«Aber das ist doch selbstverständlich, liebe Kolleginnen, zum Glück konnte ich dank der freien Klassenräume im Anbau sofort hilfreich einspringen!» Herr Sorg lehnt sich zurück und schaut selbstzufrieden in die Runde – offensichtlich fühlt er sich als großer Nothelfer und Wohltäter. Dann bleibt sein Blick an mir hängen, und er kneift die Augen zusammen.

«Ich habe nur eine Bitte, Frl. Krise, Ihre Kleinen, also die Siebtklässler, sind ja hier die Großen, und ich habe ein bisschen Angst, dass sie als schlechtes Vorbild fungieren könnten. Vorhin habe ich beobachtet, dass einige Ihrer Jungen versucht haben, über den Zaun zu steigen. Das ist bei uns streng verboten!»

«Bei uns natürlich auch! Ich gehe der Sache sofort nach und stelle das ab!», beeile ich mich zu versichern.

Herr Sorg nickt und lächelt milde. «Schön! Dann wünsche ich Ihnen für den ersten Schultag bei uns alles Gute! Ach so, und ehe ich es vergesse: In den nächsten Tagen kommen dann auch die größeren Tische und Stühle, ich weiß nicht, weshalb das heute noch nicht geklappt hat!»

Damit sind wir entlassen.

Ich finde diesen ersten Grundschultag irre anstrengend. Diese vielen kleinen Kinder, die einen auf dem Schulhof ständig umringen und mit Fragen bombardieren, machen mich ganz nervös. Sie haben so schrille hohe Stimmchen, und ständig weint irgendwo eins.

Dann die winzigen Möbel im Klassenraum. Die Jungen haben sich totgelacht, als sie die gesehen haben, und die Mädchen klagten schon nach fünf Minuten über Rückenschmerzen.

Und das Lehrerzimmer erst. *Lehrerinnenzimmer* müsste ich wohl besser sagen, denn ich glaube, Herr Sorg ist der einzige Mann im Kollegium. Angeblich soll es noch einen geben, aber er hat sich noch nicht gezeigt.

Also, das Lehrerinnenzimmer ist äußerst gepflegt und aufgeräumt. Es gibt Gardinen und Fensterbilder, Tischdecken und saubere Geschirrtücher, Sonnenblumen aus Stoff, Papier und Moosgummi, ordentliche Regale und eine astrein blinkende Spüle. Und alle Damen haben übersichtliche Schreibtische mit Plätzchen und Nüsschen und Äpfelchen und Topfpflanzen und Warmhaltekannen und Karteikästen.

HILFE!

Kein Vergleich zu unserem Chaos und Siff!

Susanne ist total begeistert. Frau Nolte auch.

In der großen Pause setzen wir uns ein bisschen schüchtern an einen großen Tisch neben der Spüle. Er ist bis auf einige Papierstapel leer. Sofort kommt eine Kollegin auf uns zu.

«Hallo, ich bin die Heide! Herzlich willkommen bei uns. Ich wollte euch nur sagen: Das hier ist unser Vorbereitungstisch zum Papierschneiden oder Sortieren von Arbeitsbögen. Setzt euch doch lieber dahinten hin!» Sie zeigt auf einen kleinen Tisch am Fenster.

«Ach so, Entschuldigung.»

«Macht doch nichts.» Heide lächelt freundlich. «Soll ich euch mal kurz alles zeigen?»

«Gerne!» Frau Nolte ist ganz untertänig.

«Also, hier steht unser Kopierer, dafür braucht ihr aber eine Karte, die gibt's bei der Sekretärin. Kaffee und Tee müsst ihr nicht mitbringen, wir kaufen zentral für alle ein. Die Elke», sie zeigt auf eine grimmig aussehende Kollegin, «verwaltet die Kasse. Belegte Brötchen bringt der Hausmeister in der großen Pause, das Geld dafür kommt hier in diese Box. Ihr könnt auch bei ihm Bestellungen aufgeben, wenn ihr lieber etwas anderes essen wollt, zum Beispiel Müsli oder Joghurt. Das muss aber am Vortag bis Viertel nach acht geschehen. Für Papiere, Kleber oder andere Materialien wendet ihr euch an unsere stellvertretende Schulleiterin, das ist die Karin, sie verwaltet das Depot. Dann ist da noch die Margot, die regelt ...» Blablabla, und so geht es noch eine ganze Weile weiter.

Ich schalte ab, mir schwirrt der Kopf, das kann sich doch kein Mensch merken. Wo sind die Brötchen? Ich habe Hunger, und ein Kaffee wäre auch nicht schlecht, aber ich hab ja noch nicht bezahlt und ...

«... und deshalb sind wir auch alle sehr pünktlich und ordentlich, hahaha», reißt Heide mich aus meinen Gedanken.

12

Endlich 15 Uhr. Endlich raus aus diesem schrecklich aufgeräumten Lehrer-Dasein! Zum Glück habe ich mich mit Frau Freitag im Späti verabredet. Da ist die Welt noch in Unordnung.

Frau Freitag war heute Morgen im Gymnasium, sie sitzt schon bei Onkel Ali und winkt mir zu.

«Guck mal, Frl. Krise, mein neues Handy. Habe ich mir gestern gekauft. Hier, ich geb dir mal die Nummer.»

«Warum hast du dir ein neues Handy gekauft?»

«Hallo? Meins wurde doch im Lehrerzimmer geklaut. Genau wie der Schulschlüssel von der Nolte und deine Uhr. Schon vergessen? Was hat Männe eigentlich dazu gesagt, dass die weg ist? Oder hast du eine neue? Du wolltest doch bei eBay gucken.»

«Hab ich dir das nicht erzählt? Ich war bei eBay-Kleinanzeigen, und stell dir vor: Ich hab genau so eine gefunden!»

«Und hast du sie gleich gekauft?»

«Nee, noch nicht. Es ist so viel passiert in den letzten Tagen, dass ich es ganz vergessen habe. Gut, dass du mich erinnerst!»

«Frl. Krise, apropos vergessen: Ich muss dir was erzählen. Ich habe den Fall gelöst! Ich weiß, wer das Feuer gelegt hat!»

«DU warst es!»

«Ha, ha, ha ... nee, der Kelch ist ja noch mal an mir vorübergegangen. Du rätst das ja eh nicht. Also: Der Fischer war's!»

«Der Fischer! Yo, vor allen Dingen! Sonst noch was?»

«War klar, dass du mir das nicht glaubst. Aber wirst du ja bald sehen. Der hat Schulgelder veruntreut, und jetzt ist das rausgekommen. Das bringt gar nichts, dir das aufzudröseln. Wir warten einfach ab, und dann kannst du es in ein paar Tagen in der *B. Z.* lesen. Wie war es eigentlich in der Grundschule?»

«Nie und nimmer werd ich das in der *B. Z.* lesen, meine Liebe. Da geht deine blühende Phantasie mit dir durch. Und Grundschule? Ach je, irgendwie anstrengend. Die sind da sehr nett und entgegenkommend, aber völlig überorganisiert. Die haben so viele Regeln und Rituale, das glaubst du nicht! Und wie war es in den heiligen Hallen der Pädagogik?»

«Voll schick. Die Kollegen sind alle ganz stylisch, und die Schulleiterin solltest du mal sehen. So eine tolle Frau. Total kompetent, aber auch irgendwie sexy. Büchner ist ganz hingerissen von der. Der würde sowieso am liebsten gleich dableiben.»

«Ah, Herr Doktor und die Schulleiterin! Das passt ja. Der hat's mit den Elitefrauen. Meinst du, da läuft was?»

«Nee, nee, die hat eher ein Auge auf den Bayern geworfen.»

«Auf BASTI?»

«Ja, Frl. Krise, auf Basti. Oder haben wir noch mehr Bayern im Kollegium? Sie hat dem voll auf den Arsch geguckt. Der trägt aber auch immer so enge Hosen. Und da guckt auch gerne mal die Unterhose raus.»

«Wirklich? Hm.»

«Ja, ich bin mir sicher, da kann was draus werden, und dann wechselt der bestimmt ans Hesse-Gymnasium. Der ist doch auch Studienrat. Und wenn die beiden dann Kinder bekommen, bleibt er zu Hause und …»

«Oh nee, jetzt hör aber mal auf! So ein Blödsinn. Ich muss dir was ganz anderes erzählen, Frau Freitag. Die Nolte! Du kannst dir nicht vorstellen, was bei der los ist. Wusstest du eigentlich, dass sie sich von ihrem Mann getrennt hat?»

«Echt? Warum das denn? Die sind doch schon 100 Jahre verheiratet. Und der ist doch Zahnarzt oder so was. Und sie ist doch schon alt. Frl. Krise, bist du sicher, dass du das richtig verstanden hast? In der Dienstbesprechung sah sie noch total fröhlich aus.»

«Das hat sie mir selbst erzählt! Und fröhlich ist sie, weil sie jetzt Online-Dating macht.»

«Wirklich? Elite Partner, für Leute mit Niveau? Oder, hihi, ist sie bei dieser Fick-App? Wie heißt die? Tinder! Ja, Frau Nolte ist bei Tinder, hahahaha, wisch, wisch, nehm ich, nehm ich nicht ... ich kann nicht mehr!»

«Hahaha, nein, so progressiv ist sie dann doch nicht, Frau Freitag. Sie ist bei Parship, soweit ich weiß. Find ich aber auch krass, frisch getrennt und gleich wieder auf der Pirsch ...»

«Kannst du doch auch mal probieren. Männe ist doch immer weg. Ich finde, du hättest durchaus noch Kapazitäten frei für einen Lover.»

«So, findest du ...»

13

«Frau Freitag, wann können wir denn wieder in unsere Schule?», fragt Hamid und kritzelt dabei mit dem Bleistift auf dem Tisch rum.

«Sag mal, spinnst du? Malst du hier den Tisch an? Los, Hamid, steh auf, hol dir einen Lappen und mach das sofort weg! Wir sind hier Gäste. Und ihr müsst euch nicht wie die Wilden benehmen!»

Wenn man mit seinen Schülern auf fremdem Terrain unterwegs ist, dann fällt einem immer viel mehr auf, wie unmöglich sie sein können. In der U-Bahn, im Museum oder eben hier in der süßen Sonnenblumen-Grundschule.

«Vincent, also ich glaub, mein Schwein pfeift! Heb sofort die Eisteepackung unter deinem Tisch auf!»

«Is nicht meine.»

«Dass ich nicht lache. Du bist hier der Einzige, der sich ausschließlich von diesem Zuckerwasserquatsch ernährt.» Die anderen Schüler kichern. In Zeitlupe steht Vincent von seinem Stuhl auf, bückt sich wie ein hundertjähriger Opa und schleicht mit dem leeren Tetrapack zum Papierkorb. Wenn ich mir diese fröhlichen kleinen Grundschüler auf dem Hof angucke … vielleicht sollte ich an eine niedliche Grundschule wechseln. Aber dann muss ich immer so langweiligen Kram machen. Der ganze Raum hier ist mit irgendwelchem Jahreszeitenkitsch dekoriert. An den Fenstern kleben noch Schneemänner und Papiersterne. Aber es gibt auch schon Ostereier. Das müsste ich dann alles im Kunstunterricht herstellen. Nee, danke. Dann doch lieber noch 20 Jahre Pop-Art und Zentralperspektive. Hamid streckt sich und gähnt.

«Kinder, also noch mal in aller Deutlichkeit: Wir sind hier Gäste und …»

«Aber wir wollen gar nicht hier sein!», ruft Hamid.

«Ja, voll nich! Is voll baby hier», schließt sich Hassan an.

«Ich finde es übertrieben schön in diese Schule, Frau Freitag», sagt Fatima. «Alles ist voll schön geschmückt und so süß und richtig heftig gemütlich hier. Warum machen wir uns das nicht auch so in unsere Klasse? Mit so Regale und so Schmuck an die Fenster.»

«An den Fenstern!», verbessere ich, und Fatima schmollt ein bisschen.

«Ist alles Raifats Schuld. Raifat aus der Brendelklasse», sagt Hassan.

«Was?», frage ich.

«Ohne Raifat könnten wir schön in unsere Schule sein.»

Hamid, der hinter Hassan sitzt, beugt sich nach vorne, haut ihm mit der flachen Hand in den Nacken und sagt: «Halt's Maul, du Spast!»

Hassan springt auf: «Frau Freitag, er hat mir Nackenklatscher gegeben! Der Hurensohn!»

«Hassan, setz dich wieder hin! Und nicht solche Ausdrücke!» Oh Mann, ich kann nicht mehr. Wann klingelt es endlich? «Und Hamid, entschuldige dich gefälligst bei Hassan!»

Hamid entschuldigt sich natürlich nicht, sondern verschränkt die Arme und kippelt. Kippeln sollen sie nicht, aber das ist mir jetzt egal. Ich hab keine Lust mehr. Ich will in die Pause. Ich will nicht mehr Lehrerin sein. Ich will eine rauchen. Ich will Kaffee.

14

Basti ist in seinem Zimmer. Soll ich mal anklopfen und fragen, ob er mit mir Abendbrot essen will? Lieber nicht. Sonst denkt er noch, ich will so ein Muttiding mit ihm aufziehen.

Aber vielleicht hat er dollen Hunger und wartet die ganze Zeit auf mich. Ich klappere einfach mal mit den Tellern und knalle die Kühlschranktür ein paarmal auf und zu, dann werde ich ja sehen, was passiert.

Da steht Basti auch schon in der Küchentür und zwinkert mir zu.

«Frl. Krise! Da bist du ja. Willst du auch gerade was essen? Ich lade dich zu Leberkäse und bayrischem Rettichsalat ein!»

Ach, ich hatte ganz vergessen, wie viel Spaß es machen kann mit einem charmanten jungen Mann in der Küche zu sitzen, zu quatschen, zu essen und ein kühles Bierchen zu trinken.

Basti ist noch nicht ganz in Berlin angekommen, gesteht er mir.

«Besonders in der Schule ist alles ganz anders, als ich erwartet hatte. Gar nicht so preußisch korrekt, wie man denken könnte! Zum Beispiel, dass der Fischer nicht wusste, wer der

Brandschutzbeauftragte der Schule ist! Das ist doch geradezu fahrlässig. Brandschutzübungen macht ihr wohl auch nicht regelmäßig, oder?»

«Keine Ahnung. Ich kann mich nicht erinnern, wann die letzte war. Vielleicht vor zwei, drei Jahren?»

«So was regt mich tierisch auf.» Basti schüttelt den Kopf und spießt ein Stück Leberkäse mit dem Messer auf. «Weißt du, ich bin, äh ... war seit dem achten Lebensjahr bei der Freiwilligen Feuerwehr. Wenn man da mitbekommt, wie katastrophal so ein Brand sein kann ...»

Er schweigt einen Moment und leert sein Glas. «Dieser Pommer, der nimmt doch gar nicht ernst, dass er so ein wichtiges Amt hat, oder?»

Ich zucke mit den Schultern. «Ja, nein, kann schon sein – wahrscheinlich hast du recht.»

Basti fragt lauernd: «Der war doch auch der Erste, der sich krankgemeldet hat, oder? Ich meine wegen angeblicher Schleimhautreizung oder so was! Dabei ist er doch mehr der rustikale Typ – jedenfalls mein Eindruck!»

«Ja, das stimmt, der Pommer hat zwar ab und zu mal Rücken, aber sonst ist er nicht gerade zartbesaitet.»

Ich mache mir schon seit der Dienstversammlung Gedanken über den Pommer.

Er ist doch so komisch hochgezuckt, als der Name der Toten bekannt gegeben wurde. Und ich glaube, ich weiß auch, weshalb.

«Du, Basti, stell dir vor, die Susanne sagt, der Pommer und die Putzfrau ... also, sie sagt, sie hat angeblich den Pommer neulich mit der kleinen Putzfrau gesehen. Abends. In einer Kneipe.»

«Mit welcher Putzfrau hat sie ihn gesehen?»

«Na, mit der ... mit der, die ums Leben gekommen ist beim Brand!»

«Was?» Basti starrt mich an. «Du meinst, er kannte sie? Womöglich näher? Aber, ich meine ... er ist Lehrer und sie ...»

«Du meinst, das passt nicht zusammen?»

Basti nickt.

«Na ja, die war sehr hübsch, diese Jessica, und der Pommer legt, glaube ich, keinen Wert auf geistigen Austausch! Der setzt andere Prioritäten!»

«Schade, dass ihr Bild in der Zeitung so schlecht war, ich hätte sie mir gerne mal genauer angesehen.»

«Im Internet findest du vielleicht ein besseres Foto! Wenn sich die beiden kannten, dann ist sie garantiert auf seiner Facebookseite zu sehen. Der Pommer ist doch mit Gott und der Welt befreundet ...»

Basti greift nach seinem iPad. «Ja, mit mir auch!» Schon scrollt er sich durch Pommers digitale Freundesliste. «Da haben wir sie doch schon! Jessy Braun! Donnerwetter, die ist ... die war aber sexy!»

Ich kenne Jessica nur in Arbeitsklamotten, aber hier präsentiert sie sich in einem knappen Nichts von Bikini, ihre blonden, langen Haare sind nachlässig hochgesteckt, die rosa bemalten Lippen wirken künstlich vergrößert.

Basti schüttelt den Kopf. «Hübsches Ding – aber überhaupt nicht mein Geschmack!»

«Sie hat eine Topfigur, oder?», sage ich und verfluche im Stillen den Leberkäse, den ich eben mit gutem Appetit verspeist habe.

Basti zuckt mit den Schultern: «Wie man's nimmt, ich bevorzuge, na, sagen wir mal, die ‹lebensfrohe Linie›! Du verstehst mich, Frl. Krise, oder?»

Es wird langsam dunkel in der Küche. Draußen regnet es. Basti reckt sich. «Ist das nett hier bei dir», sagt er, «kein Vergleich zu meiner WG, aber ... hast du nicht mal ein Kerzchen? Kerzenschein finde ich abends immer so gemütlich!»

Ein Mann, der Kerzen schön findet! Ich fasse es nicht. Zum Glück habe ich bei meinem letzten IKEA-Besuch jede Menge gekauft.

Basti ist begeistert. Er scheint zu der Sorte Menschen zu gehören, die sich immerzu an der Kerze zu schaffen machen müssen. Er rollt kleine Wachskügelchen, fährt mit dem Finger durch die Flamme und beobachtet, wie sich der Docht verbiegt.

«Kann ich mal kurz dein iPad haben, Basti, ich müsste was bei eBay-Kleinanzeigen nachsehen», sage ich, «ich suche eine neue Uhr, meine ist doch geklaut worden.»

Basti guckt mir über die Schultern.

«Hier, so eine! Aber ...», mir bleiben die Worte im Halse stecken. «Das ist doch MEINE Uhr, die da angeboten wird. Ich erkenne sie ganz genau am Armband, das war nämlich nicht das Originalarmband, sondern ein viel schöneres aus Leder. Das habe ich mir nachträglich dranmachen lassen, weil ich auf das Metallband allergisch reagiert habe.»

«Deine Uhr? Sicher?» Basti starrt auf den Bildschirm. «75 Euro, hochwertige Markenuhr ... mit schwarzem Lederarmband, getragen, aber unbeschädigt», liest er vor.

Der Anbieter heißt Salesman41 und gibt als Standort Berlin-Neukölln an.

«Da haben wir den Dieb», sagt Basti, «oder es ist ein Hehler.»

«Soll ich ihm schreiben, dass ich die Uhr kaufen will? Oder lieber erst die Polizei benachrichtigen?»

«Auf jeden Fall erst mal schreiben», meint Basti, «aber nicht mit deiner E-Mail-Adresse. Hier, nimm meine!»

15

«Nanu, Frau Freitag, heute janz alleene?», fragt Onkel Ali und gießt mir einen Kaffee ein. «Hier. Mit ohne Milch und Zucker.»

«Genau. Schwarz wie meine Seele.»

Onkel Ali grinst und schüttelt den Kopf.

«Frl. Krise muss noch eine Stunde unterrichten, dann kommt sie auch.»

«Seid ihr immer noch in dit Gymnasium?», fragt Onkel Ali, während er Zigarettenschachteln ins Regal sortiert.

«Ja. Aber ist eigentlich ganz schön da. Mal was anderes, und hoffentlich renovieren sie unsere Schule gleich. Die war ja echt runtergekommen.»

«Weeß man denn schon, wer dit Feuer jelegt hat?»

«Nee, noch nicht. Aber wer auch immer das war, der bekommt bestimmt eine richtig saftige Gefängnisstrafe. Schließlich ist da ja diese junge Frau verbrannt. Die Arme. Die tut mir sooo leid. Die war doch Putzfrau bei uns. Erst hat sie so einen doofen Job, und dann stirbt sie auch noch in der Schule. Sie war ja noch total jung. Die hatte das ganze Leben noch vor sich. Die Arme.»

«Ach ja, die Arme, die Arme ...», sagt Onkel Ali und schüttelt missbilligend den Kopf.

«Wie? Was meinst du?», frage ich.

Onkel Ali dreht sich zu mir und kratzt sich am Kopf. «Ach nix.»

«Wie, ach nix? Onkel Ali, du willst mir doch irgendetwas sagen. Los, spuck's aus.»

«Na ja, man soll ja nicht schlecht über die Toten reden, aber diese Jessica ... also ...»

«Kanntest du sie?» Onkel Ali nickt. Das ist mal wieder

typisch. Onkel Ali kennt einfach jeden. Sein Laden ist die Informationszentrale der Gegend. Wenn wir Stress mit einem Schüler haben, dann kann uns Onkel Ali immer genau sagen, was gerade in der Familie schiefläuft.

«Die Jessica ... und ob ick die kannte. Die hätte ja fast in unsere Familie einjeheiratet. Da mach ick aber drei Kreuze, dass dit nich passiert is.» Onkel Ali, der Muslim, macht drei Kreuze ... der muss unsere tote Putzfrau ja sehr schlecht in Erinnerung haben.

«Wie – eingeheiratet?»

«Also, du kennst doch meinen Cousin Mesut.»

Ich nicke, obwohl ich bei Onkel Alis vielen Verwandten überhaupt nicht durchblicke. «Der mit dem weißen BMW?»

«Jenau der. Eines Tages kam der an und meinte, dit er nu die Frau seiner Träume jefunden hätte. Und dit war diese Jessica. Okay, hübsch war sie. Aber man hat gleich jesehen, wo der Hase hinläuft.»

«Welcher Hase?»

«Na, dit sacht man doch so. Uns war jedenfalls von Anfang an klar, dit die nur hinter Mesuts Geld her war.»

«Golddigger.»

«Ganz genau. Und was für eine ...»

Komisch, da kaufen sich die Männer so teure Angeberkarren, um die Mädchen zu beeindrucken, und wenn die dann beeindruckt sind, dann ist ihnen das auch nicht recht.

«Die hat den BMW jesehen und dachte, se setzt sich ins fertige Nest.»

«Ins gemachte Nest», verbessere ich Onkel Ali, und er guckt mich kurz verwirrt an.

«Ja, ja, die Familie hat die natürlich gleich durchschaut, wa. Mesut war völlig verblendet. Der war so verliebt in die und wollte nüscht hör'n. Aber meene Tante hat dem dann so richtig die Ohrn jewaschen. Dit kann se, sach ick dir.»

«Und dann?»

«Irjendwann ham se sich denn jetrennt. Ohne Stress und so. Im Juten, wie man so schön sacht. Aber ick hab gleich vermutet, dit die schon 'nen andren hatte und darum keen Zoff jemacht hat. Jedenfalls war se dann ooch mit so einem Deutschen zusammen. Dit war een Vogel. Oh Mann.»

«Hast du den auch kennengelernt?» Komisch, wen Onkel Ali alles kennt. Die Freundin oder Fastverlobte vom Cousin – okay. Aber den neuen Freund von der Exverlobten ...

«Nee. Aber Mesut hat mir dauernd von dem erzählt. Dit jing nämlich nich lange jut mit der Jessy und dem. Weil der nüscht uff die Reihe jekriegt hat. Erst hießet wohl, dit er 'n Currywurstimperium aufbauen will, aber dann kam raus, dit der Typ nur Schulden hat und Ärger mit so unjute Typen. Da ging et um jeklaute Sachen oder so wat. Jedenfalls war dit nüscht für sie, und dann hat se ihm den Laufpass jejeben.»

«Und dann?»

«Na, dit wollte der irgendwie nicht verstehn. Der kam immer wieder zu ihr an. Sie wäre seine Traumfrau und so. Mesut musste dauernd da hinfahrn und mit dem Tacheles reden. So 'ne kleene Frau kann ja gegen so een verrückten Typen ooch nüscht aushelfen.»

Aushelfen? Egal. Ist ja interessant. Diese Jessica Braun war wohl doch nicht das liebe nette Mädchen von nebenan. In der *B. Z.* wurde sie ja geradezu als Heilige beschrieben. Sie sah ja auch wirklich aus wie ein Engel. Ein teuflischer Engel.

Onkel Ali guckt aus dem Fenster. Plötzlich strahlt er: «Ah, da kommt ja deine bessere Hälfte. Frl. Krise! Hallo! Käffchen genehm?»

«Hallo, Frl. Krise!»

«Hallo, ihr zwei! Ja, gerne, Onkel Ali, du kennst meine geheimsten Wünsche, hahaha.»

«Ja, Frl. Krise. Onkel Ali weiß, was Frauen wollen, hehe. Au Mist, Frl. Krise, ich sollte doch noch Brot kaufen. Ich renn mal schnell rüber zur Markthalle. Bin gleich wieder da.»

«Ja, okay.»

«Frl. Krise, kann ich dich denn mit dem Onkel Ali alleine lassen?»

«Jetzt schieb schon ab, Frau Freitag! Onkel Ali, was ist eigentlich hier nebenan los? Ich meine diese Baustelle? Kommt da ein neuer Laden rein?»

«Ja. Eine Bäckerei.»

«Sehr schön, da braucht Frau Freitag nicht mehr in die Markthalle zu rennen. Bestimmt so eine Ökogeschichte, oder?»

«Vegan, gloobe ick!»

«Hä? Vegane Brötchen? Wie geht das denn? In Brot ist doch gar nichts Tierisches drin, oder?»

«Keine Ahnung, aber bei mir is ooch allet vegan. Nur ick schreib dit nich extra ran. Die Besitzerin scheint aber janz nett zu sein. Wollte mir neulich schon 'n Kaffee rüberbringen.»

«Ach, Kaffee gibt's da auch? Bestimmt haben die da eine profimäßige italienische Espressomaschine.»

«Ja, bestimmt gibt es da nur so überteuerten Lattequatsch. Ick bleib beim juten alten Filtakaffee.»

«Aber ob wir da bei dir bleiben? So ein schöner Cappuccino ...»

«Der Laden is noch nich uff, und schon wird se mir untreu. Mein Herz weint, Frl. Krise!»

Frau Freitag rauscht in den Laden und schmettert ein Brot auf die Theke.

«5,50 Euro kostet dieses winzige Brot beim Ökostand», sagt sie. «Frechheit. Na ja, los, Frl. Krise, lass uns gehen. Ich hab keine Zeit mehr.»

«Apropos Zeit – meine Uhr! Die ist wiederaufgetaucht, stell dir vor, Frau Freitag. Bei eBay-Kleinanzeigen. Original meine Uhr! Ich hab sie gleich erkannt!»

«Echt? Wer hat die denn angeboten? Verkauft der auch mein Handy und Frau Noltes Schulschlüssel?»

«Der Typ heißt Salesman41. Und nach deinem Handy hab ich nicht geguckt, aber ich hab ihm eine Mail geschrieben, dass ich die Uhr haben will.»

«Na, das wird ja spannend. Ich würde eine persönliche Übergabe vereinbaren und mit einem Mannschaftswagen der Polizei kommen. Meinst du, das war der Dieb?»

«Basti sagt ja.»

«Basti ... sososo. Und sagt der auch, dass der Dieb und der Feuerleger die gleiche Person sind? Das frage ich mich nämlich die ganze Zeit. Ob jemand die Sachen nur geklaut hat, um damit in die Schule zu kommen und das Feuer zu legen.»

«Frau Noltes Schlüssel ... ich hab doch den Polizisten gefragt bei der Dienstversammlung, ob da ein Zusammenhang besteht, und der hat gesagt, wahrscheinlich nicht. Außerdem – wer weiß, wie viele Schlüssel unserer Schule noch in Umlauf sind!»

«Hattest du nicht auch mal deinen verloren? Soweit ich mich erinnern kann, hast du dir doch damals beim Hausmeister einen neuen geholt und niemandem gesagt, dass deiner weg ist.»

«Genau, Frau Freitag. Du bist die Einzige, die das weiß, und der Hausmeister hat das längst vergessen.»

«Und was du damals für eine Angst hattest, dass du das Auswechseln der Schließanlage bezahlen musst.»

16

Frau Nolte stößt mich mit ihrem Ellbogen an und weist mit dem Kinn auf Susanne. Die steht in der offenen Tür des Lehrerzimmers und spricht mit jemandem, der sich draußen im Flur befindet. Ihr Gesicht ist leicht gerötet, ihre Augen glänzen.

«Sie redet mit dem Sorg, Frl. Krise», sagt Monika leise, «ich glaube, die findet den toll!»

«Echt? Hab ich noch gar nicht gemerkt!»

«Du musst sie mal beobachten, wenn der in der Nähe ist, dann blüht sie auf. Ich würde sagen: total verknallt!»

Monika lächelt. «Jetzt guck nicht so, Frl. Krise! Wann warst du denn das letzte Mal verliebt?»

Ich zucke zusammen. Gute Frage, soll ich da etwa wahrheitsgemäß antworten?

Das geht nicht, ich kann der Monika doch nicht erzählen, dass ich gerade dabei bin, mein Herz zu verlieren ...

«Keine Ahnung, Monika, es muss ewig lange her sein! Ich bin ja schon seit tausend Jahren mit dem Männe zusammen!»

Monika nickt. «Also ist das bei dir genauso wie bei mir ... na ja, ich habe ja inzwischen die Konsequenzen gezogen und mich getrennt. Unsere Ehe war schon seit Ewigkeiten nur noch so ein Zweckbündnis. Jetzt geht es mir super, kann ich dir sagen. Ich habe ein ganz neues Kapitel in meinem Leben aufgeschlagen!»

«Ach ja? Fühlst du dich nicht schrecklich einsam und alleine?»

«Überhaupt nicht! Ich ...», Monika rückt näher und beginnt zu flüstern, obwohl wir bis auf Susanne ganz alleine sind, «... ich bin sehr beschäftigt, besonders abends!»

«Hä, aber womit denn? Bist du in einen Turnverein eingetreten oder ...»

«Hahahaha, Turnverein!» Monika bricht in so lautes Gelächter aus, dass Susanne für einen Moment zu uns rüberschaut.

«So kann man es auch nennen. Nein, ich hab dir doch erzählt, ich bin jetzt bei Parship, du weißt, diese Partneragentur ...»

«... bei der man sich alle elf Sekunden verliebt!»

«Frl. Krise, das ist natürlich Werbequatsch. Aber ich habe schon wirklich sehr nette Bekanntschaften gemacht, das kannst du mir glauben. Ein paar Loser habe ich auch kennengelernt, aber das macht gar nichts – der Vorteil ist ja, dass man voll im Griff hat, ob man einen Abend zusammen verbringt oder nicht.»

Ich bin ein bisschen geschockt. Monika war immer so eine bodenständige, vernünftige Person, die ein ganz ruhiges bürgerliches Leben führt – dachte ich jedenfalls.

«Was machst du denn so mit den Männern, die du datest?», frage ich. «Geht ihr schick essen? Oder unternehmt ihr was? Theater, Kino oder so?»

«Meistens treffen wir uns beim ersten Mal in einer Bar oder Café. Vorher hat man natürlich gechattet und telefoniert, damit man keine unliebsame Überraschung erlebt. Danach ... also, entweder man geht schnell auseinander und trifft sich nie wieder, oder ... äh ... na ja ... da gibt es ganz unterschiedliche Möglichkeiten ...»

«Monika, sag mal ganz ehrlich ... bist du ... äh ... hast du ...?»

Monika rückt ein Stückchen näher: «Willst du wissen, ob ich auch schon mal Sex hatte?»

Ich nicke, und sie kichert.

«Na klar, was denkst denn du! Das ist doch der Sinn der Übung. Frl. Krise, ich kann dir sagen, du musst auch etwas ändern in deinem Leben. Du bist jetzt Mitte fünfzig, da hat man keine Zeit mehr zu verlieren! Mach kurzen Prozess, schick deinen Männe in die Wüste und genieße dein Leben. Setz dich an deinen Rechner, gib die Adresse von Parship ein, und ab die Post!»

Sie zeigt auf Susanne. «Die macht's richtig. Lässt nix anbrennen, obwohl ... der olle Sorg, der wär mir zu alt!»

17

«Also, diese Frau Arndt ist wirklich eine tolle Person. Die hat ihren Laden hier so was von im Griff.» Der Büchner schwärmt jetzt schon seit Beginn der Mittagspause von der super Organisation und der tollen Schulleiterin. Ich finde die ja auch gut, vor allem hat sie so einen geschmackvollen Kleidungsstil. Den erwähnt der Büchner allerdings nicht. Würde Basti vielleicht auch nicht interessieren. Der scheint überhaupt nicht zu merken, dass die Schulleiterin immer mit ihm flirtet. Dem Büchner würde das nicht entgehen. Aber der ist wohl nicht ihr Typ. Basti sieht auch viel besser aus als der Büchner.

«Eine Schule steht und fällt mit ihrem Leitungsteam. Und hier herrscht ja ein ganz außergewöhnlich kollegialer Führungsstil», sagt der Büchner. «Flache Hierarchien, schon mal gehört?» Basti schüttelt den Kopf. Ich glaube, er will davon auch gar nichts hören. Gelangweilt beißt er in sein Schulbrot.

Plötzlich geht die Tür auf, und ein großer schlanker Mann in einer schwarzen Outdoorjacke kommt zu uns ins Lehrerzimmer. Frau Müller, die schon die ganze Mittagspause an einem Tisch Klausuren korrigiert hat, springt auf und fällt ihm um den Hals. «Burkhard, wie schön! Seid ihr wieder da? Wie war die Fahrt?»

Burkhard lächelt, zieht seine Jacke aus, schmeißt sie auf einen Stuhl und geht zur Küchenzeile. «Du, Gabi, die Fahrt war ganz toll. Natürlich gab es erst mal großes Geschrei, als wir alle Handys und die iPads eingesammelt haben. Dabei hatten wir ja vorher wochenlang besprochen, dass wir eine internetfreie Projektfahrt machen wollen.» Eine internetfreie Klassenfahrt. So was sollten wir mal an unserer Schule anbieten. Würde bestimmt niemand mitfahren.

«Na ja, erst großes Gemurre, aber dann haben sie es geschluckt, und am Ende waren sie auch gar nicht mehr so scharf auf die Geräte.»

Gabi nickt. «Ach, schön.»

Burkhard dreht sich zu Büchner, Basti und mir. «Oh, neue Kollegen?»

Gabi stellt uns vor und erzählt von dem Brand an unserer Schule. Burkhard starrt den Büchner an. Starren ist noch untertrieben. Er fixiert ihn. «Sag mal, wir kennen uns doch? Oder?» Der Büchner lächelt. Ja, was denn nun, kennen die sich oder nicht? Und plötzlich fällt es diesem Burkhard wohl ein: «Na klar, Mensch, du warst doch auch in dem Schulleitungsseminar. Olaf Büchner. Klar. Von der Brennpunktschule! Ihr wart doch die mit diesem unglaublich schlechten Direktor. Klar, jetzt weiß ich wieder. Ich hab damals immer gedacht, das kann doch nicht sein, dass solche Leute Schulen leiten. Das klang immer nach letztem Jahrhundert. Ihr hattet doch auch nur EIN Smartboard an der ganzen Schule ... oder?»

«Wir haben in drei Räumen interaktive Whiteboards», sagt der Büchner und klingt ein bisschen beleidigt. Burkhard ist noch voll in Fahrt: «Na, Mensch, ich dachte, du bist da schon lange weg. Warum bist du denn immer noch an dieser Brennpunktschule? Du hattest doch gesagt, sobald wir das Seminar fertig haben, suchst du dir eine Funktionsstelle in Steglitz.»

«Echt? Ja? Olaf – Steglitz?», frage ich, und der Büchner steht auf, um sich einen Kaffee zu holen. Übersprungshandlung. Typisch.

«Wo ist denn dieses Steglitz?», fragt Basti.

«Im Süden. Das ist so ziemlich das bürgerlichste Pflaster hier in Berlin», sage ich. Ich kann es gar nicht glauben. Der Büchner ... da lässt er sich heimlich zum Direktor ausbilden, sagt niemandem etwas davon, redet schlecht über den Fischer, und bei uns tut er immer so engagiert. Lässt sich ins Evaluationsteam wählen und in die Schulkonferenz, und dann so was.

Na warte, Herr Doktor. «Was habt ihr denn da so gelernt, Olaf? Flache Hierarchien? Kollegialer Führungsstil?»

Aber wenn er dieses Seminar gemacht hat, warum ist er dann noch bei uns? Vielleicht wollte ihn niemand in Steglitz. Brennpunktlehrer wird Schulleiter am Gymnasium. Vielleicht war das gar nicht so ein toller Plan. Vielleicht wollte er auch einfach warten, bis der Fischer weg ist. Schließlich kennt er sich ja an unserer Schule mittlerweile gut aus. Da wäre es natürlich leichter, Schulleiter zu werden. Aber der Fischer ist ja noch gar nicht so alt. Vielleicht 60. Da kann der Büchner ja noch lange warten, wenn er den beerben will. Außer, der

Fischer geht früher. Aber warum sollte er ... ah, wenn man ihm Unfähigkeit vorwerfen könnte oder einen Brand ... vielleicht hat Olaf was mit dem Feuer zu tun. Dass er sich nichts anmerken lässt, habe ich ja gerade eben feststellen können. Schnell ein kleines Feuer gelegt, die Schuld dem Fischer in die Schuhe geschoben und zack wird man selbst Schulleiter. Geschickt eingefädelt, Herr Büchner. Wirklich genial.

18

Heute geht's zu IKEA! Frau Freitag will da unbedingt hin – schon seit Wochen nervt sie deswegen. Sie will sich Geschirr kaufen. Ich hab schließlich zugesagt, weil ich auch etwas brauche: neue Kerzen! Mein ganzer Vorrat ist aufgebraucht – Basti hat es eben so gerne, wenn die Wohnung abends durch Kerzenschein illuminiert ist.

Aber bevor wir losfahren, muss ich ihm noch seinen Hausschlüssel bringen, den hat er heute Morgen vergessen.

«Frau Freitag, kannst du einen Moment im Auto warten? Ich muss noch mal rasch in die Schule und Basti suchen.»

«Weshalb das denn? Ach guck, du brauchst den nicht zu suchen, er steht dahinten mit Frau Arndt.»

Tatsächlich. Da stehen sie wirklich vor dem Eingang: Frau Arndt und Basti. Sie hat ihre Hand auf seinen Unterarm gelegt und spricht auf ihn ein. Dann wirft sie plötzlich ihren Kopf zurück, sodass ihre halblangen Haare wild herumfliegen und lacht laut. Basti verzieht keine Miene.

Hm. Scheint er ja nicht sehr lustig gefunden zu haben, was sie da gesagt hat. Was will die auch von ihm? Sie ist Schulleiterin und soll mal lieber in ihr Büro gehen und sich um die

Schulentwicklung kümmern, anstatt hier auf dem Hof rumzulungern und mit jungen Kollegen zu flirten. Genau das tut sie nämlich, das merkt man doch sofort. Und der arme Basti, der muss gute Miene zum bösen Spiel machen, schließlich ist sie eine Art Vorgesetzte.

«Guten Morgen, entschuldigen Sie bitte, Frau Arndt, darf ich Ihnen gerade mal kurz den Herrn Huber entführen? Es ist wichtig!»

«Ungern, mein liebes Frl. Krise! Sie können sich wirklich freuen, dass Sie so nette junge Kollegen haben. Passen Sie nur auf, dass ich Ihnen den Herrn Huber nicht abwerbe! Der wäre eine große Bereicherung für unser Kollegium. Na, dann machen Sie's gut, Herr Huber!» Sie tätschelt Bastis Arm und schenkt ihm noch ein strahlendes Lächeln. «Bis später!»

Ich ziehe Basti am Ärmel beiseite: «Sorry, ich wollte euch nicht stören.»

Basti winkt ab: «Schon gut, alles klar. Diese Arndt geht mir ehrlich gesagt auf den Wecker. Sie ist so ... also, nicht direkt aufdringlich, aber ... bei Schülern würde ich sagen, distanzlos.»

«Das habe ich gesehen. Dieses Angebot, dass du ... meint die das ernst? Du denkst doch wohl nicht daran, die Schule zu wechseln, oder?»

«Nein, natürlich nicht! Was ist denn eigentlich los? Weshalb bist du gekommen, du hattest doch heute Dienst in der Sonnenblumenschule?»

«Ich hole Frau Freitag hier ab, und bei der Gelegenheit wollte ich dir deinen Schlüssel vorbeibringen, den hast du heute Morgen auf dem Küchentisch liegengelassen. Ohne den kommst du nicht rein, ich bin nämlich nicht zu Hause. Wir fahren zu IKEA.»

«Danke dir, super! Du denkst aber auch an alles!» Basti lacht mich an, und mir geht das Herz auf. Die blöde Arndt ... die soll bloß ihre Finger von ihm lassen!

Frau Freitag platzt fast vor Neugierde, als ich wieder ins Auto steige. «Warum musstest du zu ihm? Was hast du ihm gegeben?»

«Ach, nichts Besonderes!»

«Du lügst sehr schlecht, Frl. Krise. Los, erzähl!»

«Ich hab ihm den Schlüssel gebracht!»

«Den Schlüssel? Welchen Schlüssel?»

«Den Wohnungsschlüssel eben. Er hat ihn heute Morgen vergessen.»

«Hä?» Frau Freitag starrt mich ungläubig an. «Den Schlüssel von welcher Wohnung? Doch nicht von deiner, oder?»

Ich nicke und starte den Motor. «Doch, er wohnt vorübergehend bei mir. Das hat sich so ergeben!»

«Das glaub ich jetzt nicht!» Frau Freitag schlägt mit der flachen Hand auf die Ablage des Armaturenbretts.

«Na ja, er war sozusagen obdachlos, da musste ich ihn doch ...»

«Hä? Wie – obdachlos? Also, Frl. Krise, noch mal ganz langsam zum Mitschreiben: Sebastian Huber. Dreißig Jahre alt. Studienrat aus Bayern. Dieser große, durchtrainierte blonde Schönling, der aussieht wie ein Kunstturner? Dieser junge Adonis wohnt bei dir?»

«Ja.»

«Seit wann denn???»

«Seit ein paar Tagen. Und im Übrigen, er ist fünfunddreißig und nicht dreißig.»

«Ach, das ändert ja alles. Wie alt bist du noch mal?»

«Was tut denn das zur Sache? Ich kann doch bei mir wohnen lassen, wen ich will. Er WOHNT ja nur. Wir leben doch nicht zusammen.»

«Ja, klar. Frl. Krise, das fängt immer ganz harmlos an und dann ... Ein Gläschen Wein nach dem Essen, ein gemütlicher Abend auf der Couch und ...»

«Ja, und wenn schon?! Was wäre dabei, wenn es so wäre? Dürfen nur Männer mit jüngeren Partnerinnen zusammenleben? Ich sage nur Maffay oder Müntefering oder Kohl oder ...»

«Ja, ja, schon gut, Madonna. Nein, Frl. Krise, du hast als Sechzigjährige auch das Recht auf einen Dreißigjährigen! Was sagt denn Männe dazu?»

«Ich bin, äh ... Mitte fünfzig, nicht sechzig, und Männe ... ja, das ist ein Problem. Das heißt, es könnte eins werden ... Er weiß es noch nicht!»

«Ach! Was der nicht weiß, macht den nicht heiß! Gönn dir ruhig, Frl. Krise, wie die Schüler sagen würden.»

«Nee, ganz so ist es nicht, Frau Freitag! Wir machen es uns nett, aber alles auf rein freundschaftlicher Ebene! Und apropos Schüler: Hast du deine endlich untergebracht im Praktikum?»

«Ja, zum Glück. Vincent hat mir heute noch die Unterschrift von Netto gebracht. Wurde ja auch mal Zeit. Montag geht's los. Und bei dir?»

«Hava hat noch nichts. Dabei ist die doch eigentlich so zuverlässig. Ihre Mutter will nicht, dass sie zur Kosmetikerin geht, sie soll was Vernünftiges machen. Ich dachte, ich frage Emre mal, ob der sie noch bei der Polizei unterbringen kann. Ich muss doch dahin, übermorgen.»

«Du musst zur Polizei? Hast du gar nicht erzählt. Frl. Krise, was hast du ausgefressen?»

«Gar nichts. Es geht nur um die brennbaren Stoffe im

Kunstraum, die du oder ein anderer Kollege da offen stehengelassen hat.»

«Ich??? Ich wasche meine Hände in Unschuld! Ich habe dieses Jahr nur mit Bleistift gearbeitet.»

19

Die schönsten Wochen im Leben des Klassenlehrers sind auf jeden Fall die Betriebspraktikumszeiten. Man muss nicht so viel Unterricht vorbereiten, weil man ja mindestens die Hälfte seiner Zeit Schüler besuchen geht. Man kommt mal raus aus der Schule und sieht neue Sachen. Leider hat in meiner Klasse niemand einen wirklich spannenden Praktikumsplatz gefunden. Weil sie auch nicht danach gesucht haben. Wenn man gleich zum Friseur um die Ecke, in seinen alten Kindergarten oder zu Douglas im Center geht, dann war's das eben. Dann steht man eben drei Wochen bei Douglas und packt Kisten aus und putzt Regale. Dass man beim Friseur wahrscheinlich noch nicht Haare schneiden, sondern nur zusammenfegen darf, müsste den Schülern eigentlich auch klar sein. Ich würde Cindy lieber in der Pathologie oder bei der Staatsanwaltschaft besuchen, stattdessen muss ich jetzt in den Kindergarten Entenhausen. Cindy kam schon vor Wochen begeistert zu mir: «Frau Freitag, stellen Sie sich mal vor, ich kann in mein alte Kindergarten Praktikum machen. Bei Entenhausen. Die haben sich voll gefreut, dass ich komme. Sind auch noch genau die gleichen Frauen da wie bei mir.»

Toll, Cindy. Und jetzt hängt sie da. In ihrem alten Kindergarten. Mit genau noch die gleichen Frauen. Seit drei Tagen ist sie dort. Am Telefon klang sie schon nicht mehr so begeistert. «Is irgendwie langweilig. Immer das Gleiche.»

Schon vor dem Kindergarten hört man schreiende Kinder. Die Einrichtung besteht eigentlich nur aus zwei großen Räumen und befindet sich im Erdgeschoss eines Altbaus in Neukölln. In der Mitte des einen Raums steht ein großer Tisch, und überall sind winzige Kinderstühle verteilt. Die würde ich erst mal alle an den Tisch stellen. In dieser Unordnung könnte ich überhaupt nicht arbeiten. Überall liegt Plastikspielzeug herum. Nackte Barbiepuppen ohne Kopf und Autos in unterschiedlichen Größen. Cindy sitzt auf so einem grauen IKEA-Teppich, der wohl heutzutage standardmäßig zum Kindsein dazugehört. Straßen und Häuser sind dadrauf. Da soll man wahrscheinlich mit den Spielzeugautos entlangfahren.

Cindy winkt mir zu, als sie mich sieht. Sie sieht sehr gelangweilt aus. Vor ihr sitzt ein kleiner Junge, vielleicht zwei oder drei Jahre alt, und nimmt sich immer wieder kleine Matchboxautos aus einer Plastikkiste. Er guckt sie gar nicht an, sondern schmeißt sie sofort gegen die Wand. Cindy hebt die Autos auf und legt sie zurück in die Kiste. Wie lange die beiden dieses Spiel wohl schon spielen? Ich setze mich zu Cindy auf den Straßenteppich.

«Na, Cindy? Traumjob gefunden?»

Sie verdreht die Augen: «Sehr witzig, Frau Freitag.» Dann seufzt sie wie eine alte Frau. «Frau Freitag, ganz ehrlich? Nie im Leben würde ich Kindergärtnerin werden.»

«Erzieherin», verbessere ich sie.

«Ja, auch nicht. Lieber mach ich Oberstufe oder heirate und werde Hausfrau. Ich sag Ihnen, diese kleinen Kinder ... erst denkt man so, sie sind ja krass süß und dies das... aber wenn Sie die kennenlernen ... sie sind übertrieben fies. Sie hauen sich immer, und Sie können sich nicht vorstellen, wie laut die sind. Ich verstehe nicht, wie die Kindergartenfrauen das aushalten.»

«Wo sind die eigentlich?»

«Die trinken immer Kaffee in der Küche. Eine ist in den andern Zimmer, mit den Mädchen. Und ich soll dauernd mit den Kindern spielen. Sie glauben nicht, wie öde das ist.»

Cindy ist die erste meiner Schülerinnen, die ich im Praktikum besuche.

«Hast du denn schon von den anderen gehört, wie es denen geht?»

Cindy ist immer bestens informiert, da sie mit der ganzen Klasse, ach, was sag ich, mit der ganzen Schule vernetzt ist.

«Die meisten finden Schule besser als Arbeit.»

«Ach sieh an. Das ist ja schön.»

«Sarah ist beim Friseurladen, und sie muss immer nur putzen. So Haare fegen. Voll eklig. Und sie darf sonst gar nichts machen. Dilay ist bei Kik, aber ich glaube, sie ist krank.»

«Krank? Aber sie hat sich gar nicht bei mir gemeldet.»

Das ist wieder typisch. Da labert man sich wochenlang einen ab, wo man bei Krankheit anrufen soll, und was machen die Schüler? Sie bleiben einfach zu Hause und rufen nicht an.

«Sie geht heute zum Arzt, Frau Freitag. Wahrscheinlich ist sie bis Ende vom Praktikum krank.»

Das ist typisch Dilay. Zwei Tage bei Kik rumstehen und dann drei Wochen Attest.

«Na, Cindy, das hört sich ja alles nicht so toll an», sage ich, und Cindy zuckt mit den Schultern. Plötzlich reißt sie die Augen auf und greift sich meinen Arm. Anscheinend ist ihr etwas Wichtiges eingefallen, und ich soll auf jeden Fall genau zuhören:

«Frau Freitag, was ganz anders.»

«Was denn, Cindy?»

«Sie kennen doch noch diesen Julian.»

«Julian?»

«Ja, der war letztes Jahr noch auf unsere Schule. Der mit diesen langen Haaren.»

«Ah, ja.» Julian. Natürlich erinnere ich mich an den. Seinetwegen gab es ja diverse Klassenkonferenzen. Pommers persönlicher Staatsfeind Nr. 1. Die beiden hatten sich letztes Jahr so dermaßen in der Wolle ... da ging es irgendwie um ein oder zwei Punkte, die dieser Julian noch für seinen Mittleren Schulabschluss brauchte. Aber der Pommer blieb hart. Am Ende ging er nur mit einem erweiterten Hauptschulabschluss ab. Dabei war das eigentlich ein ziemlich schlauer Typ. Irgendwie waren dann auch Pommers Fahrradreifen aufgeschlitzt. Aber ob dieser Julian das war, konnte nie genau geklärt werden.

«Was ist denn mit dem? Mit Julian?»

Cindy macht ein triumphierendes Gesicht: «Ich schwöre, Sie werden nicht glauben, was der auf Facebook gepostet hat!»

20

«So, Frl. Krise, Sie müssten jetzt nur noch das Protokoll der Vernehmung unterschreiben. Hier bitte ... da, wo ich das Kreuzchen gemacht habe.»

Der junge Polizist schaut mich ernst an und schiebt mir das Formular über den Tisch zu. Ich muss ein Kichern unterdrücken – schließlich ist er ein ehemaliger Schüler und in meinem Kopf trotz der Uniform immer noch der kleine Emre, der zusammen mit seinem Kumpel Ömür jahrelang in der ersten

Bank vor meinem Pult saß. Die beiden haben mich allerhand Nerven gekostet, aber sie waren auch ganz süß. Sie wollten unbedingt «Polizei» werden, wie Ömür es nannte, und das haben sie geschafft. Allerdings war es ein langer, steiniger Weg – auch für mich. Jetzt teilen sie sich ein Büro und sind wichtig.

«Gucken Sie bloß nicht nach meine Rechtschreibung, Frl. Krise!» Emre grinst leicht verlegen.

«Nein, nein! Hoffentlich konnte ich euch von meiner Unschuld überzeugen.» Ich überfliege den Text. Oje. Was hat der sich denn da zusammengeschrieben! Aber ich werde jetzt dazu schweigen, dass er die Groß- und Kleinschreibung immer noch nicht beherrscht – auch wenn sich mir als seiner ehemaligen Deutschlehrerin bei solchen Fehlern der Magen umdreht.

«Machen Sie sich keine Sorgen, Frl. Krise, bei Ihnen ist alles paletti», sagt Emre und heftet das Blatt ab. «Wir verhaften Sie nicht, hehehe. Wir wissen ja, wie das in so einem Kunstraum ist und dass Sie nicht den ganzen Tag hinter allen herräumen können. Hauptsache, Sie haben die Kollegen darauf hingewiesen, dass diese brennbaren Stoffe in dem abschließbaren Schrank aufbewahrt werden müssen. Und das haben Sie ja getan.»

«Gibt's denn sonst was Neues, also, in Sachen Brand?», frage ich, um das leidige Thema zu beenden, und fixiere Ömür. Aus dem bekommt man erfahrungsgemäß immer mehr raus als aus dem korrekten Emre. Das war schon damals in der Schulzeit so – wenn einer gepetzt hat, dann war es Ömür.

«Nein, nicht wirklich», sagt Emre prompt, aber Ömür fällt ihm ins Wort. «Doch, Emre! Es steht doch jetzt fest, dass die Tote von einer Leiter gestürzt ist, ehe sie verbrannte.»

Emre runzelt die Stirn und seufzt. Das gefällt ihm gar nicht! Ömür ist nicht zu stoppen.

«Wahrscheinlich war sie nach dem Sturz bewusstlos, und als dann das Feuer ausbrach, konnte sie sich natürlich nicht in Sicherheit bringen und ist ...»

«Mann, Ömür!» Jetzt reicht es Emre. «Was redest du da! Das haben wir doch noch nicht mal in die Medien gegeben! Wir arbeiten auf Hochtouren, Frl. Krise, aber aus ermittlungstechnischen Gründen wird nicht alles veröffentlicht und an die große Glocke gehängt.»

«Aber Frl. Krise ist doch nicht die große Glocke.» Ömür ist sichtlich empört. «Sie reden doch mit niemand darüber, wa, Frl. Krise?»

«Nee, natürlich nicht, Jungs, ich schwöre!», sage ich und halte meine gekreuzten Finger unter den Tisch. Schwur-Ableitung nannten wir das früher.

«Ich hätte übrigens noch ein Problem», fällt mir dabei ein. «Eine Schülerin von mir braucht bis Montag unbedingt einen Praktikumsplatz. Ich weiß, bei euch muss man sich eigentlich wochenlang vorher zentral anmelden und bewerben, aber vielleicht könnt ihr da doch was drehen? Es handelt sich um ein sehr nettes und schlaues Mädchen, Hava Kilic heißt sie!»

Ich füge nicht hinzu: Denkt dran, ohne mich hättet ihr den Mittleren Schulabschluss garantiert nicht bestanden, und wer weiß, ob ihr ohne den so schöne Posten bei der Polizei hättet. Ich weiß, dass die beiden wissen, dass ich das denke, und wie sagt man so schön: Eine Hand wäscht die andere.

Emre nickt. «Na gut, Frl. Krise, sagen Sie der Kleenen, sie soll gleich heute Nachmittag mal hier vorbeischauen, dann sehen wir, was sich da machen lässt.»

21

«Ach, ist das herrlich, mal wieder draußen Kaffee zu trinken», sagt Frl. Krise und setzt ihre Sonnenbrille auf. Ich finde, sie übertreibt ein bisschen. So warm ist es noch gar nicht. Und der Kaffee hier bei dieser Rita schmeckt eigentlich auch nicht. Onkel Alis Filterkaffee ist mir lieber. Onkel Ali hat auch ganz komisch geguckt, als wir uns nicht zu ihm, sondern nebenan vor die neue Bäckerei gesetzt haben. Aber selbst schuld, wenn er keine Tische mehr draußen stehen hat. Man will ja auch nicht immer in seinem dunklen Kabuff sitzen. Und diese Rita ist wirklich nett. Sie hat uns sehr herzlich begrüßt und sogar ein Stück Käsekuchen zum Probieren spendiert. Der war richtig lecker. Die weiß schon, wie man Kundenbindung betreibt.

«Den Pommer hättest du heute mal hören sollen», sagt Frl. Krise. «Als es um den Julian ging und ich das mit seinem Facebookeintrag erzählt habe, da war der sofort Feuer und Flamme.»

«Hehehe, Feuer und Flamme, das passt ja.»

«Ja, aber wirklich. Er so: ‹Dieser Dreckskerl war das, der hat die Schule angezündet!› Der wäre schon immer so ein Krimineller gewesen. Und den Diebstahl im Lehrerzimmer hätte der auch begangen. Da würde er sein linkes Ei drauf verwetten. Da hättest du mal die Grundschulkolleginnen sehen sollen. Die eine hat auch noch ausgerechnet ein Ei gegessen. Das hat sie sofort in ihre Tupperdose fallen lassen. So ganz angewidert.»

«Ja, die sind den rauen Brennpunktton nicht gewohnt in ihrer niedlichen kleinen Heile-Welt-Schule.»

«Aber so was von gar nicht. Da weht echt ein anderer Wind. Ein Lüftchen. Da wird an jedes Wort ein –chen oder –lein gehängt. Öhrchen auf, Kinderlein oder möchtest du noch ein

Äpfelchen, und dann basteln wir schöne Ostereierchen ... oh Mann, ich sag dir, wie im Kindergarten.»

«Und dann kommt der Pommer und verwettet seine Eierchen ...»

«Jetzt hör aber auf, Frau Freitag!», schreit Frl. Krise, hält sich die Ohren zu und fängt an, laut zu summen. Und kichert dabei immer wieder.

Rita kommt mit einer kleinen Untertasse voller großer Kekskrümel an unseren Tisch. «Na, hier ist ja Stimmung», sagt sie, lächelt und setzt sich zu uns. «Ich wollte euch ... ich darf doch du sagen, oder?»

Frl. Krise nimmt die Hände von den Ohren, kichert immer noch, nickt und sagt: «Klar. Nur zu, sag du. Ich bin Frl. Krise, und das ist Frau Freitag.»

«Angenehm, ich bin die Rita. Ich wollte euch noch was zum Probieren hinstellen. Die Kekse mach ich selbst. Ich brauche noch ein paar Testesser.»

Frl. Krise schüttelt den Kopf. «Für mich nicht.» Das war klar. Sie macht ja eigentlich immer Diät. Also das würde sie nie sagen, aber wenn man sich mit ihr trifft, dann hat sie zufällig immer gerade etwas zu Hause gegessen. Meistens ein dickes fettes Butterbrot. Was soll das überhaupt sein, ein dickes fettes Butterbrot? Und jetzt muss sie sich ja noch für ihren neuen Mitbewohner schlank halten. Seit dieser Basti bei ihr wohnt, isst sie eigentlich so gut wie gar nichts mehr. Und plötzlich schminkt sie sich auch viel doller. Und ständig hat sie neue Klamotten an. Sie sagt dann zwar immer, dass sie die schon ewig hätte. Aber das glaube ich ihr nicht.

«Boahhh, voll lecker sind die, diese Kekse. Bloß nichts dran verändern», sage ich, und Rita lächelt noch breiter, wenn das überhaupt möglich ist.

22 «Schulfest der Sonnenblumen – ich frag mich, weshalb wir diesen Quatsch nun auch noch mitmachen müssen», sagt der Pommer und schüttelt den Kopf.

«Psst, Peter», flüstert Monika, «wir können uns unmöglich ausschließen, wenn die uns so nett aufnehmen. Wir sind nur Gäste, vergiss das nicht.»

Der Pommer angelt seufzend ein Mettbrötchen von der Platte, die der Hausmeister eben ins Lehrerzimmer gebracht hat. Ob er es auch bezahlt? Ich habe da so meine Zweifel, noch nie habe ich gesehen, dass er irgendwas in die Box gelegt hat. Vielleicht denkt er, das wäre hier so wie in der Kirche, man gibt etwas bei der Kollekte oder auch nicht.

«Ich würde mal gerne wieder auf eine richtige Party gehen», murrt er, «nicht immer nur zu so einem Kinderkram. Was soll denn da überhaupt gemacht werden auf dem komischen Fest?»

«Na, das Übliche, Peter», flötet Susanne, «mit Schokoküssen werfen oder mit Bällen auf Dosen ...»

«Höhöhö ... Wennschon, dann mach ich Sackhüpfen und Eierlaufen.» Der Pommer erstickt fast vor Lachen an seinem Brötchen.

Frau Nolte zieht die Augenbrauen hoch, beugt sich über den Tisch und sagt halblaut: «Na, Peter, wenn dir das alles zu kindisch ist, dann geh doch einfach mal mit mir zur nächsten Ü40-Party in die Kalkscheune.»

«WAS? Da gehst du hin, Monika?» Ich bin platt. Ü–Partys, Ich kenne niemanden, der solche Veranstaltungen besucht.

«Frl. Krise, du musst nicht so schreien, die Grundschulkolleginnen brauchen das nicht unbedingt ALLE mitzubekommen», sagt Monika leicht pikiert, «Ja, ich geh dahin. Sogar regelmäßig. Und ich amüsiere mich da immer blendend. Komm doch auch mal mit, du bist ja auch ... obwohl, äh ... nee, eigentlich bist du Ü50, oder? Aber das macht nichts! Also, wie wär's?»

«Du bist doch auch Ü50, Monika!»

«Nichtigkeit!» Monika winkt ab.

«Ü40-Party ... Warum eigentlich nicht!», sagt der Pommer und lehnt sich auf seinem Stuhl zurück. «Ich bin dabei, du auch, Frl. Krise?»

Ich zupfe unentschlossen an meinem Ohrläppchen. Lust dazu hätte ich schon, aber – nein, ich lege mich jetzt nicht fest. Zu einer Ü-Party gehen, das sind ja irgendwie ganz neue Perspektiven. Basti wäre Ü30 ...

Der Pommer steht auf, reckt sich, murmelt etwas von seinem Rücken und setzt sich an den Computer.

«Einen Vorteil hat es schon, dass wir hier sind», brummelt er, «nee, zwei. Einmal dass hier immer ein Rechner frei ist und zweitens die Brötchen. Ach ja, und noch was. Dass ich – wenn ich schon mal mit dem Fahrrad komme – es abstellen kann, ohne zu fürchten, dass mir ein Schüler namens Julian Gärtner die Reifen zersäbelt.»

«Was?», sagt Heide von der Kaffeemaschine her. «Dir hat ein Schüler schon mal die Reifen zerstochen?»

«Hm», brummelt der Pommer, «war ein Racheakt! Weil ihm Punkte für den Mittleren Abschluss gefehlt haben. Aber wenn's nur das wäre! Auf Facebook hat der feine Herr auch noch gepostet, dass er die Schule hochgehen lassen will. Und BUMS, ein paar Tage später brennt's. Zufälle gibt's, oder?»

«Das ist ja ein Ding», sagt Heide, «ihr müsst das der Polizei melden.»

«Wollten wir auch», sagt Monika, «aber er hat den Post inzwischen schon wieder rausgenommen.»

«Na und», knurrt der Pommer, «kein Schulabschluss, Vandalismus, Brandstiftung und jetzt auch noch Mord – prima Karriere. Ich werd das den Herren von der Polizei stecken, hab schon einen Termin deswegen gemacht.»

Der Pommer will zur Polizei gehen und Julian anzeigen? Was soll das denn? Jeder weiß, dass Julian schnell auf der Palme ist und sich nicht immer unter Kontrolle hat, aber eigentlich ist er ein ganz vernünftiger Junge. Wenn ich mich recht erinnere, konnte auch nie bewiesen werden, dass er es war, der die Reifen kaputt gemacht hat. Den Pommer können doch viele Schüler nicht leiden, besonders die Jungen haben teilweise einen richtigen Hass auf ihn. Er hat aber auch eine Art, sie planmäßig fertigzumachen, möglichst noch im Beisein von Mädchen.

Der Facebookeintrag war natürlich äußert unbedacht, aber den hat er ja wenige Stunden später entfernt.

Julian und Brandstiftung oder Mord?

Niemals.

Ich hab da noch eine ganz andere Idee. Der Pommer reitet vielleicht auf der Sache mit dem Julian so herum, weil er von sich ablenken will. Schließlich kannte er Jessica näher, und wer weiß, ob er nicht etwas mit ihrem Ableben zu tun hat.

Oje, jetzt bin ich schon wie Frau Freitag, die verdächtigt doch auch gleich jeden.

23

«Und, Susanne, wie gefällt dir die Praktikumsbetreuung?» Wir sitzen im Lehrerzimmer des Hermann-Hesse-Gymnasiums und genießen die Mittagspause. Susanne betreut zum ersten Mal eine Klasse im Praktikum. Ich glaube, ohne die Hilfe von Frl. Krise, Frau Nolte und mir hätte sie nicht EINEN Praktikumsplatz in ihrer Klasse gehabt. Sie ist einfach viel zu gutgläubig. Wenn die Schüler sagen, sie kümmerten sich schon noch um einen Platz, dann glaubt sie das. So ein naives Huhn. Ich bin sicher, in ihrer Klasse sind die meisten bei Verwandten untergekommen. Da gehen sie für zwei Stunden am Tag hin und werden dann nach Hause geschickt. Na, mir kann das ja egal sein. Bei mir läuft alles wie geschmiert. Außer Dilay, die ein Attest über drei Wochen gebracht hat, sind alle meine Schüler mehr oder weniger pünktlich und zuverlässig.

«Ach, dieses Praktikum ... na ja.» Susanne kratzt sich am Kopf. Das ist doch auch wieder so eine Übersprungshandlung.

«Was denn, Susanne? Gibt es schon Ärger?», fragt der Büchner.

«Ärger nicht direkt. Aber bei Raifat, da habe ich kein gutes Gefühl. Ich hab den gestern besucht.»

«Wo ist der denn untergebracht?», fragt dieser Burkhard, der sich zu uns gesetzt hat. Seit der von seiner internetfreien Projektfahrt zurück ist, klebt er an dem Büchner. Vielleicht ist er auch scharf auf die Brendel. Wahrscheinlich hört er aber nur gerne unsere Brennpunktschulstorys. Da tut er dann immer so ganz entsetzt, als wenn seine Gymnasiumsschüler alle Engel wären.

«Raifat ist bei Lidl. Und der Abteilungsleiter meinte, dass er nicht gerade supermotiviert ist.»

«Wie motiviert kann man denn auch sein, wenn man nur Regale einräumt und Böden putzen muss?», fragt der Büchner und schüttelt den Kopf. «Dass ihr solche Praktikumsplätze überhaupt erlaubt ...»

Frl. Krise dreht sich zu ihm und holt tief Luft: «Na, hör mal, Olaf, was ist denn an einer Ausbildung zum Einzelhandelskaufmann schlecht?»

«Ich würde keine machen wollen!», mischt sich Burkhard ein und hält seine flache Hand hoch, damit der Büchner ihn abklatschen kann. Büchner tut so, als sähe er die Hand nicht.

«Vincent ist ja bei Netto, und ihm macht das da total viel Spaß. Er sortiert die Pfandflaschen, und die sind alle zufrieden mit ihm und haben schon gesagt, dass er dort sofort nach der Zehnten anfangen kann», erzähle ich stolz.

«Auf 400-Euro-Basis, oder wie?», fragt der Büchner. «Da bekommt man doch als Aushilfe mehr als in der Ausbildung.»

Susanne sitzt stumm auf dem Sofa und starrt auf den Boden. Das ist wieder typisch Olaf Büchner. Jemand sagt, dass er ein Problem hat, und statt zu helfen, theoretisiert er stundenlang rum. Der hört sich einfach gerne reden.

Frl. Krise ist aufgestanden und hat sich neben Frau Brendel gesetzt. «Susannchen, das ist doch ganz normal, dass nicht alle super motiviert sind im Praktikum. Die sind doch noch in der ersten Woche.»

«Er war auch bisher fast jeden Tag zu spät. Ich dachte, im Praktikum wird er endlich mal aufwachen. Er hatte sich den Platz ja sogar ausgesucht. Ich bin einfach keine gute Lehrerin, wenn ich den Schülern nicht mal beibringen kann, pünktlich zu sein.» Oh Gott, hoffentlich fängt Susanne nicht an zu heulen.

Frl. Krise steht auf: «Kopf hoch, Susanne, damit bist du ja auch nicht alleine. Alle unsere Schüler haben ein Problem mit der Pünktlichkeit. Das weißt du doch. Ich mach dir jetzt erst mal einen schönen Kaffee.»

«Alle?», fragt dieser Burkhard ungläubig und guckt zum Büchner. Der zuckt nur mit den Schultern.

«Darum sind sie ja auch bei uns und nicht auf dem Gymnasium», sage ich. Dieser Burkhard soll sich bloß nichts darauf einbilden, dass seine Gymnasiasten beim Klingeln auf ihren Plätzen sitzen. «Wenn die in der Grundschule immer alle Regeln befolgt hätten, dann hätten sie wahrscheinlich auch mehr gelernt und würden jetzt hier zur Schule gehen.»

Plötzlich klingelt ein Handy, und Susanne sucht sofort hektisch in ihrer Schultasche herum. Wir verstummen alle.

«Ja? Ja, Brendel. Ja. Ist er. Oh nein! Einen Moment bitte!» Susanne steht auf und verlässt das Lehrerzimmer. Frl. Krise guckt zu mir, dann zum Büchner. Der zuckt wieder mit den Schultern.

«Wahrscheinlich ist jemand zu spät zu seinem Praktikum gekommen.»

Die Tür geht wieder auf, und Susanne kommt mit hängenden Schultern auf uns zu. Die sollte mal Yoga machen. Der Brendel fehlt einfach die Spannkraft. Frl. Krise kommt ihr entgegen, legt ihr den Arm um die Schulter und führt sie zurück zum Sofa. «Nun setz dich erst mal, Susanne.»

Susanne wischt sich mit den flachen Händen übers Gesicht und seufzt tief. «Das war Herr Lehmann, der Abteilungsleiter von Lidl. Sie haben Raifat beim Klauen erwischt.»

«Hat er eine Cola mitgehen lassen?», fragt der Büchner.

«Nein. Viel schlimmer. Er hat Geld im Pausenraum der Angestellten gestohlen. Sie meinten, dass da schon am ersten Tag Geld abhandengekommen ist. Aus den Jacken und Taschen der Leute, die da arbeiten.»

«Das ist doch wieder mal typisch», sagt der Büchner. «Nur weil der Junge in ihren Augen kein astreiner Deutscher ist, muss der gleich kriminell sein.»

Susanne schüttelt den Kopf: «Nein, nein, Olaf. So war das nicht. Sie haben ihn gar nicht verdächtigt. Aber sie haben ihre Geldscheine markiert. Mit Kugelschreiber, und dann kam das raus, als er mit so einem markierten Geldschein an der Kasse bezahlen wollte. Da haben sie die Polizei gerufen, und die hat Raifats Sachen durchsucht und die ganzen markierten Scheine gefunden.»

«Wie viel Geld hat er denn geklaut?», will Burkhard wissen, aber das weiß Susanne nicht.

«Sie haben ihn sofort nach Hause geschickt und mich dann angerufen. Er darf jetzt nicht mehr dahin. Er hat ein Jahr Hausverbot, und eine Anzeige bekommt er auch. Was soll ich denn jetzt mit ihm machen? Ich finde doch so schnell gar keinen neuen Praktikumsplatz für Raifat.»

«Nee, nee, Susanne, das Praktikum ist für den jetzt gelaufen. Der muss wieder in die Schule und die restlichen zwei Wochen am Unterricht teilnehmen», sagt Frl. Krise. Dann überlegt sie. «Aber in welche Klasse könnte der denn gehen? Die Siebten fallen ja schon mal weg. Die Achten mischt der nur auf, und die Zehnten ... zu doof, dass der Fischer immer noch fehlt. Eigentlich müsste der dem gehörig den Marsch blasen und sich dann um eine geeignete Unterbringung kümmern.»

«Er kann ja in meine Klasse kommen», schlägt Burkhard vor. «Ich habe auch eine Neunte.»

Susanne guckt ihn ungläubig an. Dann kurz zu Frl. Krise, dann wieder zu Burkhard. «Meinst du das ernst? Das ... das wäre ja super. Glaubst du, das geht?»

24

Bayrischer Wurstsalat ist ja eigentlich so gar nicht meins. Nicht, dass ich Vegetarierin bin – ich esse einfach nur wenig Wurst und Fleisch, weil es mir nicht schmeckt. Basti mag es gerne deftig und fleischig, das habe ich schon gemerkt und gestern hat er beim Abendbrot gesagt, er hätte fast ein bisschen Heimweh, weil ihm das bayrische Essen so fehlt. Ganz besonders scheint er wohl den Wurstsalat zusammen mit einer schöner Brezel zu vermissen.

Ich habe mich daraufhin im Internet schlaugemacht und musste feststellen, dass es hier gleich um die Ecke in der Friesenstraße eine Brezelbäckerei gibt. Na, so was!

Drei Stück habe ich da gekauft, zwei für ihn und eine für mich, dann habe ich süßen Senf im Senfkontor geholt, in der Markthalle rote Gemüsezwiebeln besorgt und beim teuren Bio-Metzger am Südstern 500 Gramm Lyoner erstanden.

Alles für den Wurstsalat. Schon das Einkaufen war eine ziemliche Aktion, und ein bisschen schuldbewusst bin ich auch, denn für Männe habe ich so etwas schon lange nicht mehr gemacht. Apropos Männe. Der rief gestern Abend an. Er ist nach Brüssel geflogen, auf eine große Konferenz. Nach Hause konnte er nicht mehr kommen, weil er angeblich plötzlich für einen Kollegen einspringen musste, der erkrankt ist. Nächstes Wochenende kommt er auch nicht, und dann ist ja gleich diese Veranstaltung in Genf oder wo auch immer. Ein bisschen sonderbar finde ich das alles schon, aber ich bin ja zum Glück nicht der eifersüchtige Typ.

So, der Tisch ist gedeckt, rustikal mit meinen schönen selbstgetöpferten blauen Keramiktellern, und eigentlich ist Basti sozusagen überfällig – bisher haben wir immer gegen acht gegessen.

Die Monika ist nicht wie ich. Die ist viel umtriebiger. Sie hat heute ein Superdate mit einem sehr vielversprechenden Typen, den sie über Parship kennengelernt hat. Heute Morgen im Lehrerzimmer war sie schon ganz aufgeregt und konnte sich vor Vorfreude kaum noch einkriegen. Sogar der Pommer hat gemerkt, dass da was läuft, und hat so lange nachgefragt, bis sie ihm das Onlinedaten genau erklärt hat.

«Frl. Krise hab ich auch schon fast so weit, dass sie es mit Parship versuchen will», sagte sie und zwinkerte mir zu.

«Hä, wieso das denn, ich denk, die ist in festen Händen!?», wunderte sich der Pommer. «Nee, nee, nee, Frau Nolte, das ist doch nix für unsere werte Kollegin Krise, die ist treu wie Gold. Da passiert nichts mehr, stimmt's, Frl. Krise?» Dann lachte er auch noch so blöd, und irgendwie hörte sich das so an, als ob ich schon völlig over wäre, so, als ob sich kein einziger Mann auf dieser Welt noch für mich interessieren könnte. Danke, Herr Pommer, du musst es ja wissen.

Parship, Parship, wie funktioniert das eigentlich? Nicht, dass ich da jetzt wirklich Mitglied werden möchte, ich will nur mal gucken.

Na, das ist ja ganz einfach. Nur Seite eingeben, und schon ist man dabei. Was steht hier?

Nehmen Sie Ihr Glück selbst in die Hand: Der Beschleuniger für Ihre Partnersuche und eine harmonische Partnerschaft ist nur einen Klick entfernt.

Soll ich klicken? Soll ich nicht? Warum eigentlich nicht?

Oh, die Wohnungstür! Das muss Basti sein. Hach, ich freu mich. Der wird gleich gucken, wenn ich die Schüssel mit dem Wurstsalat aus dem Kühlschrank hole.

So, schnell raus aus dem Programm und den Computer ausschalten. Parship, pah, so eine Schnapsidee, gut, dass ich mich noch nicht registriert habe.

Soll ich mal in die Küche gehen und schon die Kerzen anzünden? Nein, das ist übertrieben, das wirkt dann so ... so ... na, ein bisschen aufdringlich vielleicht. Ich ärgere mich fast, dass ich die Teller schon auf den Tisch gestellt habe.

Ich gehe lieber kurz ins Bad und kontrolliere mein Makeup, meine Haare sind in letzter Zeit auch eine Katastrophe, ich muss dringend einen Termin beim Friseur machen.

Aha, das Bad ist zugesperrt. Er ist dadrin, macht sich wohl auch ein bisschen frisch. Für mich?

Für uns ...?

Ich werde mal das Bier im Kühlschrank kontrollieren, hoffentlich ist es kalt genug, obwohl, ich weiß ja gar nicht, ob er eiskaltes Bier mag. Das muss ich noch rausfinden – ach, ich weiß noch so vieles nicht über Basti ... ist das alles aufregend!

«Hallöchen!» Basti lächelt in die Küche hinein. Eine Wolke von Parfüm umgibt ihn. «Ich will dir nur tschüs sagen, Frl. Krise, bin kurz reingesprungen, um mich umzuziehen! Ich hab noch was vor heute Abend! Bis morgen dann!»

Und weg ist er.

WEG.

Einfach gegangen. Das Geräusch der zugeschlagenen Tür klingt noch in meinen Ohren. Ich kann es nicht glauben. Er ist weg. Wo ist er hin? Zu wem geht er? Trifft er sich mit jemandem? Womöglich mit einer ... nein, ich denke diesen Gedanken nicht zu Ende.

Und was ist jetzt mit dem Wurstsalat? Wer soll den essen?

Da bin den halben Nachmittag durch die Stadt gegurkt, habe ein Heidengeld in mehreren teuren Läden gelassen – wo ich sonst nur bei Lidl einkaufe – und habe stundenlang Lyoner und Zwiebeln in Berge von hauchfeinen Streifen geschnitten. Wofür?

Für Herrn Huber, der nur nach Hause kommt, um sich umzuziehen und gleich wieder zu gehen.

Aber ich werde jetzt nicht zusammenbrechen. Ich nicht. Ich wische mir jetzt die Augen trocken, putze mir ordentlich die Nase, hole mir eine Brezel und eine richtig schöne Portion Wurstsalat. Am besten esse ich ALLES auf. Das kann ich mir kalorienmäßig ohne weiteres leisten, ich bin ja bestimmt zehn Kilometer auf dem Fahrrad herumgekurvt, um all die bekloppten Zutaten zu kaufen. Und dann mach ich sämtliche Lampen in meinem Zimmer an und setz mich ganz ungemütlich ohne jede Kerze vor meinen Rechner.

Und vielleicht sollte ich mich doch bei Parship registrieren ... Jawohl, er wird schon sehen, was er davon hat, der blöde Herr Huber.

25

«Und den Punkt hier, seht ihr, den nennt man Fluchtpunkt. Und das Ganze heißt Zentralperspektive.» Kunstunterricht in der Siebten. Perspektive. Das werden wieder nur zehn Leute kapieren, und der Rest wird mir irgendwelchen Murks abgeben.

«Also, eure Aufgabe ist klar. Ja? Ihr könnt jetzt sofort anfangen.» Ich muss mich auch mal hinsetzen. Diese Einführungen in ein neues Thema sind immer so kräftezehrend. Aber wenn die Schüler in Kunst erst mal arbeiten, dann ist Kunst das schönste Fach der Welt, denn dann hat der Lehrer eigentlich nicht mehr viel zu tun. Die Anfänger lassen sich während der Arbeitsphase immer gerne durch den Raum schicken. Aber das habe ich meinen Klassen gar nicht erst angewöhnt. Bei mir gibt es kein «Frau Freitag, Frau Freitag, können Sie mal kommen?». Wenn ein Schüler Hilfe braucht, dann muss er zu mir nach vorne dackel, und dazu sind die meisten Schüler einfach zu faul. Das ist in dem Fall auch gut, denn ich brauche ja meine Erholungsphasen. Auch während des Unterrichts. Und hier in diesem Raum kann man so schön aus dem Fenster auf den Schulhof gucken. Der ist jetzt allerdings total leer. Typisch. Noch vor dem ersten Klingeln gehen alle Schüler ins Gebäude. Das sind solche Streber hier. Ich habe mich als Schülerin immer erst beim zweiten Klingeln bewegt. Man kann doch sagen, dass man auf dem Gang noch mit einem Lehrer sprechen oder etwas im Büro abgeben musste. Na ja, seit wir hier einquartiert sind, ist es nach dem Klingeln zum Unterricht nicht mehr ganz so ruhig auf den Gängen. Natürlich kommen unsere Schüler weiterhin zu spät. Warum sollten sie sich ihre Unpünktlichkeit auch so plötzlich abgewöhnen, nur weil sie jetzt in einer anderen Schule Unterricht haben? Die können ja auch immer sagen, dass sie den Raum nicht gefunden haben. Ist ja alles so neu für sie hier. Gamze aus der Zehnten hat mir heute Morgen ganz empört erzählt, dass so eine fremde Frau sie auf dem Hof angesprochen hat, warum sie nach dem Klingeln nicht im Schulgebäude sei. Die fremde Frau war wahrscheinlich eine Kollegin vom Gymnasium.

«Frau Freitag, ganz ehrlich? Wer denkt sie, wer sie ist? Sie hat mir gar nichts zu sagen. Sie ist nicht meine Lehrerin. Ich hab ja kein Unterricht bei sie.»

Unsere Schüler hören schon nicht auf uns, da werden sie den Teufel tun, die Anweisungen fremder Lehrer zu befolgen.

Ach, sieh mal einer an. Da draußen sind doch noch zwei Schüler auf dem Hof. Und der Unterricht läuft schon seit 20 Minuten. Welcher Studienrat hat denn da keinen Zug in seiner Klasse? Ha, und ich glaub es ja nicht, die rauchen sogar. Auf dem Hof. Minderjährig. Während der Unterrichtszeit. Ist ja nicht zu fassen. Vielleicht sollte ich das mal Frau Arndt melden.

«Frau Freitag, wann können wir wieder in unsere alte Schule? Hier ist irgendwie komisch», sagt Firat, und sein weinerlicher Ton soll seiner Frage Nachdruck verleihen.

Daria guckt hoch und nickt: «Ja, ich will auch wieder zurück. Die anderen Kinder, sie gucken uns immer übertrieben lange an auf den Hof. Stimmt's, Hodda?»

Hodda nickt. Daria und Hodda tragen Kopftücher und lange Jeanskleider, die vorne zugeknöpft werden und darunter Leggings und langärmelige T-Shirts. Und über das Ganze ziehen sie sich noch bodenlange dünne Mäntel an, wenn sie rausgehen. Dieser Mehrlagen-Look ist schon ungewöhnlich, wenn man den nicht kennt. Ich würde da auch hingucken.

«Kinder, ihr wisst doch, dass da ganz viel renoviert werden muss. Das dauert halt.»

«Das ist voll ungerecht», empört sich Ali. «Nur weil so ein hobbyloses Spastenkind Feuer macht, müssen wir leiden.»

«Ali, Spastenkind sagt man nicht.»

«Okay, dann: so ein hobbyloser Hurensohn.»

Ich habe gerade keine Lust, hier pädagogisch einzuwirken. Ich finde ja auch, dass das ein Hurensohn gewesen sein muss. Schließlich ist da jemand ums Leben gekommen, und es ist ein sehr großer materieller Schaden entstanden.

«Frau Freitag, wer, glauben Sie, hat das gemacht?», fragt Daria.

«Was? Meinst du, wer das Feuer gelegt hat?»

Daria nickt, und alle starren mich an.

«Keine Ahnung. Wenn ich das wüsste, würde ich das doch der Polizei sagen.»

Ich kann diesen Siebtklässlern ja schlecht erzählen, dass ich so einige Verdächtige habe. Da wäre zunächst der Fischer, der seine krummen Geschäfte und seine Unfähigkeit vertuschen will, dann der Pommer, der mit der Toten gesehen wurde. Da fehlt zwar noch ein Motiv, aber die kriminelle Energie, ein Feuer zu legen, hat der auf jeden Fall. Genau wie der Büchner. Wer das Kollegium monatelang anlügen kann, der ist noch zu ganz anderen Dingen fähig.

«Was glaubt ihr denn, wer es war?»

«Meine Schwester sagt, es war diese eine Junge. Der war bei sie in die gleiche Klasse», sagt Hodda und erschreckt sich ein bisschen, als sie merkt, dass sie die gesamte Aufmerksamkeit der Schüler hat. «Meine Schwester sagt, er hat bei Facebook sogar zugegeben, dass er ...»

«Ah, ich weiß. Das war dieser Julian. Dieser Schwule!», schreit Ali.

«Dieser Schwule?», frage ich und gucke Ali streng an.

«Ja, äh, also Frau Freitag, ich mein, nicht schwul. Aber ich hab das auch gesehen, auf Facebook, diese Deutsche, der aussieht wie Mädchen.»

«Kennst du ihn?», will Firat wissen, und Ali schüttelt den Kopf. «Also nur von Facebook. Wir sind Facebookfreunde.»

Na super. Jetzt haben alle Schüler aufgehört zu zeichnen und starren mich an. Das bringt jetzt auch gar nichts, die zum Weiterarbeiten zu bewegen. Natürlich ist das viel spannender herauszufinden, wer das Feuer an unserer Schule gelegt hat.

Metin meldet sich.

«Ja, Metin?»

«Frau Freitag, mein Cousin sagt, es war diese eine Junge aus der Klasse von Frau Brendel.»

«Echt? Wer denn?»

«Der, der auch Lidl ausgeraubt hat. Mein Cousin kennt ihn, weil er wohnt in dasselbe Haus wie die Tante von mein Cousin.»

«Also in dem Haus deiner Mutter.»

Metin guckt mich verwirrt an. «Nein, von andere Tante. Und er meint, dieser Junge hat erzählt, dass er von Lehrer Schlüssel geklaut hat und Schule abgefackelt hat.»

«Echt? Das hat er deinem Cousin erzählt?»

«Ja. Er gibt voll an damit. Mein Cousin sagt, dieser Junge, er erzählt jedem.»

Raifat aus der Brendelklasse. Der gibt also damit an, dass er einen Schulschlüssel geklaut hat und die Schule angezündet ... ich glaub das nicht. Der will sich doch bestimmt nur wichtigmachen.

«Kinder, räumt mal auf! Es klingelt gleich.»

Ich gehe zum Fenster. Krass. Die beiden da unten haben die ganze Stunde geschwänzt. An unserer Schule wäre das nichts Besonderes. Aber hier am Gymnasium ... Aha, jetzt gehen sie rein. Ach nee, wen haben wir denn da? Eindeutig – Susannes Raifat. Wenn man vom Teufel spricht. Aber das Mädchen, mit dem er unterwegs ist ... groß, schlank, lange blonde Haare, die ist nicht aus Susannes Klasse. Die ist überhaupt nicht aus unserer Schule, die muss hier vom Gymnasium sein. Die wäre mir sonst schon mal aufgefallen.

26

Frau Freitag hat heute lange Unterricht, die Ärmste, die sitzt im verstaubten Gymnasium. Ich dagegen hab's gut! Ich bin schon mittags fertig und kann mir die erste Frühlingssonne auf die Nase scheinen lassen. Seitdem Onkel Ali keine Stühle mehr rausstellen darf, sitzen wir nach der Schule ab und zu bei Rita. Da ist immer ganz schön was los. Sogar Onkel Ali kommt neuerdings gerne rüber, vielleicht weil Ritas Kaffee besser ist als seiner, vielleicht aber auch aus anderen Gründen ... keine Ahnung!

Na bitte, da sitzt er ja auch schon vor dem Backshop und winkt mir zu. Rita wuselt um ihn herum. Das gefällt ihm bestimmt!

«Frl. Krise, ganz alleene heute? Rita, jieb diese junge Frau ma een Kaffee uff meene Rechnung! Dit is übjrigens eene Lehrerin von die Julie-Manet-Schule, falls de dit noch nich weeßt, und die andere, die sonst imma dabei is, die Frau Freitag, ooch.»

Rita reicht mir die Hand und lächelt.

«Wir kennen uns schon, Onkel Ali! Aber dass Sie an der Julie-Manet-Schule sind, wusste ich noch nicht! So ein Zufall! Mein Sohn war Schüler bei Ihnen. Letztes Jahr hat er da den Realschulabschluss gemacht. Vielleicht erinnern Sie sich an ihn? Simon Schröder?!»

«Ach, der Simon, na klar kenn ich den. So ein großer Blonder. Ich hatte ihn mal in Kunst, in der achten oder neunten Klasse muss das gewesen sein.»

Rita setzt sich erfreut neben mich und zündet sich eine Zigarette an. Meinen Kaffee hat sie wohl vergessen!

«Na ja, mit Kunst hat er nie viel am Hut gehabt. Sport war sein Lieblingsfach. Er sucht jetzt einen Ausbildungsplatz. Gebäudereiniger will er unbedingt werden, am liebsten was mit Fassadenklettern und so.» Sie macht eine wegwerfende Handbewegung.

«Ist doch furchtbar. Ich will das nicht. Finden Sie das nicht auch gefährlich, Frl. Krise?»

«Auf jeden Fall. Aber, Rita, mir fällt gerade auf: Wir haben uns doch schon geduzt, als ich neulich mit Frau Freitag hier war – und nur weil ich Lehrerin bin, musst du mich jetzt nicht siezen.»

«Ach so, ja stimmt, da hast du recht, ist mir auch lieber!»

«Kinder, tut ma leid, ick muss rüba. Ick sehe Kundschaft! Bis denne.» Onkel Ali steht gemächlich auf und schlurft in seinen Laden, und Rita entschwindet endlich in Richtung Kaffeemaschine.

Simon Schröder. Das war doch so ein ganz netter Junge, wenn ich mich richtig erinnere, allerdings ziemlich verschlossen und ruhig, ganz anders als seine quirlige Mutter.

Rita bringt mir den Kaffee. «Möchtest du vielleicht dazu noch ein Stückchen Kuchen, Frl. Krise? Ich habe Streuselschnecken im Angebot, die sind wirklich extrem lecker.»

Und extrem kalorienhaltig, denke ich. «Nein danke, Rita, lieber nicht.»

Ich muss jetzt ein bisschen auf mein Gewicht achten, ich glaube, der blöde Wurstsalat hat mich voll in den Abgrund gerissen. Heute Morgen bekam ich meine Jeans nur noch mit Ach und Krach zu. Okay, ich gebe zu, daran ist nicht nur der Wurstsalat schuld, ich habe es mir auch sonst ein bisschen zu gutgehen lassen in letzter Zeit. Der Basti und ich, wir haben es uns eben immer sehr nett ...

«Simon hatte in den letzten zwei Jahren an der Schule ziemliche Probleme. Ich meine, so hauptsächlich mit seinem

Klassenlehrer», unterbricht Rita meine trüben Gedankengänge. «Darf ich noch mal?» Sie setzt sich neben mich und zündet sich die nächste Zigarette an. «Der Herr Pommer. Dieser Mann hat gar kein Verständnis für Schüler! Der hat null Rücksicht darauf genommen, dass es dem Jungen eine Zeitlang richtig schlechtging. Wir hatten doch so Probleme in der Familie, also hauptsächlich mein Mann und ich, weißt du, aber unser Simon ist ja so sensibel, oh, Entschuldigung.» Sie springt auf.

Zwei ältere Damen haben sich am Nachbartisch niedergelassen und ordern Kaffee und Kuchen. «Schoko-Karamell-Torte» höre ich und «Käse-Sahne». Na ja, da sieht man mal wieder, wie ungerecht die Welt ist. Solchen Kuchen bestellen und dann so dünn sein wie die zwei Tanten!

Rita bedient die beiden wie der Blitz und sitzt auch schon wieder bei mir. Und die nächste Kippe. Meine Güte, die ist ja schlimmer als Frau Freitag.

«Als der Simon klein war, hat er immer so zu seinem Vater aufgesehen, aber das war dann mit einem Mal vorbei.» Sie seufzt und schüttelt den Kopf. «Er wusste nicht mehr, zu wem er halten sollte, zu meinem Ex oder zu mir und ...»

«In der Pubertät ist eben alles schwieriger», versuche ich sie zu trösten, «das hängt mit der Abnabelung von den ...»

«Ja, schon, ich weiß! Aber für den Simon war es besonders heftig, weil mein Mann, nachdem wir uns getrennt hatten, sich ratzfatz eine junge Geliebte zugelegt hat! Da kam der Simon gar nicht mit klar! ICH war gar nicht mal so unglücklich darüber, denn mein Ex brauchte einfach jemanden, der ein bisschen auf ihn aufpasst. Der wäre ohne diese neue Freundin garantiert total abgerutscht und hätte noch mehr Schulden gemacht oder wäre im Knast gelandet oder was weiß ich. Und die junge Frau, die war auch sehr nett zu Simon, da kann man nichts sagen. So gesehen war es eigentlich okay, aber der Simon hat schwer gelitten. Na ja, kannst du dir ja vielleicht vorstellen.»

Ich nicke erschöpft. Muss mir diese Rita jetzt eigentlich ihre ganze Lebensgeschichte zwischen Tür und Angel erzählen? Ich wollte eigentlich nur in Ruhe einen Kaffee trinken.

Rita drückt ihre Zigarette aus und beugt sich über den Tisch. «Frl. Krise», sagt sie leise und fast verschwörerisch, «in eurer Schule hat's doch gebrannt. Da ist doch auch jemand ums Leben gekommen. Weißt du, wer das war?»

«Ja, das war eine Putzkraft von uns.»

Rita pikst mit ihrem Zeigefinger gegen meine Schulter. «Die isses! Stell dir das mal vor!»

«Hä? Ich verstehe nicht. Wer ist das?»

«Na, die Geliebte meines Mannes. Jessica Braun! Ich war ganz schockiert, als ich das gehört habe. Ist doch tragisch, so eine junge Frau, oder?»

«Ach, DIE war mit deinem Ex ... ach je, der Arme!»

«Nee, die beiden waren längst nicht mehr zusammen. Jessica hat ziemlich schnell gemerkt, wo der Hase hinläuft, dass er nicht der tolle Hecht ist, für den sie ihn anfangs gehalten hat. Sie hat Schluss gemacht, und er hat wohl noch eine Weile versucht, sie zurückzubekommen, aber die hatte bestimmt schon den Nächsten.»

«Bedienung!» Die beiden älteren Frauen winken ungeduldig.

Ich werde jetzt auch zahlen. Es war ja schon sehr interessant hier, besonders das mit Jessica Braun – aber erholsamer ist es bei Onkel Ali.

27

«Ist doch eigentlich komisch, dass es Ü40- und Ü30-Partys gibt», sagt Frau Nolte. Wir stehen in der langen Schlange vor der Kalkscheune und warten. Der Pommer ist ganz vorne und tut die ganze Zeit so, als hätte er nichts mit uns zu tun. Wahrscheinlich will er nicht mit so alten Schachteln gesehen werden. Dabei ist der genauso alt wie Frl. Krise und Frau Nolte. Ich bin hier doch die Jüngste.

«Wieso? Was findest du daran komisch?», fragt Frl. Krise.

«Na, dieses Ü heißt doch über. Also sind die Ü30-Partys für Leute, die älter als dreißig sind.»

«Ja, und?»

«Na, wenn man über vierzig ist, dann ist man doch automatisch auch über dreißig», stellt Frau Nolte fest und kämmt sich mit den Fingern durch ihre Haare. Sie hat sich richtig doll herausgeputzt. Perfekt geschminkt, und ich würde schwören, dass sie heute beim Friseur war. Ihre Haare liegen so gut, das bekommt man alleine nie hin. Frl. Krise hat sich für meinen Geschmack etwas zu kräftig geschminkt. Hier wäre weniger mehr gewesen. Oh Mist, jetzt hat die Nolte gesehen, dass ich sie angestarrt hab. Manchmal denke ich, die kann Gedanken lesen. Sie zieht die Augenbrauen hoch und fixiert mich mit ihrem Lehrerinnenblick.

«Frau Freitag, du hättest dich aber auch ein bisschen schick machen können.»

«Wieso denn? Ich hab doch einen Freund.»

«Das hat doch damit nichts zu tun.»

Und ob das was damit zu tun hat. Alle diese aufgetussten Ü40-Weiber sind doch auf der Suche nach einem Mann. Inklusive Frl. Krise. Von ihrem Männe erzählt sie gar nichts mehr. Immer heißt es nur Basti hier und Basti da. Dabei bin ich mir ganz sicher, dass der nur eine billige Bleibe sucht. Oder vielleicht ist er ein Heiratsschwindler, der es auf wohlhabende ältere Damen abgesehen hat. Obwohl, wohlhabend ...

«Basti wollte auch noch kommen, habt ihr den schon gesehen?» Frl. Krise guckt sich suchend um. Vor ihr entsteht eine Lücke in der Schlange. Zwei korpulente Frauen hinter mir schreien: «Aufrücken da vorne!» Die können wohl gar nicht abwarten, da reinzukommen und zu 80er-Jahre-Hits zu tanzen. So stelle ich mir diese Ü40-Party vor. Angeblich soll es dort mehrere Tanzflächen geben. Ich bin mir sicher, dort laufen dann die Hits aus der Jugendzeit der Ü40er. Das ist doch immer so, wenn ältere Leute irgendwo feiern – irgendein junger DJ legt olle Oldies auf. Als würden Leute, die keine Teenager mehr sind, keine moderne Musik hören und nicht auch zu aktuellen Popsongs tanzen wollen. Wenn wir alle im Altenheim leben, dann läuft bestimmt den ganzen Tag Madonna und AC/DC.

«Baaasti!!!», ruft Frl. Krise plötzlich, reißt den Arm in die Luft und winkt. «Baaasti, hier sind wir!» Warum sind die eigentlich nicht zusammen hergekommen? Jetzt, wo sie doch eine Wohngemeinschaft sind. Vielleicht hat Frl. Krise der Nolte gar nicht erzählt, dass Basti zurzeit bei ihr wohnt.

«Hallo, die Damen!» Basti macht so eine Art Diener vor uns. Fehlt nur noch, dass er uns mit Handkuss begrüßt. Wir könnten alle seine Mutter sein. Ich vielleicht nicht. Aber Frl. Krise und Monika. Vielleicht sollte Frl. Krise lieber darüber nachdenken, ihn zu adoptieren, als darauf zu hoffen, dass er mit ihr ins Bett springt.

«Mann, ist das voll hier!», sagt der Pommer, der jetzt, wo wir endlich bezahlt haben, wieder neben uns steht. In dem großen Hof sind viele kleine Grüppchen von Leuten mit Plastikbechern, die auf irgendetwas zu warten scheinen. «Sind ja fast nur Frauen unterwegs», stelle ich fest, und Frau Nolte zuckt mit den Schultern: «Konkurrenz belebt das Geschäft.» Basti lacht, hakt sich bei Frl. Krise ein und steuert mit ihr auf einen Raum zu, aus dem laute Bässe zu hören sind.

«Jetzt wollen wir mal das Tanzbein schwingen!» Frau Nolte grinst mich vielsagend an, Pommer schüttelt den Kopf, trottet aber hinter uns her.

Ich werde auf gar keinen Fall tanzen. Das ist mir viel zu peinlich hier. Ich mach mich doch nicht vor den Kollegen zum Affen. Der Pommer ... der starrt mir bestimmt dabei nur auf den Hintern. Nee, nee, da können schön die Monika und Frl. Krise ran. Ich hol mir lieber was zu trinken. Dann kann ich immer sagen, ich kann nicht tanzen, ich muss doch aufpassen, dass mir niemand K.-o.-Tropfen in meine Cola träufelt. So was passiert hier bestimmt.

«Na, Frau Freitag? Cuba Libre?», fragt der Pommer und stellt sich neben mich an die Bar.

«Nee, nur Cola.»

Der Pommer guckt mich gar nicht an, sondern starrt ganz fasziniert auf die Tanzfläche zu einer Gruppe junger Frauen, die alle mit Handtasche tanzen. Auf solchen hochhackigen Schuhen könnte ich noch nicht mal laufen, und mit Handtasche, also, wenn ich eine hätte, würde ich nicht tanzen.

«Das nenne ich mal attraktive Ü40-Frauen», schreit der Pommer mir ins Ohr, reibt sich die Hände und schlendert betont cool zur Tanzfläche. Der peinliche Pommer. Dem sieht man doch den Brennpunktschullehrer sofort an. Wen will er denn hier beeindrucken? Doch nicht diese hübschen jungen Frauen, die bestimmt erst Mitte zwanzig sind. Oh nein, jetzt zappelt er direkt vor der großen Dunkelhaarigen rum. Na, eins muss man ihm lassen – an Selbstbewusstsein mangelt es ihm nicht. Was er ihr wohl gerade ins Ohr brüllt? Muss ja sehr witzig sein. Sie kann sich gar nicht mehr halten vor Lachen. Der lustige Pommer. Der denkt doch nicht im Ernst, dass er bei so einer Frau landen kann. Na, ich bleibe schön hier an der Bar. Von hier aus hat man einen sehr guten Überblick. Wo sind eigentlich Frl. Krise, die Nolte und Basti?

28

Oh Gott, warum habe ich mich nur von der Nolte überreden lassen mitzugehen. Die Musik gefällt mir nicht, die Tanzerei ist nicht meins, die Typen, die hier rumspringen, sind uninteressant, und trinken kann ich auch nichts, weil ich mit dem Auto gekommen bin. Das habe ich extra so gemacht, damit ich den Basti dann später einfangen und mit nach Hause nehmen kann. Sicher ist sicher. Eigentlich bin ich ja noch ein bisschen böse auf ihn, weil er mein schönes bayrisches Abendbrot verschmäht hat, aber angeblich hat er sich mit einem alten Freund aus Bayern getroffen, der gerade in Berlin zu Besuch ist. Und dagegen kann man ja nichts sagen. Ich kann sowieso gar nichts sagen, ich muss gute Miene zum bösen Spiel machen und so tun, als ob ich überhaupt nichts dagegen hätte, dass er ohne mich ausgeht.

Wo ist der Mann jetzt überhaupt? Aha, da steht er ja an der Bar und guckt sich ganz bedächtig an, wie um ihn herum die Menge tobt. Er sei auch nicht der große Tänzer, hat er vorhin gesagt. Sehr beruhigend.

Ich muss mich mal in seine Richtung vorarbeiten. Gar nicht so leicht bei dem Gedrängel.

Die Nolte wackelt an mir vorbei. Tanzen kann man das wirklich nicht nennen.

«Da bist du ja! Los, Frl. Krise!» Sie schnappt meinen Arm und zieht mich mit sich. Danke schön auch, jetzt muss ich mich mitten im dicksten Getümmel zu *Like a Virgin* bewegen. Ausgeschlossen. Vorsichtig manövriere ich mich wieder an den Rand der Tanzfläche.

Basti steht immer noch brav an seinem Platz. Ein Glück! Ich will zu ihm!

Oh nein!!

Zwei junge Frauen nehmen ihn in ihre Mitte, und er scheint es gar nicht unangenehm zu finden, nein, er legt sogar seine Arme um ihre schlanken Taillen. Die drei bewegen sich wie ein Körper zur Musik. Das wird ja immer schöner! Ich denke, er tanzt nicht! Aber was soll ich machen? Gegen diese jungen biegsamen Dinger in ihren sexy Klamotten kann ich nichts ausrichten.

«Willst du was trinken, Frl. Krise?» Die Nolte tanzt mich schon wieder an.

«Nee, lass mal, Monika!»

«Was hast du denn? Du bist ja heute die reinste Spaßbremse. Los, komm, wir holen uns was!»

Sie legt mir die Hände auf die Schultern und schiebt mich vor sich her. Dieses Gedrängel hier! Und die Leute hinter der Theke sind anscheinend ein bisschen überfordert, es dauert ewig, bis ich ein Tonic-Wasser habe. Die Nolte nuckelt schon heftig an einem Singapore Sling – so ein rosafarbenes Gesöff, das bestimmt schwer Kopfschmerzen macht.

Wo ist der Basti denn jetzt wieder hin? Himmel, das nervt

langsam. Irgendwie habe ich gar nichts von diesem Abend, es ist fast so, als wäre ich mit einem Kleinkind unterwegs, auf das ich aufpassen müsste. Dauernd bin ich unruhig, weil ich ihn nicht sehe und nicht weiß, was er anstellt.

Er ist tatsächlich weg. Und die beiden Mädels sind auch nicht mehr da.

Ob er nach nebenan gegangen ist? Zu Frau Freitag und den anderen? Ich muss ihn finden. Langsam schiebe ich mich in Richtung Tür. Der andere Raum ist mindestens genauso voll wie unserer, und ich kann von hier aus beim besten Willen nicht erkennen, ob er dadrin ist. Genau genommen erkenne ich gar nichts.

Warum bin ich auch nur so klein, meine Perspektive ist denkbar ungünstig. Ich müsste eigentlich immerzu ein Fußbänkchen bei mir haben, außer Rücken und Bäuchen sehe ich nichts. Wenn ich eins achtzig wäre, hätte ich es in jeder Hinsicht leichter – so muss ich in die Luft springen, um mir ein bisschen Übersicht zu verschaffen.

«Na bitte, endlich fängst du auch an zu tanzen», schreit mir Frau Nolte ins Ohr. Sie hüpft auch auf und ab und macht noch andere, sehr seltsame Verrenkungen.

29

Mann, ist das langweilig hier. Eine dritte Cola kann ich jetzt aber nicht mehr trinken. Ist auch viel zu teuer hier. Der Pommer produziert sich immer noch auf der Tanzfläche. Dem macht das richtig Spaß. Frl. Krise, Frau Nolte und Basti sind noch nicht aufgetaucht. Nicht dass die am Ende schon nach Hause gegangen sind. Außer mir scheint sich hier jeder zu amüsieren. Wahrscheinlich sind die alle besoffen. Vielleicht findet man die Party auch nur gut, wenn man auf der Suche nach jemandem ist. Dann birgt ja so ein Ausgehabend immer die Chance, dass man genau in dieser Nacht den Traumpartner findet. Aber dafür muss man natürlich ein bisschen mehr tun, als nur an der Bar zu sitzen und Cola in sich reinzuschütten. Der Pommer scheint jedenfalls eine Eroberung gemacht zu haben. Nachdem die große Dunkelhaarige gegangen ist, hat er sich auf so eine kleine Blonde gestürzt. Bei der ist er gleich richtig rangegangen. Hat sie immerzu angefasst und ihr Drinks spendiert. Und bestimmt keine Cola, sondern irgendwas Härteres. Die kann kaum noch gerade stehen. Hat der Pommer ihr da am Ende was in den Drink getan? Da sitze ich hier an der Bar und bewache meine Cola vor K.-o.-Tropfen-Gangstern, und dann betäubt der eigene Kollege wildfremde Frauen. Nee, das traue ich nicht mal dem Pommer zu. Diese Blonde verträgt wahrscheinlich einfach nicht so viel.

Hä, warum wird es denn plötzlich so dunkel? Oh nein, Blues. Wie peinlich, das ist ja wie auf Klassenfahrt in der Fünften. Da lässt doch der Pommer bestimmt nichts anbrennen. Mist, jetzt machen die auch noch die Nebelmaschine an. Na super. Wo ist der Pommer jetzt? Ah, da und – Bingo. Seine Hand auf ihrem Arsch und keine Spur von irgendwelchem Sicherheitsabstand.

Jetzt müsste Frl. Krise hier sein. Da könnten Basti und sie sich schön näherkommen. Langsam wiegen sich die Körper zum Klang von *Angie*.

«VANESSA???» Ein riesiger Typ stürzt in den Raum. Genau auf den tanzenden Pommer zu. «VANESSA??? WIR GEH'N!!!

Pommers Blondine dreht sich um und zuckt zusammen. Pommer ist zwar stehen geblieben, scheint aber noch gar nicht zu verstehen, was hier gerade passiert. Dieser Eins-neunzig-

Mann im hautengen T-Shirt, der wahrscheinlich seine gesamte Freizeit im Fitnessstudio verbringt, greift sich den Arm von Pommers Tanzpartnerin und versucht sie aus dem Raum zu ziehen. Pommer hält sie an den Schultern fest. Was macht der denn? Ist der lebensmüde? Gegen so einen hat er doch überhaupt keine …

«GEHT'S NOCH?», schreit der Muskelmann, macht einen Schritt nach vorne und schlägt dem Pommer mit voller Wucht die Faust ins Gesicht. Pommer kann sich gerade noch auf den Beinen halten. Niemand tanzt mehr. Alle gucken zu, was jetzt passiert. Pommer dreht den Kopf und sieht, dass er die komplette Aufmerksamkeit hat. Der wird doch jetzt nicht so blöd sein und sich mit dem Typen, der offensichtlich der Freund dieser Vanessa ist, anlegen. So was würden unsere Schüler machen. Kein Gesichtsverlust. Dann lieber aufs Maul. Aber der Pommer … der ist doch erwachsen. Der muss doch die Situation einschätzen …

Pommer ballt die rechte Hand zu einer Faust, holt aus, aber noch in der Luft greift der andere Pommers Handgelenk und hält es fest. Blitzschnell rast seine andere Faust in Pommers Bauch, dann dreht er sich um und verlässt mit seiner verwirrten Blondine den Raum. Niemand hält ihn auf. Diesmal ist Pommer auf dem Boden gelandet. Ein Mann mit Halbglatze und Brille hilft ihm hoch und spricht auf ihn ein. Pommer schüttelt nur den Kopf und klopft sich imaginären Staub von der Kleidung. Dann schleicht er sich zu mir an die Bar. Ich rücke ihm einen Hocker zurecht, auf den er sich mit letzter Kraft hievt. Er hält sich den Bauch. Seine rechte Gesichtshälfte sieht sehr lädiert aus. Ich gebe ihm einen Eiswürfel aus meinem leeren Cola-Glas, den er sich wortlos an die Schläfe drückt. Ich glaube, für ihn ist der Abend gelaufen.

30 Ich arbeite mich weiter vor und springe noch einmal hoch. Von Basti ist nichts zu sehen, aber dafür ... Ganz komische Lichteffekte blitzen auf, und anscheinend hat man auch noch eine Nebelmaschine angestellt. In dieser weißen Suppe werde ich Basti natürlich nie finden!

Oh nein – das ist doch nicht etwa ...? Wie es auf einmal riecht! Das ist doch Rauch, oder? Es riecht verbrannt!

DA! Eine schmale Flammensäule züngelt rasch an einer Wand empor, läuft fast schon hoch bis zur Decke. Etwas Brennendes tropft zu Boden, Menschen schreien auf, und oh mein Gott, die Dämmschicht oder was da oben an der Decke ist, hat Feuer gefangen! Das wird eine Katastrophe! Es brennt, es brennt jetzt richtig!

«Hilfe», neben mir schreit es laut. Monika?

Wir werden alle ums Leben kommen, ersticken, verbrennen oder zerquetscht werden! Hilfe! Ich will raus! Diese fürchterliche Enge! Ich kriege kaum noch Luft! Vorwärts geht es nicht und zurück auch nicht. Wo ist der Notausgang? Die Menge gerät wellenartig in Bewegung, wenn ich jetzt nicht aufpasse und stolpere, dann gerate ich unter alle und komme nie wieder ...

Etwas zischt quer durch den Raum.

Basti steht breitbeinig auf der Theke. In seinen Händen hält er einen großen roten Feuerlöscher. Er feuert in großen Schwüngen weißen Schaum gegen die Flammen an der Wand und gegen die Decke. Unter der weichen Masse verlischt das Feuer langsam und widerwillig. Jetzt stürzen noch mehr Männer hinzu, einige haben kleinere Handfeuerlöscher, andere schlagen mit ...

Au! Jemand ist mir ganz fest in die Hacken getreten, ich verliere das Gleichgewicht ... greife in die Luft, bekomme Stoff zu fassen, aber nur für einen Moment ... werde seitlich total eng an jemanden gepresst ... Luft! Ich ersticke ... meine Füße sind plötzlich nicht mehr auf dem Boden ... ich strampele, hänge irgendwie quer und rutsche und rutsche und falle und ...

«Hallo, Frl. Krise! Frl. Krise!»

Wer schlägt da rechts und links in mein Gesicht?

Aua! Es soll aufhören ... ich will schlafen ... schlafen ... schlafen ... schlaaaa...

«Frl. Krise! Komm, komm! Los, wach auf! Aufwachen!»

Ja, was denn? Was ist los? Ich will nicht wach werden ... ich will zurück in die große Dunkelheit ... Ich kann meine Lider kaum öffnen ...

Nein! Nicht mit dem hellen Licht ins Auge leuchten!

Jemand ist ganz nah über meinem Gesicht. Große graue Augen starren mich an.

«JA! Gut! Endlich! Sie ist wieder da!»

Blaue Blitze zucken, eine Sirene heult, der Boden ist hart und mein Kopf so schwer. Husten, warum muss ich husten ...

Jemand hält meine Hand, jemand wuschelt durch meine Haare, jemand streichelt meinen Arm, meine Wange, Gesichter schieben sich über mich. Frau Freitag, Frau Nolte, der Pommer ... alle gucken so ... so besorgt ...

Warum? Warum liege ich hier, platt auf dem Rücken, in meiner schönsten Bluse – einfach so auf dem Asphalt ... Was ist passiert?

«Geht gleich besser, Frl. Krise, ganz ruhig. Ja, alles wird gut ... in Sicherheit ... nur kurze Ohnmacht ... gequetscht ... bisschen Feuer ... keine große Sache ... schon gelöscht.» Jemand murmelt kleine monotone Sätze in mein Ohr.

Die Stimme!

Basti, ist das Basti? Ja, er ist es.

BASTI!

Auf einmal wird mir ganz leicht, über mir dehnt sich der Nachthimmel bis in die Unendlichkeit, kleine weißblaue Sterne funkeln, Kühle fällt auf meine Haut, ich schaudere und atme die klare Nachtluft tief ein.

Ich sehe, ich höre, ich fühle ... Das reine Glück!

ICH LEBE!

31

Das Beste an unserer Auslagerung ins Gymnasium ist, dass wir keine Aufsichten mehr machen müssen. Die sind ja schon alle unter den Studienräten verteilt. Aber heute ist so schönes Wetter, dass ich mit Susanne in der großen Pause auf den Hof gegangen bin.

Hier ist auch nicht viel zu beaufsichtigen. Die Schüler latschen entspannt herum oder sitzen auf den Bänken, die alle paar Meter vor dem Naturwissenschaftshaus stehen. Zielstrebig kommt Burkhard Meyer auf uns zu. Der Kollege vom Gymnasium, der Susannes Raifat in seiner Klasse aufgenommen hat. Der kommt bestimmt, um sich zu beschweren. Susanne denkt dasselbe wie ich, das sieht man ihr sofort an.

«Guten Morgen, die Damen», sagt Burkhard und hebt zur Begrüßung kurz die Hand. «Was für ein herrlicher Morgen! Der Frühling kommt.»

Susanne nickt. Wir stehen nebeneinander und beobachten die Schüler. Ein Lehrerreflex. Obwohl Susanne und ich hier gar keine Aufsicht haben, heften sich unsere Blicke an die Jugendlichen, die in Grüppchen zusammenstehen. Bei uns auf dem Hof kann aus friedlichen Schülern, die sich unterhalten, in null Komma nix ein Kampf, der mit schwerer Körperverletzung und endlosem Unfallanzeigenausfüllen endet, entstehen. Hier scheint man das nicht zu kennen, denn Burkhard macht einen sehr entspannten Eindruck.

«Ist doch herrlich, wie die Kinder die Sonne genießen», sagt er. «Ach, guckt mal, da drüben ist ja auch euer Raifat.» Burkhard zeigt auf eine Gruppe von Schülern, die auf einer Bank sitzen. Raifat steht vor ihnen und redet. Es sieht aus, als doziere er. Er hat die volle Aufmerksamkeit der anderen. Das blonde Mädchen, mit dem ich Raifat neulich beim Schwänzen auf dem Hof beobachtet habe, starrt ihn von der Bank aus an und dreht ihre langen Haare um ihre Finger. Raifat ist voll in seinem Element. Typisch. Der ist so ein Angeber. Der geborene Boss.

«Du, Susanne, der Raifat, also ...», sagt Burkhard, und Susanne zuckt sofort zusammen. Jetzt wird er erzählen, wie unmöglich dieser Kerl ist. Als wüssten wir das nicht schon. Susanne schlägt sich ja bereits seit ein paar Schuljahren mit ihm rum.

«Ja?», fragt sie leise.

«Du, der macht sich ganz toll bei uns.»

Frau Brendel sieht erst mich, dann Burkhard an. «Echt?»

«Ja. Der hat sich richtig gut in unsere Klassengemeinschaft integriert.»

Gut in die Klassengemeinschaft integriert ... wer's glaubt, wird selig. Letzte Woche hat er eine ganze Stunde auf dem Hof verbracht und Blondie auch noch zum Schwänzen animiert. Das glaube ich niemals, dass sich dieser Typ irgendwo «richtig gut integriert» hat. Wahrscheinlich ist er bereits der Klassenchef, und alle tanzen nach seiner Pfeife. So wie die anderen Schüler dem da an den Lippen kleben.

«Wenn man dem Jungen eine Chance gibt, dann nutzt er die auch. Also, wir haben wirklich kein Problem mit ihm. Alles tippi-toppi.»

Alles tippi-toppi ... Burkhard sonnt sich in seinen pädagogischen Fähigkeiten, die er an diesem von uns nicht zu bändigenden Brennpunktschüler unter Beweis stellen kann. Wir sind in seinen Augen halt nur unfähige Hauptschulpauker, die das wahre Potenzial ...

«Der Junge hat wirklich Potenzial. Das sagen auch die Kollegen. Wenn man den richtig anpackt, dann kann man aus dem was rausholen.»

Susanne schweigt. Ich kann mir genau vorstellen, wie es in ihrem Kopf aussieht. Auf der einen Seite freut sie sich natürlich, dass mit Raifat in der neuen Klasse alles glattläuft. Auch wenn sie dem Braten noch nicht so ganz traut. Auf der anderen Seite gibt ihr dieser Gymnasiallehrer hier unmissverständlich zu verstehen, dass er ein viel besserer Lehrer ist als sie.

Es klingelt. Alle Schüler setzen sich sofort Richtung Eingang in Bewegung. Faszinierend. Wenn es bei uns zum Reingehen klingelt, juckt das niemanden. Selbst die Schüler, die eigentlich nicht zu spät zum Unterricht kommen wollen, versuchen sich möglichst unauffällig Richtung Eingang zu bewegen. Bei uns gilt Pünktlichkeit nicht als Tugend, sondern als Zeichen von Schwäche.

Auch Raifat kommt mit seinen neuen Fans auf uns zu. Er sieht fröhlich aus. So habe ich ihn selten gesehen. Seine Gesichtszüge sind entspannt, und er lächelt sogar. Bei uns hatte er immer diesen «Quatsch mich bloß nicht von der Seite an»-Blick drauf. Als er uns sieht, hebt er die Hand und ruft: «Guten Morgen, Herr Meyer. Guten Morgen, Frau Brendel und Frau Freitag.» Susanne und ich nicken ihm zu. Ein Schüler, der uns freiwillig einen guten Morgen wünscht ... sehr ungewöhnlich. An unserer Schule machen das vielleicht ein paar Mädchen aus der Siebten. Ich hab mir schon Fusseln an den Mund gequatscht, um den Schülern zu erklären, dass sie uns Lehrer grüßen sollen, wenn sie uns im Schulgebäude begegnen. Der Ranghöhere muss gegrüßt werden. Wie beim Militär. Als ich das mal einem Referendar erklärte, hielt er das für unheimlich autoritär und meinte, ihm würde doch auch kein Zacken aus der Krone brechen, wenn er zuerst grüße. Ich dachte nur: Ja, ja, mach mal. Wirst schon sehen, wie sich das anfühlt, wenn du einem Schüler einen guten Morgen wünschst und der wortlos an dir vorbeilatscht. Noch mehr Autoritätsverlust geht fast nicht. Und man kann ja schlecht hinter dem Schüler herrennen und ihn zu einer Begrüßung nötigen. Nein, nein, der Lehrer grüßt nie als Erster.

«Na, ich muss rein», sagt Burkhard. «Meine Klasse hasst es, wenn ich zu spät bin. Da sind die ganz eigen, hihi.»

Kichernd dreht er sich um und geht. Susanne guckt mich an.

«Seine Klasse hasst unpünktliche Lehrer, hahaha, wer's glaubt. Mensch, Susanne, nun mach doch nicht so ein Gesicht. Dieser Meyer ist doch nur ein aufgeblasener Angeber. Der wird schon noch an seine Grenzen kommen. Ist doch erst mal gut, dass Raifat da keinen Ärger macht. Weniger Arbeit für dich.»

Susanne kämmt sich mit den Fingern die Haare aus dem Gesicht. «Frau Freitag, ganz ehrlich? Ich trau dem ganzen Frieden nicht.»

32

Heute habe ich schon einiges erledigt: Melanie beim Friseur besucht, Erkan an der Tanke und Hülya im Blumenladen. Das war alles voll langweilig, öde Läden, langweilige Arbeitsbereiche. Zum Glück konnte ich wenigstens das Nützliche mit dem Angenehmen verbinden. Der Chef der Tanke spendierte mir einen Kaffee und wies Erkan an, mein Auto auszusaugen und die Scheiben zu reinigen. Das war aber auch mal nötig! Seitdem Männe nicht mehr regelmäßig zu Hause ist, verkommt mein Wagen.

Und jetzt die Psychiatrie. Darauf freue ich mich schon – mal was anderes. Ich muss nur sehen, dass ich wieder heil rauskomme, nicht dass die mich dabehalten, hahaha.

Schön sind diese alten Gebäude auf dem Klinik-Campus ja, aber auch ein bisschen unheimlich. Jedenfalls von außen. Weshalb sind die Fenster alle vergittert? Soll keiner rein oder keiner raus? Das ist doch keine geschlossene Abteilung hier, oder? Es wundert mich nicht, dass Viola sich diesen Praktikumsplatz gesucht hat, sie hat eine kleine Schwäche für Skurriles.

Da steht sie in der Eingangstür und winkt mir zu: «Hier lang, Frl. Krise, ich hab schon auf Sie gewartet, wir müssen hoch in den dritten Stock.»

Wir betreten ein gigantisches Treppenhaus. Ein riesiges Netz ist quer durch den ganzen hallenartigen Raum gespannt. So etwas habe ich noch nie gesehen.

«Damit sich keiner runterstürzen kann», erläutert Viola sachverständig.

«Ach du Schande», sage ich, «hat das etwa schon mal jemand …?»

Viola nickt.

Zwei junge Frauen kommen uns auf der Treppe entgegen. Sie sehen nett und fröhlich aus, gar nicht so, als ob sie sich jeden Moment das Leben nehmen wollten. «Gehen Sie bitte nicht mehr raus», sagt Viola zu ihnen, «ich soll Sie dran erinnern, dass in fünf Minuten Ihre Gruppe anfängt.» Die beiden nicken, lächeln und verschwinden in einem Raum, an dessen Tür *Cafeteria* steht.

«Die Damen sind von meiner Station!», sagt Viola und sieht mich prüfend von der Seite an. Einen Moment lang habe ich ein ungutes Gefühl. Überlegt sie, ob sie mich in ein Zimmer mit vergitterten Fenstern sperren und mich zwingen sollte, eine große blaue Tablette einzuwerfen? Aber Viola denkt nicht daran. Sie geht vor mir her und öffnet schwungvoll eine Milchglastür.

Der Flur, der vor uns liegt, sieht aus wie der Flur einer gewöhnlichen Krankenhausstation. Rechts und links Patientenzimmer, in der Mitte ein verglaster Bereich für die Pflegekräfte, in dem sich aber gerade niemand aufhält, und ganz hinten ein großer offener Aufenthaltsraum mit einigen ziemlich abgeranzten Sofas und Sesseln.

«Es ist gerade Gruppenzeit», sagt Viola, «deshalb ist es so ruhig. Wir gehen am besten hier in diesen Therapieraum, da können wir uns ungestört unterhalten.»

Ich bin fast etwas enttäuscht von der Normalität dieser Station, ich hatte mir alles etwas spektakulärer vorgestellt, mehr so wie in den Thrillern, die in Irrenanstalten spielen.

Wir setzen uns an einen runden Tisch. Viola springt noch einmal auf und öffnet die Tür ganz.

«Ich soll ein bisschen aufpassen, hat Schwester Edith gesagt», erklärt sie, «und da ist es besser, wenn ich sehen kann, was im Flur los ist.»

Aber es ist nichts los. Gar nichts. Es ist geradezu beklemmend still. Haben die alle Patienten mit Psychopharmaka ruhiggestellt?

Viola schlägt ihren Praktikumsordner auf. Sie hat schon fast alle Blätter mit ihrer kleinen krakeligen Handschrift eng beschrieben.

«Ich habe schon ganz viele Arbeitsaufträge erledigt, Frl. Krise, aber ich hab mal eine Frage: Ich soll einen Arbeitsvorgang beschreiben, aber geht das in Ordnung, wenn ich stattdessen einen Patienten nehme? Das würde mir echt mehr Spaß machen, und es ist doch auch viel spannender, oder? Ich würde natürlich alles anonymisieren. Die Stationsärztin hab ich schon gefragt, die hätte nichts dagegen.»

«Ja, gerne, Viola, warum nicht. Hast du da schon einen Patienten im Auge?»

Jemand schlurft in Pantoffeln an unserer Tür vorbei. Ein alter Mann mit Schiebermütze. Er schaut kurz ins Zimmer und Viola kichert. «Dieser Opi sagt immer ‹kleines Veilchen› zu mir, Frl. Krise! Weil, Viola ist lateinisch und heißt Veilchen.»

«Ist ja niedlich. Aber sag du bitte nicht Opi zu dem Mann! Das ist respektlos. Du möchtest ja auch nicht von jedem Omi genannt werden, wenn du mal älter bist!», sage ich streng, und Viola nickt.

Jetzt kommt Leben in den Flur, eine laute Stimme erschallt, und Viola springt auf. «Das ist Schwester Edith! Ich sag ihr, dass Sie da sind.»

Schwester Edith soll sich um die Praktikanten kümmern, erfahre ich. Sie lobt Viola über den grünen Klee, und ich bin ein bisschen stolz auf meine gutgeratene Schülerin. Ist ja auch mal schön, so etwas zu hören!

Plötzlich steht ein dicklicher junger Mann in blauer Jogginghose und grauem T-Shirt in der Tür. «Entschuldigung, dass ich störe, aber ich sollte doch noch diese Augentropfen kriegen, Schwester Edith», sagt er leise und tonlos. Er schaut Viola und mich an. «Ich hab mir doch so doll die Augen entzündet, dass ich gar nichts mehr sehen kann. Ich hab doch ...»

«Ja, ist schon gut, Paul», unterbricht ihn Schwester Edith, «aber die Tropfen kann ich dir erst heute Nachmittag geben, die Apotheke hat sie noch nicht ge...»

«Schwester Edith, Schwester Edith, können Sie grad mal kommen? Wir brauchen Sie dringend!» Ein Pfleger guckt kurz um die Ecke. Schwester Edith murmelt eine Entschuldigung und stürzt aus dem Raum.

Der junge Mann, den sie Paul genannt hat, lehnt sich an den Türrahmen und lächelt uns an. Er hat große blaue Augen und von einer schlimmen Entzündung kann ich beim besten Willen nichts entdecken. Aber ich bin ja auch keine Ärztin.

«Ich hab die Augen so doll entzündet, weil mir da Chemikalien reingespritzt sind», sagt Paul langsam. «Giftige Chemikalien, also giftig, richtig giftig, versteht ihr?»

Ich schüttele den Kopf, aber Viola nickt.

«Damit kann man jemanden umbringen, mit den Chemikalien, hab ich aber nich ge...»

«Komm, Pauli», sagt Viola ganz liebevoll und steht auf. «Du kriegst ja nachher deine Tropfen. Wir gehen jetzt zum Mittagessen. Was hast du dir denn heute bestellt?»

«Pilze», sagt Pauli und kichert. «Hahaha, Pilze, giftige Pilze, was sonst.»

33

«Seid ihr denn noch gut nach Hause gekommen am Samstag?», fragt die Nolte, als wir das Lehrerzimmer der Hermann-Hesse-Schule verlassen. Wir mussten beide die erste Stunde dort unterrichten und sind ab neun Uhr beim Schulfest in der Grundschule eingeteilt.

«Ja, das ging alles. Frl. Krise war zwar noch etwas wacklig auf den Beinen, aber Basti hat sie nach Hause gebracht.»

«Mannomann, was bei uns alles passiert ... wenn man mal drüber nachdenkt ...»

Die Nolte bleibt stehen: «Wieso? Was meinst du?»

«Na, erst brennt unsere Schule ab, dann gehen wir einmal mit den Kollegen feiern, und dann brennt es dort schon wieder.»

«Frau Freitag, wir sind eben heiß!», sagt Frau Nolte mit verrucht tiefer Stimme, die ich gar nicht von ihr kenne, wartet dann kurz und fängt an zu lachen.

Ich lache auch: «Klar. Nicht umsonst heißt es ja auch Brennpunktschule, oder?»

Monika nickt. Dafür, dass sie gut zehn Jahre älter ist als ich, hat sie einen ganz schönen Zahn am Leibe. Ich kann kaum mit ihr Schritt halten.

«Mensch, Monika, jetzt renn doch nicht so! Wir müssen uns nicht beeilen. An der Grundschule wartet sowieso nur Arbeit auf uns. Brötchen schmieren, Tische rumschleppen und so was. Frl. Krise hat es gut. Die muss erst mittags kommen. Die frühstückt jetzt gemütlich, und wir können schuften.»

Monika verlangsamt nun wirklich ihr Tempo, und ich zünde mir eine Zigarette an. «Du, Frau Freitag, aber nicht dass du deine Kippe nachher irgendwohin schmeißt, du weißt ja, wie schnell Brände entstehen ...»

«Ja, ja, schon klar.» Ich hasse es, von Nichtrauchern über den Umgang mit Zigaretten belehrt zu werden. «Frau Nolte, nun erzähl du doch mal einen Schlag aus deinem Leben. Was hast du denn gestern gemacht?»

«Ich war in der Uckermark.»

«Ach, in deinem Sommerhäuschen. Darfst du da schon hin – ist doch noch gar nicht Sommer?»

Frau Nolte gibt mir einen etwas zu heftigen Stoß mit ihrem Ellbogen gegen meinen Arm.

«Aua, war doch nur Spaß.»

«Frau Freitag, Besitz verpflichtet und macht Arbeit. Man muss da doch dauernd nach dem Rechten sehen.» Sie denkt nach. Plötzlich bleibt sie stehen und hält mich am Arm fest. «Ach, Frau Freitag, rate mal, wer auch dort war.»

«Keine Ahnung.» Woher soll ich denn wissen, wer da in dem Dorf bei der Nolte rumhängt.

«Peter Pommer?»

«Nein, der Fischer!»

«Unser Schulleiter?»

Frau Nolte nickt.

«Was wollte der denn dort?»

«Na, da ist doch noch so viel zu tun. Der ganze Umbau, die reißen doch alle Wände raus und ...»

«Was für Wände reißt der Fischer wo raus? Frau Nolte, du sprichst in Rätseln.»

«Hatte ich das nicht erzählt, dass sich der Fischer in unserem Dorf auch ein Häuschen gekauft hat?»

«Nee. Nicht dass ich wüsste.»

«Dann habe ich das wahrscheinlich Frl. Krise erzählt. Na, jedenfalls ist der da mächtig zugange. Also nicht er persönlich, dafür hat er schon Leute, die sind aber nicht so gut. Ich habe ihm mehrfach angeboten, ihm unsere Baufirma zu vermitteln. Also die, die unser Häuschen gemacht haben. Da gab es gar keine Probleme. Aber er wollte ja nicht. Der Herr Schulleiter muss ja immer seinen Kopf durchsetzen. Und nun hat er den Salat.»

«Wieso?»

«Na, jetzt explodieren die Kosten. Neulich ist eine Wand eingestürzt. Einfach so, und das ist ja erst der Anfang. Der Fischer dachte auch, dass er mit 100 000 auskommt. Aber da wird der weit drüberliegen. Das Dach muss komplett erneuert werden und ...»

«100 000 Euro? Frau Nolte, verdient man als Schulleiter so viel?»

«Frau Freitag, was denkst du denn? A16. Das sind drei Gehaltsstufen mehr, als wir kriegen. Aber er hat auch einen Kredit aufgenommen. Das ist ja als Beamter kein Problem. Trotzdem wird es jetzt eng. Vor ein paar Monaten kam er mal zu mir rüber auf einen Kaffee, und da hat er von seinen finanziellen Schwierigkeiten erzählt. Er hat wohl auch noch Schulden.»

«Echt? Was hat der für Schulden, Frau Nolte?», frage ich, aber Monika weiß es auch nicht. Vielleicht hat er noch mehr Frauen, die ihm die Haare vom Kopf fressen, weil sie alle eine eigene Wohnung und ständig teure Geschenke haben wollen. Oder Spielschulden. Männer haben doch immer Spiel- oder Wettschulden. Wahrscheinlich spielt der nicht im Casino oder in Spielhallen, sondern kauft Aktien und Wertpapiere oder so was.

«Frau Nolte, glaubst du, dass der Fischer Schulgelder veruntreut hat?»

«Hä? Was meinst du, Frau Freitag?» Monika guckt mich so streng an, als hätte ich sie gerade beschuldigt, mein Portemonnaie geklaut zu haben.

«Vielleicht hat er über einen längeren Zeitraum Gelder aus der Schule entwendet, ich mein ja nur, weil du doch sagst, er hatte Schulden und irgendjemand kam ihm auf die Schliche, und dann hat er schnell die Schule angezündet, und jetzt …»

Frau Nolte tippt mit dem Zeigefinger gegen ihre Stirn: «Du spinnst, Frau Freitag.»

«Ja, aber warum ist er dann schon so lange krankgeschrieben?»

«Weil er nicht unter fremden Schulleitungen arbeiten will. Das ist doch wohl verständlich. Das ist demütigend. Außerdem muss er in der Uckermark …»

«Aber Monika, meinst du nicht, dass er vielleicht doch gar nicht so unschuldig ist … wenn jemand spielsüchtig ist, dann …»

«Frau Freitag, Schluss jetzt. Der Fischer spielsüchtig? So ein Quatsch. Das glaube ich niemals! Mach mal deine Zigarette aus, wir sind gleich an der Schule. Nicht dass dich da die Muttis oder die Kinder sehen. Rauchen ist hier nicht en vogue. Und untersteh dich, deine kruden Theorien im Lehrerzimmer zu verbreiten. Deine blühende Phantasie bringt dich noch in Teufels Küche.»

34

Onkel Ali faltet die Zeitung, die er gerade gelesen hat, wieder genau an den Knickstellen zusammen und steckt sie in den Ständer. Sie sieht aus wie neu. «Hallöchen, Frl. Krise», sagt er, «ach – is ja nich zu glooben – bekomme ick ooch ma wieder die Ehre?»

«Natürlich, bei dir ist doch am schönsten», beteuere ich

und meine es auch so. «Könnte ich wohl bitte einen schönen heißen Kaffee haben?»

«Klar doch!» Bei Onkel Ali dauert das Bestellen und Servieren eines Kaffees höchstens 30 Sekunden, also nur einen Bruchteil der Zeit, die Rita für denselben Vorgang benötigt.

«Hier, bitte sehr! Haste schon Zeitung jelesen, Frl. Krise?»

«Nee, Zeitung lesen brauch ich doch nicht, wenn ich zu dir komme, Onkel Ali! Du machst das doch für mich!»

Ich glaube, Onkel Ali liest jeden Tag mindestens 20 Zeitungen, deutsche und türkische. Er ist bestimmt einer der bestinformierten Menschen der Republik. Nicht mal Frau Merkel kann da mithalten.

«Dit neueste ...», sagt Onkel Ali und macht eine Kunstpause. «Ist der Kaffee jut so, Frl. Krise? Heiß und stark jenuch?»

Ich nicke. Was soll das jetzt? Will er mich neugierig machen, oder wie?

«Dit neueste is, dit die Polizei hinter dem Ex von die Rita her is!»

«Ach, hinter dem Ehemann von unserer Rita nebenan?»

Onkel Ali nickt. «Ja, jenau hinter dem! Karsten Schröder, jenannt Kalle.»

«Aber warum denn das?»

«Na, wejen dem Brand und wejen die tote Jessica, wat'n sonst?! Der war doch der ihr Jeliebter, wussteste dit nich, Frl. Krise?»

«Doch, doch, schon, hat sie mir erzählt, aber weshalb sollte denn dieser Kalle einen Brand in unserer Schule legen und seine Freundin, also seine ehemalige Freundin, umbringen?»

«Hass, Eifersucht, Blumenkohl, wat weeß icke?» Onkel Ali lehnt sich mit seinem Oberkörper über die Theke und kommt mir so nah wie möglich.

«Weeßte, Frl. Krise, diese Jessica, dit war eene janz heiße Nummer», sagt er leise. «Janz sauba war die nich, und als die nich mehr mit mein Kuseng Mesut verlobt war, jing dit janz schön rund bei die. Mit dem Kalle, den se jetzt suchen, war se ooch nicht lange zusammen, aber der war ja so verknallt in die! Der hat die rejelrecht gestalkt, als se nüscht mehr von ihm wissen wollte. Mesut hat se een paarmal versteckt vor diesen Irren, dit sacht ja wohl allet!»

«Also, du meinst, der Kalle könnte der Täter sein?»

Onkel Ali breitet die Arme weit aus und schweigt.

«Und wo ist der jetzt?»

«Der is unterjetaucht. Ooch ziemlich vadächtig, wa? Ein Unschuldija vasteckt sich doch nich, hat doch keen Grund dafür!»

«Hm. Und was ist ... äh ... mit Mesut? Der könnte doch dann auch ein Motiv haben ... also verletzte Ehre zum Beispiel! Seine Verlobte trieb sich mit anderen Männern rum oder so ...»

«Dit meenste jetzt nich im Ernst, Frl. Krise, wa?» Noch nie habe ich Onkel Ali so fassungslos gesehen. «Dit kann ja wohl nich die Wahrheit sein. Meen Kuseng zu vadächtijen ...»

Onkel Ali hört gar nicht mehr mit Kopfschütteln auf. «Nee, nee, nee, der hat nüscht damit zu tun, der hat der Jessica allet vaziehen, sojar dit sie da im Internet ...»

Er bricht ab und kommt hinter der Theke hervor. Er reißt die Tür auf.

«Muss ma direkt bisschen frische Luft reinlassen, is ja so stickig hier ...»

«Oh, danke schön, sehr nett!»

Ömür, gefolgt von Emre, spaziert an dem verdutzten Onkel vorbei in den Laden.

«Na sieh mal an, und das Frl. Krise ist auch da! Machen Sie

überhaupt noch Unterricht, oder habt ihr in der Zeit der Renovierung außerordentliche Ferien?»

«Schön wär's!»

Emre zupft Onkel Ali am Ärmel. «Ist deine Frau da? Sie wollte doch meiner Schwester beim Catering für den Henna-abend ...»

Die beiden verschwinden im Hinterzimmer.

Ömür ist alleine mit mir. Das muss ich ausnutzen. Ich wollte schon die ganze Zeit wissen, was die Polizei von Julian hält. Ich vermute, die ahnen nichts von seinem Treiben. Ob der Pommer den wirklich angezeigt hat?

«Du, Ömür, wir haben da einen Schüler, der hat vor einiger Zeit einem Kollegen, also genauer gesagt dem Pommer, die Reifen aufgeschlitzt, und kurz vor dem Brand hat er bei Facebook üble Drohungen ausgestoßen, dass er die Schule hochgehen lassen will und ...»

Ömür winkt ab. «Das wissen wir alles längst, Frl. Krise, dein Kollege hat nämlich Anzeige erstattet. Ich darf dir das ja eigentlich nicht sagen, aber es ist nix dran an der Sache. Wir haben den einbestellt und ... der Junge ist ein Großmaul, mehr nicht! Bloß dieser Pommer ...», Ömür lacht und schüttelt leicht den Kopf, «der ist ja vielleicht stur, der will uns das nicht abnehmen.»

«Das könnte ja auch seine Gründe haben, Ömür! Habt ihr DEN denn schon richtig durchgecheckt?»

Ömür guckt mich entgeistert an. «Den POMMER?»

35

«Frau Freitag, kannst du uns noch helfen?», fragt Susanne, die hinter einem Tisch sitzt und Servietten faltet. Neben ihr sitzt Herr Sorg, der Schulleiter, und poliert Besteck. Susanne klopft auf den leeren Stuhl zu ihrer Linken und zeigt auf eine Kiste am Boden: «Die Teller müssten noch abgetrocknet werden. Olaf hat die gerade alle abgewaschen.»

Olaf Büchner sitzt mit einer Kaffeetasse neben Herrn Sorg und starrt ins Leere. Das Spülen scheint ihn mächtig angestrengt zu haben. Wenn wir das Schulfest am Gymnasium gemacht hätten, dann könnten wir das Geschirr und das Besteck einfach in die Spülmaschine packen.

«Ja, okay. Hast du noch ein Handtuch?» Ich setze mich neben Susanne, und Herr Sorg wirft mir wortlos ein Poliertuch zu.

«Gleich müssten auch die Brötchen kommen», sagt Susanne. Offensichtlich ist sie die Organisatorin des Caterings.

«Das ist ja wirklich toll von dieser Frau Schröder, dass sie uns Brötchen für unser Fest spendiert.» Ich nicke. Frl. Krise hatte Rita vor ein paar Tagen erzählt, dass wir an der Grundschule ein Schulfest planen. Also nicht direkt erzählt, sondern eher rumgejammert, wie viel Arbeit so ein Schulfest macht, und da hatte Rita sofort angeboten, Brötchen zu spendieren. Nett von ihr. Dabei hat sie doch mit der Sonnenblumen-Grundschule gar nichts zu tun. Na ja, vielleicht hofft sie, dass die Lehrer dann zu ihr zum Kaffeetrinken kommen. So was nennt man virales Marketing, oder?

Susanne lässt die Hände auf die gerade gefaltete Serviette sinken und guckt über den Schulhof. Ein emsiges Treiben ist das. Da werden Tische geschleppt und Leinen gespannt. Überall rennen Lehrer mit Schülern im Schlepptau rum. In die Gebäude und mit irgendwelchem Zeug wieder raus. Da hab ich es doch ganz gut getroffen mit meinem Tellertrocknen. Kann ich wenigstens sitzen. Und wenn gleich die Brötchen da sind, dann gibt es ja wieder eine neue Aufgabe. Schmieren. Susanne lächelt selig und dreht sich zu Schulleiter Sorg.

«Herr Sorg, das ist sooo toll, was Sie und Ihr Kollegium auf die Beine stellen.»

«Na, das ist doch selbstverständlich. Im Frühling gibt es das Frühlingsfest, im Sommer das Sommerfest und Weihnachten ...»

«Ja, bei Ihnen an der Schule gibt es das! Wir haben noch nie ein Fest gefeiert.» Susannes Schultern fallen nach vorne, und sie schmollt ein bisschen.

«Susanne, das stimmt doch gar nicht. Wir hatten doch diesen total super Weihnachtsbasar. Wo jede Klasse Sachen gebastelt und verkauft hat und der Chor ...»

«Was für ein Weihnachtsbasar?», fragt Susanne und guckt mich an, als würde ich sie absichtlich anlügen.

«Na der, wo später leider noch diese Schulfremden kamen und die Tische umge... wann war das noch mal? Ich glaube vor fünf oder sechs Jahren oder vor vier, warte mal ...»

«Da war ich noch gar nicht an der Schule, Frau Freitag. Seit ich da bin, wurde jedenfalls kein einziges Fest mit den Schülern veranstaltet.»

«Wirklich nicht?», fragt Herr Sorg und beugt sich nach vorne, um an Susanne vorbei zu mir zu sehen und sich zu versichern, dass er richtig gehört hat.

«Ihr veranstaltet keine Feste? Gar keine? Nicht mal am Ende des Schuljahres? Das gehört doch zum Schulleben. Das sind doch die essenziellen Grundlagen ...»

«Ha, das sage ich ja auch immer. So was ist in Schule selbstverständlich», unterbricht Susanne Herrn Sorg. Jetzt guckt sie mich fast wütend an. Als würde ich persönlich jegliche Feierei an unserer Schule verbieten.

«Und wir verabschieden die zehnten Klassen auch nicht richtig. Das sind immer ganz traurige Veranstaltungen. Da werden die Eltern nicht eingeladen ...»

«Die würden sowieso nicht kommen, Frau Brendel, die kommen doch nie», sage ich. Aber Susanne ist voll in Fahrt und wehrt meinen Einwand nur mit einer wegwerfenden Handbewegung ab, wie eine lästige Fliege.

«... und der Schulleiter hält jedes Jahr die gleiche Rede. Also immer wieder dieselbe Rede!»

Herr Sorg kann es nicht fassen: «Wirklich?»

«Ja! Ganz sicher, und diese eine Rede, die trägt er nicht mal vor, sondern liest sie nur ab, und die ist auch noch schlecht!»

Herr Sorg muss diese Ungeheuerlichkeiten erst mal verdauen und schüttelt nur ungläubig den Kopf.

«Gibt's ja gar nicht! Gibt's ja gar nicht ...», murmelt er. Dann dreht er sich zu uns: «Euer Schulleiter, dieser Herr Fischer ... über den hört man im Bezirk wirklich nicht viel Gutes.»

Jetzt wacht auch Olaf Büchner auf: «Das habe ich auch schon mitbekommen.»

Was hat denn der Büchner nun schon wieder alles mitbekommen? Und wo? Und dieser Herr Sorg, der kann doch hier nicht einfach so vor uns über einen Kollegen herziehen. Der Fischer ist doch immer noch unser Schulleiter. Der will sich nur bei der Brendel einschleimen.

«Also, ich habe gehört, dass er bei der Schulaufsicht nicht gerade einen Stein im Brett hat. Ich würde sagen, nicht mal einen Kiesel», sagt Herr Sorg.

«Der hat da nicht mal ein Brett», mischt sich der Büchner ein, und Susanne und Sorg lachen. Hä? Die Schulaufsicht hat doch das Brett, und der Fischer hat keinen Stein im Schulaufsichtsbrett. Büchners Spruch ist voll ohne Sinn, wie die Schüler sagen würden.

Der Sorg streicht mit der flachen Hand über seinen Dreitagebart. «Euer Fischer veranstaltet wohl ein ziemliches Chaos an eurer Schule. So was hat die Sekretärin vom Schulrat mal durchblicken lassen, als ich dort einen Termin hatte. Irgendwie scheint der die Finanzen nicht im Griff zu haben. Dabei ist das das A und O unseres Jobs. Wer das nicht kann, ist in Schulleitung fehl am Patz. Meine Meinung.»

Oh Mann ... «in Schulleitung», jetzt fängt dieser Sorg auch noch an wie die Brendel, die so gerne «in Schule» sagt.

«Hallihallöchen!», ruft uns Rita zur Begrüßung entgegen. Sie trägt eine riesige rote Plastikkiste mit Brötchen.

«Wo kann ich die abstellen?», fragt sie, und der Sorg springt sofort auf und nimmt ihr die Kiste ab.

«Toll», sagt er, «das ist wirklich klasse von Ihnen, Frau Schröder!» Er umarmt Rita und kriegt sich vor lauter Dankbarkeit gar nicht mehr ein. Die Brendel guckt ein bisschen alarmiert. Verliert sie jetzt ihren tollen Schulleiter wegen ein paar Schrippen an Rita?

«Ich hab noch eine Kiste im Auto! Kommen Sie gleich mit? Ich hab zweite Reihe geparkt.» Und weg sind die beiden. Susanne macht ein trauriges Gesicht.

«Mensch, Susanne, der holt nur ein paar Brötchen, der ist gleich wieder da.» Susanne nickt und faltet weiter Servietten.

«Frau Brendel, guck mal, dein Sorgenkind!» Ich zeige auf Raifat, der vor einer Erst- oder Zweitklässlerin kniet. Was macht der denn da? Neben ihm steht die Blondine, die anscheinend Sina heißt. Das hat Susanne rausgefunden, und die beiden sind wohl sogar ein Paar.

Susanne scheint nicht überrascht, Raifat hier in der Grundschule zu sehen. «Ja, dieser Herr Meyer hat den beiden erlaubt, hier mitzuhelfen. Die haben irgendwie gehört, dass wir heute ein Schulfest haben, und er meinte, dass Raifat und diese Sina unbedingt einen Stand machen wollten.»

«Würde ich als Schüler auch lieber machen als Mathe», sage ich. Das ist doch wieder typisch Raifat. Eine schöne Extrawurst für den Herrn.

«Nee, seine Klasse hat jetzt schon Schulschluss, weil der Meyer zu einer Fortbildung muss. Die sind also wirklich freiwillig hier.» Erstaunlich. Raifat engagiert sich freiwillig für die Schule. Zwar für eine Grundschule, aber trotzdem. Dem Jungen würde ich so einiges zutrauen, aber einen Kinderschminkstand aufzubauen und zu leiten sicher nicht.

36

Das Schlimme am Grundschullehrerberuf ist, dass man immer im präpubertären Zustand hängenbleibt. Die Haupt- und Realschulpeople wie Frau Freitag und ich drehen – was amüsanter sein dürfte – Endlosschleifen in der Pubertät, und nur die begnadeten Gymmilehrer dürfen in der Oberstufe schon mal ein bisschen in Richtung Erwachsenenwelt schnuppern. Seit unserer Auslagerung kommen wir nun – jedenfalls ansatzweise – in den Genuss aller drei Stadien. Das bietet Abwechslung. Heute ist Kinderparadies angesagt: Schulfest im Zwergenland. Und ich hab so gar keine Lust darauf …

Zum Glück dürfte jetzt alles aufgebaut sein, ich spare mir also das leidige Stühle-und-Tische-auf-den-Hof-Schleppen und die fruchtlosen Diskussionen darüber, wo was hinkommt.

Ich werde mich betont unauffällig ins Getümmel stürzen und mir vor allem erst einmal einen Kaffee besorgen. Bloß jetzt nicht wie eine Wilde loslegen, schließlich steckt mir diese Ohnmacht auf der Ü40-Party noch in den Knochen. Ich muss mich ein bisschen schonen. Basti hat auch heute Morgen noch gesagt, ich soll langsam tun.

Manchmal frag ich mich, was diese Schulfeste für einen Sinn haben. Immer dieselben Stände ... hoffentlich gibt es wenigstens irgendwo leckere Salate, bloß nichts Süßes!

Nanu, was macht denn Rita hier? Die kommt genau auf mich zu, schwenkt zwei große rote Plastikkörbe und wirkt gestresst.

«Hallo, Rita!»

«Hallo, Frl. Krise, kommst du jetzt erst? Ich bin schon im Abmarsch, hab die Brötchen gebracht!»

«Das find ich ja wirklich sehr nett von dir!»

«Ach, keine Ursache, ich hab doch so ein Herz für Kinder!»

«Na, dann spendiere ich dir wenigstens einen Kaffee, so viel Zeit hast du noch, oder?» Ich zeige auf den Stand der fünften Klasse, die Kinder verkaufen Kaffee, Tee und selbstgebackene Cupcakes mit grässlich buntem Topping – garantiert Chemie pur.

Wir lassen uns mit unseren Bechern auf einem Mäuerchen neben einem der Seitengebäude nieder.

Ein paar Meter weiter steht der auf Festen dieser Art unvermeidliche Schminkstand. Davor hampeln ein paar Kleine ungeduldig herum, und als eins gegen den Tisch stößt, müssen sich alle unter der Regie eines großen blonden Mädchens in eine ordentliche Reihe stellen. Ein Jugendlicher gibt mit großen Gesten den Make-up-Artist. Ach, du Himmel! Was wird da schon rauskommen? Wahrscheinlich schlechtgemachte Katzengesichter. Aber egal, Hauptsache, den Kindern gefällt's! Stopp mal, ist der Jugendliche nicht Raifat? Er malt gerade einem kleinen Mädchen einen großen Schnurrbart auf. Ausgerechnet Raifat ... sehr seltsam, ich muss nachher Susanne fragen, warum der hier ist. Vielleicht ist er ja gut in Kunst, ein anderes Motiv kann ich mir beim besten Willen nicht vorstellen.

Rita seufzt. «Ach, wenn ich diese vielen fröhlichen Kinderchen sehe, dann denke ich immer, was die wohl noch alles vor sich haben im Leben.»

«Hm, vielleicht gut, dass man das als Kind nicht weiß», sage ich und seufze solidarisch mit. «Du wirkst irgendwie so angeschlagen, Rita – gibt es schlechte Nachrichten?»

«Nein, oder ... ja, doch, schon. Die ganze Situation gerade ... Weißt du, mein Sohn ist auch fix und fertig. Dass der Kalle einfach so verschwindet – nee, nee, wir machen uns echt Sorgen um ihn.»

«Ja, ich hab das von Onkel Ali erfahren. Meinst du denn, er hat echt was mit dem Brand zu tun? Die Polizei ist ja offensichtlich ...»

«Ich weiß es wirklich nicht. Kalle ist eigentlich nie richtig kriminell oder gewalttätig gewesen. Er hatte nur falsche Freunde, und er hat immer so rumgesponnen, davon geträumt, mal groß rauszukommen und viel Kohle zu machen. Aber totarbeiten wollte er sich natürlich auch nicht dabei. Mit seinen komischen Geschäftsideen hat er eine Pleite nach der anderen hingelegt und ist immer tiefer und tiefer in die

Scheiße gerutscht. Ein ‹Wurstimperium› wollte er aufbauen! Hahaha! Dabei hat er nicht mal einen einzigen kleinen Würstchenstand richtig ans Laufen gebracht.» Rita schüttelt den Kopf. «Der Kalle ist eben ein Luftikus, ein schräger Vogel. Immer gut gelaunt, immer kreativ, immer voller Ideen und Pläne. Das mag ich ja eigentlich auch an ihm, aber was ihm komplett fehlt, ist Sinn für die Realität. Leider. Er begeistert sich zu schnell für die verrücktesten Sachen, stolpert in jedes Fettnäpfchen, das sich bietet ... und ... und als Partner war er ... na ja, treu ist was anderes. Ach Gott, jetzt jammer ich dir die Ohren voll, Frl. Krise, dabei müsste ich schon im Laden stehen. Wie spät ist es eigentlich?»

Ich klopfe auf mein leeres Handgelenk. «Keine Ahnung, es muss gleich zehn sein. Meine Uhr wurde neulich geklaut. Aus dem Lehrerzimmer, stell dir vor!»

«Was? Aus eurem Lehrerzimmer?»

«Ja, genau, und nicht nur meine Uhr, sondern auch noch der Schulschlüssel von Frau Nolte und das Handy von Frau Freitag!»

«Das ist ja ein Ding! Wisst ihr, wer das war?»

«Nein, natürlich nicht. Ich wollte mir schon bei eBay-Kleinanzeigen eine neue kaufen, und da hab ich doch tatsächlich meine Uhr gefunden, das heißt, ich könnte schwören, dass es meine war.»

«Wirklich? Hast du sie gekauft?»

«Ich hab dem Typen geschrieben, aber noch keine Antwort bekommen, komisch eigentlich!»

«Frl. Krise, du wirst dir doch nicht deine eigene Uhr kaufen wollen!»

«Was soll ich machen! Ich möchte nicht, dass mein Freund merkt, dass sie weg ist, er hat sie mir doch geschenkt. Ich muss unbedingt noch mal bei diesem Verkäufer nachhaken. Salesman41 hieß der, glaub ich.»

Rita umklammert meinen Arm und starrt mich an.

«Salesman...?», flüstert sie.

Der Pommer kommt mit großen Schritten auf uns zu. «Frl. Krise», ruft er. «Weißt du, wie ich an die Sonnenschirme rankomme? Die sollen dadrin sein.» Er zeigt auf das Gebäude, vor dem wir sitzen. «Wo ist denn hier überhaupt der Eingang?»

Der Pommer bleibt vor uns stehen. Man sieht ihm an, dass er nicht die geringste Lust hat, Sonnenschirme und Ähnliches herumzuschleppen. «Ich setz mich mal einen Moment zu euch», sagt er und seufzt, «diese Grundschulleute machen mich fix und fertig mit ihrer Energie ...»

Rita rutscht beiseite. «Hallo, Herr Pommer», sagt sie spitz. «Wir kennen uns doch auch. Erinnern Sie sich? Ich bin die Mutter von Simon Schröder.»

Der Pommer fährt herum. «Ach, tatsächlich, hallo, habe Sie gar nicht erkannt, Frau Schröder. Wie geht's denn dem Simon?»

«Es geht so, er sucht immer noch eine Ausbildungsstelle!»

«Hm ...», der Pommer reibt sich die Stirn. «Frau Schröter, äh ... Schröder ... äh ... war das nicht ... äh ... ist das nicht Ihr Mann, der da gesucht wird? Karsten Schröder?! Ich meine, ich hätte in der Zeitung gelesen, dass er ...»

«Ja, ganz richtig! Das ist mein Mann.» Rita starrt den Pommer einen Moment lang giftig an, springt dann hektisch auf, schnappt sich ihre Körbe und läuft wort- und grußlos über den Hof Richtung Straße.

37

«Es geht bestimmt wieder um Raifat», sage ich, und Büchner nickt. Vor fünf Minuten ist die Schulleiterin Frau Arndt ins Lehrerzimmer des Gymnasiums gekommen. Neben ihr stand ein Polizist, und sie haben Susanne rausgebeten. Jetzt sind sie im Schulleitungsbüro. Burkhardt Meyer sitzt mal wieder bei uns. Er schüttelt den Kopf: «Das glaube ich nicht. Der Raifat macht sich so gut in meiner Klasse. Wirklich. Und seit er mit Sina zusammen ist, hat sich sogar seine mündliche Mitarbeit enorm verbessert.»

«Raifat, dieser neue Schüler bei dir? Burkhard, redet ihr über den?», fragt Frau Günther, eine Kollegin, die zwar auch immer im Lehrerzimmer ist, aber noch nie mit uns gesprochen hat. Meistens korrigiert sie oder liest Zeitung. *Die Zeit* oder *Die Süddeutsche*. Jetzt steht sie vor der Kaffeemaschine. «Meint ihr diesen neuen, diesen südländisch aussehenden Schüler? Ich hatte doch deine Klasse neulich in Vertretung.»

«Ja. In Mathe, ich weiß», sagt Burkhard.

«Na, das ist ja ein Früchtchen. Ich hatte denen eine Stillarbeitsaufgabe gegeben, aber davon hält der Herr wohl nichts. Die gesamte Stunde hat der geredet. Ihm könnte keiner was. Er könne machen, was er wolle, Gesetze würden für ihn nicht gelten. So in der Richtung.»

«Wirklich?», fragt Burkhard ungläubig. «Das kann ich mir gar nicht vorstellen. Bei mir ...»

«Ja, ja, ja, manchmal hört der Klassenlehrer eben auch nicht alles, mein lieber Burkhard!» Oh, Frau Günther geht ja ganz schön ran. Aber ich kann mir auch nicht vorstellen, dass Raifat plötzlich der liebe Schüler sein soll. Okay, er hat jetzt eine Freundin. So was kann diese Jungs schon positiv beeinflussen.

«Frau Günther, was hat denn Raifat noch so erzählt in dieser Vertretungsstunde?», fragt der Büchner.

«Der wollte die Jungs von Burkhard beeindrucken. Das war sonnenklar. Das sind doch alles so harmlose Würstchen bei dir», sagt Frau Günther, und Burkhard verzieht kurz das Gesicht. Harmlose Würstchen, hehe, die kann wahrscheinlich jeder Dahergelaufene unterrichten, Herr Meyer, denke ich, schweige aber, damit Frau Günther weiterreden kann.

«Er meinte, dass er mit einem Freund schon so manche Dinger gedreht hätte, wie er das nannte, und sie wären nie erwischt worden, weil sie schlauer seien als die Bullen. Also Bullen, das hat er gesagt. Und ob sie sich denn nicht fragen würden, warum er jetzt hier sei.»

«Na, weil er bei Lidl beim Stehlen erwischt wurde!», unterbricht Herr Büchner. Frau Günther winkt ab. «Nein, nein, das meinte der nicht.»

«Nein?», fragt Büchner.

«Nein. Das bezog sich nicht auf das Stehlen. Das ging um den Brand bei euch!»

«Hat er das gesagt? Hat er zugegeben, dass er das Feuer gelegt hat?», fragt Büchner und springt auf.

«Na ja, also direkt hat er das jetzt nicht gesagt. Aber das meinte er. Da bin ich mir ganz sicher.» Frau Günther trinkt einen Schluck Kaffee. Dann sieht sie erst mich, dann den Büchner an. Burkhard Meyer starrt ins Leere und schüttelt den Kopf.

«Das glaube ich nicht. Das glaube ich wirklich nicht.»

Ich weiß gar nicht mehr, was ich glauben soll. Wenn Raifat etwas mit dem Feuer zu tun hat, wäre er dann wirklich so blöd und würde das rumerzählen? Das würde doch niemand machen. Allerdings, wenn er das Feuer nur gelegt hat, um damit anzugeben – dann muss er das doch rumerzählen, wie sollte er sich sonst in seinem kriminellen Ruhm sonnen. Ohne Publikum – kein Applaus.

Die Lehrerzimmertür geht auf. «Danke, Frau Brendel. Und nehmen Sie es nicht so schwer!», sagt Frau Arndt. Sie legt kurz die Hand auf Susannes Schulter, dreht sich dann um und geht. Susanne schleicht zu uns. Oh, oh, sie sieht nicht gut aus. Wir warten. Wir alle wollen wissen, weshalb sie mit dem Polizisten sprechen musste. Vielleicht stand nur ihr Auto in einer Feuerwehrzufahrt. Nee, Susanne kommt doch immer mit dem Fahrrad.

«Nun setz dich erst mal», sagt der Büchner, springt auf und zeigt auf seinen Platz auf dem Sofa. «Ich hol dir einen Kaffee.»

«Du, Olaf, lieber Tee, bitte», flüstert Susanne und setzt sich neben mich. Soll ich ihr den Rücken streicheln? Ich lächle sie aufmunternd an. Mein Lächeln soll so was wie «Wird schon! Kann doch nicht so schlimm sein! Zeit heilt alle Wunden!» ausdrücken. Denken tue ich: Nun rede schon!!!

«Raifat!», sagt Susanne und holt tief Luft. «Raifat war bei uns in der Schule und hat zwei Beamer und ein Laptop geklaut.»

«Er ist in unsere Schule eingebrochen?», fragt Büchner ungläubig.

«Na, nicht direkt eingebrochen. Er hatte einen Schulschlüssel. Also, erst hat er der Polizei gesagt, die Türen waren offen. Aber das stimmte nicht, und irgendwann hat er dann zugegeben, dass er einen Schulschlüssel hat.»

Noltes Schulschlüssel! Damit ist er in die Räume rein. Dann hat diese kleine Mistpocke auch mein Handy und Frl. Krises Uhr geklaut! Na warte, Bürschchen!

«Einer von den Bauarbeitern hat ihn aus dem Nawistützpunkt kommen sehen und die Polizei gerufen. Die haben ihn mitgenommen.»

«Und? Hat er gestanden?», fragt Büchner.

«Hat er auch den Diebstahl im Lehrerzimmer gestanden?», frage ich.

«Und das Feuer?», fragt Frau Günther.

Susanne guckt von einem zum anderen. «Den Diebstahl? Welchen Diebstahl? Das von Lidl, das wusste die Polizei ...»

«Nein, nicht Lidl, ich meine den Diebstahl bei uns im Lehrerzimmer», sage ich. «Der ist doch mit Noltes Schulschlüssel in den Nawiraum.»

Susanne schüttelt den Kopf: «Nein, also er meinte, den Schlüssel hätte er irgendwann im Gebüsch auf dem Schulhof gefunden.»

«Und was ist mit dem Brand?», fragt Büchner etwas zu laut, als wäre diese ganze Misere Susannes Schuld.

«Brand?», fragt sie. «Hat der Raifat auch noch das Feuer gelegt?» Sie schlägt die Hände vors Gesicht: «Oh nein! Ich kann nicht mehr! Ich habe einen Mörder in meiner Klasse!»

38

Das Lehrerzimmer ist leer, kein Wunder. Um 16 Uhr ist hier an der Grundschule nichts mehr los, nur noch im Hort tobt der Mob.

«Frl. Krise, du noch hier?»

Der Pommer schleicht herein. Er setzt sich seufzend an den Tisch beim Fenster und raschelt mit irgendwelchen Arbeitsblättern herum. Dann dreht er sich zu mir um. «Ist noch Kaffee da, Frl. Krise?»

Ich zucke mit den Achseln und weise stumm auf die Kaffeemaschine. Der denkt doch jetzt nicht im Ernst, ich würde aufspringen und nachgucken?

Der Pommer erhebt sich und schlurft zur Spüle. «Ist alle!», sagt er und bleibt mit hängenden Armen stehen.

«Ich würde auch noch einen Kaffee trinken», feuere ich ihn an, «koch doch noch mal zwei Tassen.»

Der Pommer nickt. «Wo sind denn die Filtertüten?»

«Oh Mann, Peter!» Ich springe auf und reiße den Oberschrank auf. «Hier, Filtertüten, Kaffee. Wasser ist in der Leitung!»

«Okay», der Pommer gibt sich einen Ruck und macht sich an der Kaffeemaschine zu schaffen.

«Weißt du, Frl. Krise», sagt er, «ich weiß schon, wie man Kaffee kocht, aber ich bin zurzeit irgendwie zu gar nichts zu gebrauchen. Ich fühl mich so schlapp und krank ...»

«Wieder dein Rücken?», frage ich.

Er schüttelt den Kopf. «Nee, das nicht, es ist mehr ... also mir ... ich bin einfach nicht gut drauf, verstehst du?»

«Hm, ja, aber weshalb denn? Ist was passiert? Oder ist das nur das normale Klimakterium? Ich hab gelesen, dass Männer ...»

Der Pommer wendet sich ab. «Mach du nur deine Witzchen, Frl. Krise.»

Oje, der Pommer hat echt Probleme! «Sorry, Peter, war nicht so gemeint ... was ist denn los mit dir?»

Er balanciert zwei Tassen Kaffee an meinen Tisch und setzt sich neben mich.

«Willst du das ernsthaft wissen?»

Ich nicke.

«Also, Frl. Krise, die Sache mit ... äh ... ach, es ist vielleicht wirklich nur so eine Art allgemeiner Krise ... Ist auch nicht so wichtig, lass mal ...»

Dem Pommer geht's schlecht. Das merke ich genau, und ich weiß auch, weshalb. Die Sache mit Jessica ist schuld daran – hundertprozentig.

«Peter, darf ich dich mal was fragen?»

Der Pommer nickt.

«Kann es sein, dass du so traurig und daneben bist, weil Jessica Braun ... ich meine, weil Jessica und du, also ihr ...»

«Wie kommst du darauf?», fährt der Pommer hoch.

«Susanne hat euch kurz nach Weihnachten gesehen. In einem Lokal in Mitte, glaube ich. Sie hat es mir im Vertrauen erzählt, du musst also keine Angst haben, dass es außer uns jemand weiß.» Und Frau Freitag, füge ich in Gedanken hinzu.

Der Pommer guckt mich trübe an. «Wenn du es eh schon weißt! Ja. Ihr Tod geht mir unheimlich nahe, irgendwie ...»

Er stützt den Kopf in die Hände. «Wir haben uns zwar nicht sehr lange gekannt, aber sie war ... ach ... sie war wie ein Lebenselixier für mich, Frl. Krise.»

«Woher kanntest du sie eigentlich, Peter?»

Der Pommer hebt den Kopf, und in seinen Augen blitzt es auf. «Na, aus der Schule ... also aus unserer Schule. Ich musste nach einer Konferenz noch mal in mein Klassenzimmer, weil ich etwas vergessen hatte, und da hat sie dort gerade sauber gemacht und mich gebeten, ein Fenster zu schließen, das klemmte. Sie hat mich angelächelt, und da war's um mich geschehen. Ich war hin und weg. So sind wir zusammengekommen, aber wir haben die Sache natürlich nicht publik gemacht, weil ... das hätte nur dummes Gerede gegeben, du kennst ja unser Kollegium.»

Der Pommer lässt den Kopf wieder hängen. Dann richtet er sich plötzlich auf und ballt die Hand zur Faust: «Wenn ich den erwische, der ihr das angetan hat! Dem gnade Gott!»

«Wenn er überhaupt je gefasst wird!», sage ich. «Die Polizei kommt ja auch nicht so richtig weiter, hab ich den Eindruck. Wissen die eigentlich, dass du mit der Jessica zusammen warst?»

«Ich hab ihnen das nicht erzählt. Die haben keinen Schimmer. Ist jedenfalls noch keiner auf mich zugekommen. Warum auch?»

«Vielleicht solltest du es ihnen sagen. Wenn sie es irgendwann erfahren, bist du auf einmal dran.»

Der Pommer zuckt mit den Schultern. «Mir doch egal.»

«Im Moment scheint ja allerdings dieser Kalle Schröder der Hauptverdächtige zu sein.»

«Ach, Frl. Krise, der ... Das ist doch nur ein kleiner Wichtigtuer!», sagt der Pommer verächtlich. «Das hat jedenfalls die Jessica immer gesagt.»

«Aber komisch ist es schon, dass der jetzt plötzlich verschwunden ist. Und der Raifat? Würdest du dem so was zutrauen, ich meine zwischen Beamerklauen und Mord ...»

«Dass er den Brand gelegt hat, könnte ich mir ohne weiteres vorstellen ...» Der Pommer reibt sich die Augen. «Aber einen Mord ... nee. Andererseits, man weiß ja nie bei diesen Brüdern!» Er schnauft und guckt mich grimmig an.

«Frau Freitags Lieblingsverdächtiger ist ja unser Herr Schulleiter, der muss wohl erhebliche Probleme mit den Schulfinanzen haben und mit seinen eigenen auch. Aber daran glaube ich nicht die Bohne», gebe ich mich betont heiter. Der Pommer braucht ein bisschen Aufmunterung.

Aber stattdessen starrt er mich entgeistert an. «Der

FISCHER?» Er atmet tief ein und aus. «Ach ja? Das würde passen, er hat mir nämlich neulich erzählt, dass er ...»

Die Tür fliegt auf. Frau Nolte. Schwer bepackt und sichtlich genervt.

«Was macht ihr denn hier noch um diese Uhrzeit?»

«Das könnten wir dich auch fragen!»

«Ja, echt, langsam reicht es mir auch! Ich habe zwei Stunden lang jede Menge Texte für die Stationsarbeit in der Sieben laminiert. Mit einem insuffizienten Laminiergerät aus dem letzten Jahrhundert. Für diese Arbeiten müsste es doch eigentlich an jeder Schule jemanden geben, der einem dabei hilft. Einen Schulassistenten oder so was. Apropos helfen: Ich hab noch ein Regal zu Hause, das wollte ich der Schule hier spenden, das müsste mir bloß mal jemand herfahren. Könntest du das vielleicht machen, Frl. Krise? Irgendwann in den nächsten Tagen?»

39

«Frau Freitag, Kaffee oder Tee?», ruft Monika Nolte aus ihrer Küche. Ich sitze bei Monika im Wohnzimmer.

«Lieber Kaffee!»

Wo bleibt Frl. Krise? Ich würde doch nie alleine zu der Nolte nach Hause gehen, wir sind doch gar nicht so dicke miteinander, und jetzt sitze ich hier schon zehn Minuten und fühle mich komisch. Frl. Krise soll hier irgend so ein Regal abholen. Das will die Nolte der Grundschule spenden. Monika hat wirklich «spenden» gesagt, als sei diese Sonnenblumenschule ein Flüchtlingsheim. Dabei will sie das Regal bestimmt nur loswerden, und jetzt wird es sogar abgeholt. Ich habe ja kein Auto, darum muss Frl. Krise kommen. Aber einmal Noltes Wohnung sehen, das wollte ich mir nicht entgehen lassen. Ku'damm-nähe, sanierter Altbau, Maisonette. Um vier wollten wir uns bei der Nolte treffen. Ich stand Punkt vier vor dem Haus und wer kam nicht – Frl. Krise. Und dann fing es an zu regnen, und da hab ich geklingelt.

«Soll ich uns eine Obstspeise machen?», fragt die Nolte.

«Au ja!», rufe ich zurück. Sie soll mal schön noch länger in der Küche bleiben. Ich weiß sonst gar nicht, was ich mit ihr reden soll. In der Schule ist das irgendwie anders. Da sind wir auf neutralem Terrain. Aber hier, in ihrer Wohnung ... das ist mir alles viel zu intim.

«Ich war nämlich vorhin noch schnell bei Butter Lindner und hab Vanillequark gekauft. Kennst du den, Frau Freitag?»

«Was?»

«Kennst du diesen fabelhaften Vanillequark von Butter Lindner?», fragt Monika.

«Nee, kenn ich nicht. Aber probiere ich gerne!», rufe ich zurück. Die Wohnung von Frau Nolte ist so groß, dass man sich nur schreiend verständigen kann. Und hier wohnt sie nun ganz alleine, seit ihr Mann ausgezogen ist. Hier ist so viel Platz, dass man in jeden Raum nur ein paar Möbel stellen muss. Hier im Wohnzimmer gibt es nur eine grüne Ledereckcouch, ein rotes Sideboard und diese Wendeltreppe. Eine Treppe mitten im Wohnzimmer. Schon ungewöhnlich. Und oben ist wahrscheinlich noch ein Zimmer. Vielleicht kann ich mir das kurz angucken gehen. Ich schleich mich mal schnell hoch.

Ah, hier sind sogar noch zwei Zimmer. Alter Falter – die Nolte hat einen ganzen Raum nur für Klamotten und Schuhe. Hat die es gut! Dann ist das hier bestimmt ihr Schlafzimmer.

Ja. Ein riesiges Bett. Das hab ich mir gedacht. Und auch nur ein Bett. Sonst nichts. Und rote Wände ... na, ich weiß nicht, ob ich in einem roten Zimmer schlafen könnte. Ob ich mich mal kurz auf das Bett legen kann? Ich muss mir unbedingt eine neue Matratze kaufen. Ich hab jeden Morgen Rückenschmerzen. Wenn die hier von der Nolte gut ist, dann könnte ich sie ja irgendwann fragen, was das für eine ist. Also so ganz nebenbei.

Hä? Hilfe! Was ist das denn? Das ist ja wie auf einem Schiff. Das wackelt ja total! Hat die Nolte etwa ein Wasserbett? Gibt es so was überhaupt noch? Ist das nicht voll Eighties? Oder ist das doch eine normale Matratze? Muss ich direkt mal am Kopfende gucken. Krass!!! Was ist das denn??? Ich glaub, ich seh nicht richtig! Handschellen???

«Frau Freitag?» Au Mist, Frl. Krise! Ich muss schnell wieder runter! Hoffentlich sieht mich die Nolte nicht!

«Frau Freitag? Was schleichst du da oben rum?», flüstert Frl. Krise, die an der Treppe auf mich wartet. Frau Nolte ist zum Glück noch in der Küche.

«Frl. Krise, hast du Frau Freitag gefunden?», ruft Monika. «Die Wohnung ist wirklich etwas zu groß. Hier kann man sich leicht verlaufen.»

«Ja, ich war auf dem Klo!», schreie ich.

«Auf dem Klo?!», fragt Frl. Krise und guckt die Treppe hoch. «Ist das Klo da oben?»

«Pssst! Frl. Krise, nicht so laut!!! Nein. Aber du glaubst nicht, was sie da oben noch versteckt ... stell dir mal vor, die Nolte hat ...»

«Voilà!», ruft Monika und steht mit einer Schüssel Quark in der Hand vor uns. Sie hält uns die Schale unter die Nasen. «Feinster Vanillequark von Butter Lindner mit frischem Obst.»

«Hmmm, lecker!», sage ich.

«Monika, du kaufst bei Butter Lindner? So alt bist du doch noch gar nicht», sagt Frl. Krise. Monika kichert, dreht sich um, und wir folgen ihr in die Küche.

«Ach, ist das nett hier!», sagt Frl. Krise und lässt sich auf das Sofa plumpsen, das hinter einem großen rustikalen Holztisch steht. Frl. Krise guckt sich in der Küche um.

«Shabby Look! Sehr schick!», stellt sie dann fachmännisch fest.

«Ja, kennst mich doch, ich liebe diesen Style. In der Küche geht nur Shabby! Sonst nichts.»

Frl. Krise nickt, weil das anscheinend klar ist.

Wir trinken Kaffee und essen Quark mit Obst. Ich gehe auf den Balkon und rauche. Setze mich dann wieder zu Monika und Frl. Krise in die Küche. Die beiden reden über Möbel. Langweilig. Monika geht kurz raus, um irgendetwas zu holen.

«Frl. Krise, hör mal!», sage ich.

«Was denn? Frau Freitag, warum flüsterst du? Was ist denn?»

«Psssst. Nicht so laut. Nicht dass die Nolte mich hört.»

Jetzt scheint Frl. Krise interessiert zu sein.

«Rate mal, was ich da oben entdeckt habe ...»

«Keine Ahnung?»

«Frl. Krise, du glaubst gar nicht, was die Monika da in ihrem ...»

«Hier, Frl. Krise!» Monika legt einen Möbelkatalog auf den Tisch. «Die Sachen sind wirklich nicht ganz billig, aber wer will schon billig?», sagt sie und streicht sich die Haare aus der Stirn. Frl. Krise blättert durch den Katalog, ohne sich die einzelnen Seiten genauer anzusehen.

«Monika, wie wäre es mit einer kleiner Tour durch die Wohnung?», fragt sie dann plötzlich.

Und Monika springt sofort auf: «Ach du lieber Himmel! Natürlich!»

Noltes Reich birgt in der unteren Etage keine weiteren Überraschungen. Riesige Räume, spärlich möbliert. Irgendwann kommen wir endlich zur Wendeltreppe. Frau Nolte geht vor, gefolgt von Frl. Krise und mir. Wir stehen vor Noltes Ankleidezimmer. Mit einem Ruck öffnet sie die Tür: «Tatatata, der Traum eines jeden Mädchens!»

Frl. Krise guckt sich ungläubig um. «Monika, das gibt es ja gar nicht. Das ist hier ja größer als mein Arbeitszimmer.»

Monika zuckt mit den Schultern: «Aber ich habe ja auch so viel Kleidung und die ganzen Schuhe ...»

Frl. Krise dreht sich zu mir und flüstert: «Und das findest du jetzt so bemerkenswert? Du überraschst mich. Ich dachte immer, Äußerlichkeiten interessieren dich nicht.»

«Nein, nein, ich meinte doch nicht ihr Anziehzimmer. Warte mal, bis du den anderen Raum siehst.»

Monika präsentiert ihr Schlafzimmer. «Ganz schön viel Rot», sagt Frl. Krise.

«Ja, toll, nicht? Ich brauchte einen Tapeten-, also einen Farbwechsel, als mein Mann auszog. Da habe ich hier streichen lassen und mir ein neues Bett gekauft. Setz dich mal, Frl. Krise. Du wirst staunen!»

Ich gebe Frl. Krise einen kleinen Schubs, und sie landet auf dem Wasserbett und schaukelt sanft auf und ab. «Heilige Marie! Monika, was ist das denn?»

«Frl. Krise, das ist das Beste, was es auf dem Markt gibt. Rückenschmerzen ade, und diese rhythmischen Bewegungen ...» Sie kichert. Frl. Krise rekelt sich auf dem wabernden Bett. Dreht sich auf den Bauch und ...

«MONIKA!» Endlich hat sie die Handschellen entdeckt, die

am Kopfende befestigt sind. Sie nimmt eine in die Hand, starrt sie kurz an und guckt dann fragend zu Frau Nolte. Na, jetzt bin ich aber gespannt. Monika zuckt nur mit den Schultern.

«Mädels, Handschellen sind doch heute Standard. Seid doch nicht so prüde, ihr zwei!»

40

Ich frage mich, was Basti wohl so den lieben langen Tag über macht. Er hat Unterricht bis 16 Uhr, außer donnerstags, da wird es noch später. Anstatt erst mal schön nach Hause zu gehen und sich ein bisschen zu erholen, hat er sonst noch was vor. Er macht ziemlich viel Sport, er ist Mitglied in einem teuren Fitnessclub und geht regelmäßig zum Handballtraining in einen Sportverein. Gestern musste er dann prompt zum Physiotherapeuten, weil sich irgendwas am Oberschenkel gezerrt hat. Heute wollte er noch zur Massage. Er ist wirklich rund um die Uhr mit sich beschäftigt.

Nach den ersten gemütlichen Abenden bei mir dachte ich, es würde so schön weitergehen. Das Wetter ist schlecht, es wird früh dunkel –, und ich meine, massieren könnte ich ihn doch auch, oder?

Stattdessen langweile ich mich hier herum. Zum Lesen habe ich keine Lust, also Fernseher an, Zappen, Fernseher aus, Rechner an, Mails checken – außer Schulbuchverlagen schreibt mir eh keiner – ein bisschen Sparkanoid spielen, ein bisschen rumsurfen, dabei feststellen, dass die Sommermode garantiert Horror für meine Figur sein wird und die neuen spitzen Schuhe mich umbringen werden – ach, es ist frustrierend.

Das Einzige, was ich noch Sinnvolles machen könnte, ist, mich wirklich bei Parship zu registrieren, das verspricht wenigstens ein bisschen Nervenkitzel. Ich will mir ja gar keinen festen Typen zulegen, ich will nur ein bisschen Spaß und Unterhaltung. Ist das zu viel verlangt? Soll ich, bloß weil ich Ü50 bin und Basti sich langsam zu einer Enttäuschung entwickelt, vor Langeweile sterben?

Ist das Recht auf Unterhaltung kein Menschenrecht? Und warum eigentlich nicht? Bestimmt weil diese ganzen Gesetzessachen von alten drögen Männern erfunden wurden. Die hatten nichts mehr zu lachen und wollten auch nicht, dass es andere tun.

So, auf, Frl. Krise! Nimm dein Herz in beide Hände und registriere dich!

41

«Parship? Frl. Krise, ist das dein Ernst?», frage ich.

«Schhhhh, nicht so laut! Meinst du, ich will, dass das die ganze Klasse hört?»

Miriam hebt bei dem Wort *Klasse* den Kopf und guckt zu uns rüber. Frl. Krise ist mit der Zehnten im Computerraum. Sie sollen für ihre Präsentationsaufgaben in Geschichte im Internet recherchieren, und ich habe eine Freistunde.

«Oh, Frl. Krise. Lass mal sehen! Ach, guck mal an, du hast ja schon einen Kandidaten, oder wie nennt man das? Einen Interessenten? Wie heißt der?»

Frl. Krise dreht den Bildschirm von mir weg.

«Nun, lass mich doch mal sehen, was dieser Markus schreibt!»

«Marco! Nicht Markus», sagt sie. «Was soll er schon schreiben? Er will sich mit mir treffen.»

«Echt?»

«Frau Freitag, natürlich. Darum geht es doch.»

«Frl. Krise, du redest wie die Nolte. Hast du dir auch schon so Dominasachen zugelegt, Peitschen, Handschellen, und dein Schlafzimmer blutrot gestrichen?»

Frl. Krise sieht mich nur an.

«Sorry, war nur ein Joke. Ich finde es ja super, dass du das machst. Ist doch eigentlich auch total spannend. Lernst du mal neue Leute kennen.»

Frl. Krise seufzt. «Ja, schon. Aber über was soll ich denn bei so einem Treffen mit dem reden?»

«Was macht denn Marco beruflich? Wie alt ist er überhaupt?»

«Anfang fünfzig. Er ist Ingenieur für Medizintechnik», sagt Frl. Krise, und ich habe den Eindruck, sie will mich damit beeindrucken.

«Da könntet ihr über Krankheiten sprechen oder über Technik.»

«Sehr witzig, Frau Freitag.»

«Nein, nein, warte mal.»

Links neben Frl. Krise sitzt Firat und klickt sich durch Facebook. «Firat, kannst du dich bitte mal einen Platz weitersetzen?»

Firat verdreht die Augen. «Muss? Frau Freitag? Ihr Ernst? Ich suche grad was.»

«Auf Facebook? Zum Ersten Weltkrieg? Los, setz dich rüber!»

Widerwillig erhebt er sich. Oh Mann, warum sperren die hier nicht einfach den Zugang zu Facebook? Na, wahrscheinlich würde sich keiner der Gymnasiasten trauen, mit seinen Freunden zu chatten, wenn sie irgendetwas für den Unterricht suchen müssen. Ich schließe Facebook und tippe in die Suchmaschine: 36 Fragen zum Verlieben.

«Frl. Krise, das habe ich neulich im Fernsehen gesehen. Es gibt da so einen bestimmten Fragenkatalog, und wenn man den durcharbeitet, dann ist man am Ende verliebt. Wirst sehen, das ist super!»

«Gib's das in echt?», fragt Dilay hinter mir. «Wie heißt das?»

«Dilay! Die Gründe für den Ausbruch des Ersten Weltkriegs! Schon vergessen? Herr Büchner sagt, das wird mindestens ein Viertel eurer Endnoten ausmachen! Also zack, zack!» Frl. Krise steht hinter Dilays Stuhl und dreht sie zurück zum Bildschirm.

«Menno, Weltkrieg ist sooo langweilig, Frl. Krise!», seufzt sie und ergibt sich in ihr Schicksal.

«So. Pass auf, Frl. Krise. Frage eins: Welche Person würdest du gerne zu dir zum Essen einladen?»

«Zu mir nach Hause?»

«Ja, natürlich.»

«Ich will aber nicht kochen. Kann man in ein Restaurant gehen?», fragt Frl. Krise.

«Ist doch egal jetzt. Es geht um die Person.»

«Marco.»

«Nein, es geht um irgendeine berühmte Persönlichkeit. Einen Menschen der Weltgeschichte.»

«Frl. Krise, nehmen Sie Hitler!», ruft Firat.

«Hitler war Vegetarier», sagt Frl. Krise.

«In echt?», fragt Dilay. «Aber er war doch übertrieben böse.»

«Kinder, ihr sollt arbeiten!», sagt Frl. Krise streng. «Okay, also welche Person ... vielleicht nicht gerade Hitler.» Sie guckt mich unsicher an. «Gandhi?»

«Okay, Gandhi, da kannst du ja einen schönen Salat machen. Der hatte doch eine Essstörung, oder? Nächste Frage! Stell dir vor, du wirst 90 Jahre alt. Wenn du dir aussuchen könntest, ob du entweder den Geist oder den Körper einer Dreißigjährigen für die letzten 60 Jahre behalten könntest ... Was wäre deine Entscheidung?»

«Das verstehe ich jetzt aber nicht, Frau Freitag. Bin ich nun 90 und es geht um 60 weitere Jahre, dann wäre ich ja 150, oder bin ich 30 und entscheide mich für die Jahre bis 90?»

«Hä?» Jetzt bringt mich Frl. Krise ganz durcheinander. Warum kann sie nicht einfach die Frage beantworten?

«Frl. Krise, Körper oder Geist?»

Dilay dreht sich zu Frl. Krise und flüstert: «Nehmen Sie Körper! Sie wollen doch bestimmt noch heiraten, und Männer wollen doch keine Frau, die aussieht wie 90.»

«Oh Mann, Frau Freitag, ist das oberflächlich! Geist. Natürlich. Geist ist die richtig Antwort.»

«Okay, du willst also den Geist einer Neunzigjährigen. Da schwirren doch bestimmt auch nur noch Krankheitsbilder durch. Viel Gesprächsstoff mit Marco, dem technischen Mediziner.»

«Lass mal sehen, Frau Freitag!» Frl. Krise schiebt mich von meinem Computerplatz weg und sieht auf den Bildschirm.

«Was sind denn das für bekloppte Fragen?» Sie liest und schüttelt immer wieder den Kopf. «Hattest du schon mal eine Vorahnung, wie du mal sterben wirst? Was ist es, für das du in deinem bisherigen Leben am dankbarsten bist? Stell dir vor, du würdest morgen mit irgendeiner neuen Eigenschaft oder Fähigkeit aufwachen. Welche hättest du gern? Der Tod welches Familienmitgliedes wäre für dich am schlimmsten? Warum? Das ist doch viel zu krass für ein erstes Date. Da haut doch jeder noch vor dem Hauptgang ab. Oder hier: Wenn du auf deine Erziehung zurückblickst und du heute etwas ändern könntest – was würdest du ändern? Was soll das denn? Was soll ich denn an meiner eigenen Erziehung ändern können? Diese Frage muss man doch seinen Eltern stellen. Und die sind beide tot!»

«In echt, Frl. Krise? Das tut mir voll leid. Wie sind die denn ...»

«Dilay!!! Mach deinen Ersten Weltkrieg! Los!»

Frl. Krise widmet sich wieder den Fragen: «Wärst du gerne berühmt? Und wenn ja, wofür?»

Plötzlich ist Firat wieder da: «Abo! Ich werde berühmt, ich schwöre! Ich werde der größte Rapper! Ich schwöre! Werden Sie sehen. Und dann habe ich eine Mill...»

«Ja, ja, schon gut, Firat», sagt Frl. Krise.

«Interessiert sowieso niemand!», ruft Dilay.

Frl. Krise fährt den Computer runter: «Frau Freitag, ist nett gemeint, aber ich glaube, ich rede mit Marco lieber über das Wetter.»

Plötzlich ertönt ein ohrenbetäubender Lärm. Dilay und Miriam springen auf. «WAS DAS? FRL. KRISE?!»

«Feueralarm», sagt Frl. Krise und steht auf. Die Schüler rennen hektisch hin und her. «So, Leute. Aufpassen! Ihr macht jetzt alle genau, was ich sage!», schreit sie und stellt sich an die Tür. «Alle Taschen bleiben im Raum! Und dann ...»

«Niemals!», schreit Miriam. «Ich nehm meine Sachen auf jeden Fall mit!» Sie stürzt sich auf den Jacken- und Taschenhaufen neben der Tür und fängt an zu wühlen. «Miriam! Alle Taschen bleiben hier!»

«Aber wenn alles verbrennt!»

«Oder jemand klaut?»

«Ich schließe den Raum ab!», sagt Frl. Krise.

«Das darf man nicht!», sage ich.

Frl. Krise guckt zu mir, aber irgendwie durch mich durch. Dieser Alarm dröhnt durchs gesamte Schulgebäude. Draußen rennen kreischend Schüler den Gang runter zum Treppenhaus. Frl. Krise versucht ruhig zu bleiben. «So, Kinder, wir gehen jetzt auf den Hof. Wir bleiben alle zusammen. Draußen stellt ihr euch in Zweierreihen auf. Verstanden?»

«Los, ich will raus!», schreit Firat und schiebt Orkan und Paul auf Frl. Krise zu. «Es riecht voll verbrannt!»

«Auweia!», schreien Gülbahar und Sarah. «Schnell, Frl. Krise! Oder wollen Sie, dass wir alle brennen? Wir werden alle sterben!»

Die Panik der Einzelnen überträgt sich auf alle. Ich verstehe auch nicht, warum Frl. Krise nicht rausgeht. Ich finde auch, dass es schon irgendwie angekokelt riecht. Dann endlich setzt sie sich in Bewegung. Ihre Tasche hat sie natürlich mitgenommen. Die Taschen von den Kindern können wohl ruhig verbrennen. Na ja, die haben ja auch nicht so wichtiges Zeug dadrin. Keine Noten und Arbeiten oder so was.

Oh Mann, ist das eine Hektik hier im Treppenhaus. Wäre ich doch in meiner Freistunde einfach auf einen Kaffee zu Rita gegangen. Jetzt muss ich mit auf den Hof und warten, bis alle durchgezählt wurden. Oder soll ich mich schnell verziehen? Merkt doch keiner. Obwohl, wenn sie dann denken, dass ich noch im Gebäude bin ... Das war doch bestimmt nur ein Probealarm. Da bildet man sich immer ein, dass man Rauch riecht. Die sollen mal die Sirenen ausstellen. Das hält ja kein Mensch aus. Das ist die reinste Folter.

Auf dem Hof stehen schon mehrere Klassen. Einige in Reih und Glied, so wie man sich das als Lehrer wünscht, andere in heillosem Durcheinander. Niemanden dürfte es überraschen, dass es sich bei denen um unsere Schüler handelt. Die Jungen springen sich gegenseitig auf den Rücken oder schubsen einander auf die Mädchen, die dann laut kreischen. Oh Mann, wenn man die mal kurz ohne eine Aufgabe lässt ... die können nicht einfach mal eine Minute ruhig auf dem Hof stehen, ohne Scheiße zu bauen. Zum Glück habe ich jetzt keine Klasse. Ich setze mich lieber auf eine Bank und gucke mir das ganze Treiben aus sicherer Entfernung an.

Frau Arndt steht mit einem Megaphon und einem Clipboard in der Mitte. Sie geht von einem Lehrer zum anderen und lässt sich die Schülerzahlen nennen, die sie dann notiert. Frl. Krise versucht, ihre Gruppe zu zählen. Da die Schüler nicht stehen bleiben, sondern sich quer über den Hof jagen, muss sie immer wieder von vorne anfangen zu zählen. Auch wenn ich ihr Gesicht nicht sehen kann, kann ich mir vorstellen, dass sie vor Wut kocht.

Der Pommer schleicht über den Hof und setzt sich neben mich. «Na, Frau Freitag, auch keine Klasse?»

«Nee, Freistunde. Zum Glück. Sag mal, gab es hier wirklich ein Feuer, oder war das nur Probealarm?»

«Also der Meyer sagt, dass in den Jungstoiletten im ersten Stock ein Handtrockner gebrannt hat.»

Mit lautem Tatütata fahren zwei riesige Feuerwehrautos auf den Hof, und mehrere Männer in Uniformen steigen aus. Basti geht auf sie zu und redet mit ihnen.

«Sieh an, sieh an, der Herr Huber ... Kaum brennt es, ist Mister Freiwillige Feuerwehr zur Stelle», sagt der Pommer.

«Ach Peter, du bist doch bloß immer noch sauer, weil er

dein Engagement als Brandschutzbeauftragter nicht gewürdigt hat», sage ich.

«Welches Engagement?»

«Eben, Peter!»

«Du, Frau Freitag, den Job kann er gerne haben!»

Ich sehe mir die Schüler an. Wer das wohl war? In der Jungstoilette ... das muss aber kein Junge gewesen sein. Wenn ich ein Mädchen wäre und ein Feuer legen wollte, dann würde ich das auch bei den Jungs machen. «Peter, meinst du, das war jemand von uns?»

«Was meinst du?»

«Meinst du, das waren unsere Schüler?»

«Natürlich! Und ich kann dir auch genau sagen, wer das war. Das war kein anderer als unser Raifat!»

42

Ich würde niemals ungeschminkt aus dem Haus gehen – was sage ich, nicht mal zum Briefkasten oder an den Mülleimer! Und wenn ich abends weggehe, dann gebe ich mir erst recht Mühe, besonders, wenn ich auf neue Leute treffen könnte. Und das steht heute Abend an: mein erstes Date, mit Marco, 53, Ingenieur für Medizintechnik.

Ich werde mich so zurechtmachen, dass man fast nichts davon sieht, ganz natürlich soll es werden, nicht so zugekleistert. Das ist die hohe Kunst des Schminkens, die nur wenige beherrschen. Allerdings meine Augen, die werde ich stark betonen, die sollen richtig im Vordergrund stehen. Lippenstift? Lieber nicht, ein bisschen von der neuen Lippenbutter und ein Hauch Gloss, das muss reichen.

«’n Abend, Frl. Krise!»

Basti lehnt plötzlich in der offenen Badezimmertür. «Ich komme vom Fitnesstraining und hab Bärenhunger ...»

«Hier gibt’s heute nichts», sage ich, und es tut mir nicht leid, dass es sich etwas spitzer anhört als eigentlich beabsichtigt.

Basti scheint das nichts auszumachen. «Dann koch ich mir halt ein paar Nudeln», sagt er friedfertig, «und Tomaten hab ich auch noch.»

«Denk bitte dran, den Gasherd richtig abzustellen», sage ich, «weißt du noch, neulich?»

«Ja, ja», Basti winkt ab. «Das kam doch nur, weil ich noch nicht gewohnt war, auf Gas zu kochen. Ich guck jetzt immer noch mal nach, ob die Flamme auch wirklich aus ist!»

«Ja, bitte, nicht dass du meine Wohnung dann auch noch löschen darfst.»

«Apropos löschen, ich hol mir mal ein Bierchen.» Basti verschwindet in der Küche. «Gibt es eigentlich irgendwas Neues?», ruft er. «Ich meine, in Sachen Jessica Braun oder so?»

«Nein! Nicht dass ich wüsste!» Diese Schreierei ist ja unerquicklich. Zum Glück ist Basti schon zurück. «Weißt du», sagt er und senkt geheimnisvoll die Stimme, obwohl außer uns beiden niemand anwesend ist, «ich glaube inzwischen doch, dass es Raifat war. Der hat mehr kriminelle Energie, als wir alle denken. Erst gibt er den Ghettoboy, du hättest ihn mal in meinem Sportunterricht erleben sollen. Alles musste auf sein Kommando hören, er war der ganz große Zampano, und dann hat der sich total mit mir angelegt, weil ich ihm in die Parade gefahren bin – richtig unverschämt, sag ich dir. Und jetzt, nach der Brand-Geschichte, mutiert er plötzlich zum angepassten Studienratsliebling, hält es aber nicht lange durch und lässt sich beim Beamerklauen erwischen. Ich sag dir, ich hab ein Auge für so Typen. In Bayern kannte ich mal einen, der hat mehrere Scheunen im Verlauf seiner Karriere angezündet, und Raifat könnte der kleine Bruder von dem sein!»

«Du willst doch wohl nicht damit sagen, dass Raifat ein Feuerteufel ist?»

«Warum nicht?»

Basti dreht sich um und geht wieder in die Küche. Ich pudere noch mein Gesicht ab mit diesem herrlichen dicken Pinsel, den meine Kosmetikerin mir empfohlen hat. So, fertig!

In der Küche säbelt Basti Käse in kleine Stückchen. Warum nimmt er keine Reibe? Seine Nudeln brodeln auf großer Flamme, das Wasser kocht schon über. In einem zweiten Topf blubbert eine dickliche Soße. Auf dem Tisch brennen mehrere Kerzen. Und auf der Fensterbank sind Teelichter in einer Reihe aufgebaut. Es ist richtig was los in der Küche – Dampf und Rauch und Feuer und Kerzenlicht –, obwohl sich hier nur eine Person befindet. Und diese Person ist bei der Freiwilligen Feuerwehr, also jemand, der sich hochgradig für Brände interessieren muss. Okay, auch für Überschwemmungen und Katzen auf hohen Bäumen, aber eigentlich doch mehr für Brände. Und er verdächtigt Raifat. Einen eigentlich harmlosen Wicht mit großer Klappe und ja, gut, auch mit einer gewissen kleinkriminellen Energie.

Und wen verdächtige ich? Raifat nicht, nein. Doch nicht etwa Basti? Nur weil er gerne auf großer Stufe kocht und Kerzenschein mag? Und weil er in der Disco war, als es gebrannt hat? Ach ... und in der Schule war er ja auch gleich zur Stelle, als der Handtrockner abgefackelt ist.

Er hat dich gerettet, Frl. Krise, du dumme undankbare Person! Hast du das schon vergessen? Nein – habe ich nicht. Aber ich bin auch nicht blind. Basti hat eine Affinität zu Feuer, das ist nicht zu übersehen. Ja, wie wahrscheinlich alle Feuerwehrleute! Das liegt nun mal in der Natur der Sache.

Aber dieses Gespräch eben über Raifat – das war doch ein einziges großes Ablenkungsmanöver, oder nicht?

43

«Sag mal, wenn du mit einer Person der Weltgeschichte essen könntest, wen würdest du da nehmen?», frage ich.

Der Freund schält gerade Kartoffeln, und ich sehe ihm dabei zu und rauche.

«Wie kommst du denn jetzt darauf?», fragt er.

«Ist doch egal. Sag doch einfach!» Kann der nicht einfach nur antworten? Man kann doch eine Frage nicht mit einer neuen Frage beantworten.

«Angela Merkel!», sagt er.

«Und was würdest du ihr kochen?»

«Natürlich Suppe. Und du? Wen würdest du nehmen?»

«Hitler!», sage ich. Vielleicht ein bisschen zu schnell. Spontan überlegt klang das nicht. «Aber ich würde was mit Fleisch machen. Vielleicht ein Gericht, wo man das Fleisch nicht sofort sieht.»

«Aha», sagt der Freund, schmeißt die geschälten Kartoffeln in einen Topf und hält den unter den Wasserhahn.

«Und wenn du dir aussuchen könntest, ob du lieber dein Leben lang schlau und hässlich oder schön und dumm sein könntest? Was würdest du dann nehmen?», frage ich, und der Freund sieht mich an und schüttelt den Kopf.

«Was sind das denn für komische Fragen?»

«Das sind so Sachen, die man fragen kann, wenn jemand in dich verliebt gemacht werden soll. Gesprächseröffnungen beim ersten Date», erkläre ich.

«Und du meinst, jemand verliebt sich in dich, weil du mit Hitler essen gehen möchtest?»

«Nee, keine Ahnung. Die Fragen waren auch nicht für mich, sondern für Frl. Krise. Die ist gerade auf einem Blind Date.»

Wie das wohl läuft mit ihr und diesem Marco? Und was ist eigentlich mit ihrem Basti? Und ihr Männe kommt auch gar nicht mehr wieder. Irgendwie ist das alles nicht so, wie es sein sollte. Frl. Krise soll nicht im Internet rumflirten. Erst brennt unsere Schule ab, dann stellt sich raus, dass Frau Nolte in die Sadomaso-Szene abgetaucht ist, Susanne flirtet mit dem Schulleiter der Grundschule, und Raifat legt überall Feuer. Das nervt. Es soll wieder so sein wie früher. So mag ich meinen Alltag gar nicht. Alles ist jetzt anders. Wir gehen auch gar nicht mehr zu Onkel Ali. Frl. Krise hat dauernd irgendwas zu tun oder will zu dieser Rita. Und was ist eigentlich mit der? Warum findet die Polizei ihren Mann nicht und sperrt den ein? Der hat doch diese Jessica umgebracht. Das ist doch ganz eindeutig. Sonst müsste der sich wohl kaum verstecken. Die sollen den endlich finden, einsperren, dann unsere Schule fertig machen, und dann soll alles wieder so sein wie immer. Dieser Ausnahmezustand nervt langsam. Früher war besser.

44

Das Lokal gefällt mir nicht. Es ist zu hell und zu clean und hat rundherum zu viel Glas, man kann von allen Seiten beobachtet werden. Gar nicht gut für ein erstes Date. Da sollte es doch wohl so sein, dass man sich sicher und geborgen fühlt, um allem, was geschehen kann, gelassen entgegensehen zu können. Aber hier fühle ich mich unwohl ... durchleuchtet, angestrahlt und ausgestellt.

Marco hat das Lokal ausgesucht.

«Lassen Sie uns ins *Scholz am Ufer* gehen», hat er am Telefon gesagt, «da sitzt man sehr gut, das Essen ist lecker, und die Weine sind überdurchschnittlich.»

Unter gut sitzen stelle ich mir auch etwas anderes vor. Diese modernen Drahtstühle mit neuer Sitzhöhe sind nur etwas für Menschen über eins siebzig. Meine Füße baumeln in der Luft, ich komme mir vor wie ein Kleinkind.

Außerdem war ich so blöd und bin schon ins Lokal reingegangen, obwohl Marco noch gar nicht da ist. Er hat mich vor einer Viertelstunde angerufen und gesagt: «Tut mir schrecklich leid, ich komme ein bisschen später, ich stecke in Kreuzberg fest. Belegen Sie doch schon mal ein schönes Plätzchen!»

Und jetzt sitze ich hier und warte. Ich hasse das.

Ein untersetzter Mann mit Halbglatze tritt an meinen Tisch. Grauer Anzug, zu eng für meinen Geschmack, und eine potthässliche grün-gelbe Krawatte.

«Einen wunderschönen guten Abend! Frl. Krise? Ich bin Marco ...»

Ach herrje, ich muss gestehen, ich hatte mir unter dem guten Marco etwas Flotteres vorgestellt. Auf dem Bild, das er mir geschickt hat, war er wohl einige Jährchen jünger und dünner, und deutlich mehr Haare hatte er auch.

Marco lässt sich auf einen Stuhl plumpsen und studiert übergangslos die Speisekarte. «Sorry, aber ich habe gaaaanz furchtbaren Hunger. Ich war extra heute Mittag nicht in der

Kantine, obwohl es Rouladen gab. Rindsrouladen.» Er verdreht die Augen. «Dabei liebe ich Rindsrouladen. Haben Sie schon gewählt, Frl. Krise?»

«Nein, ich wollte auf Sie warten.»

«Das ist ja nett.» Marco lächelt mich erfreut an und winkt den Kellner herbei.

«Erst einmal die gemischte Vorspeisenplatte, bitte! Aber die große für zwei Personen!»

Er wendet sich mir zu. «Die ist wirklich ganz ausgezeichnet hier!»

Ich nicke ergeben, obwohl ich es eigentlich empörend finde, dass dieser Mann hier, zwei Minuten nachdem er mich kennengelernt hat, schon eine erste Entscheidung trifft, ohne mich zu fragen. Aber ich will jetzt nicht gleich Stress machen und schweige.

«Und dann noch ein großes Bier für mich, und die Dame trinkt einen trockenen italienischen Weißwein, nicht wahr?!»

Das wird ja immer besser. Jetzt darf ich mir noch nicht mal mehr aussuchen, was ich trinken will.

«Nein, Rotwein, ich möchte einen halbtrockenen Rotwein», sage ich laut und widerborstig, und der Kellner nickt und entschwindet.

Marco räuspert sich, schaut mich irritiert an und dann an mir vorbei durch das Fenster.

Ich sehe schon, jetzt fällt ihm nichts mehr ein, die Fortsetzung des Gesprächs bleibt mir überlassen. Am besten fackele ich jetzt nicht lange, sondern fühle ihm gleich mal auf den Zahn. Zum Glück habe ich die 36 Fragen zum Verlieben in petto!

Obwohl ... will ich mich in ihn verlieben? Ich fürchte, nein. Selbst für ein erotisches Abenteuer scheint er mir nicht geschaffen zu sein, beim Gedanken, er könne sich leidenschaftlich das Hemd vom Leibe reißen, gruselt es mich. Ich knöpfe den drittletzten Knopf meiner Bluse zu, obwohl damit mein Dekolleté, das ich außergewöhnlich attraktiv finde, nun größtenteils verschwindet.

«Marco, wenn Sie jemanden zum Essen einladen dürften», sage ich, «also jetzt nicht mich, sondern egal wen, also ... jemand Berühmten, tot oder lebendig, wen würden Sie dann einl...»

«Einen Toten sicher nicht!», sagt Marco und sieht mich an wie ein exotisches Insekt. «Was ist das denn für eine Frage, Frl. Krise?»

Himmel, der Mann scheint ja total humorlos zu sein.

Marco nimmt eine der Oliven, die der Kellner inzwischen auf den Tisch gestellt hat, mit einem Zahnstocher auf und schiebt sie sich in den Mund.

«Also mit tot meinte ich doch jemanden, der früher gelebt hat, jemand wie Marilyn Monroe zum Beispiel!»

«Ach so.» Marco schüttelt leicht den Kopf und kaut mit offenem Mund. «Nee, die würd ich nicht einladen. Die ist doch schon ewig weg vom Fenster.»

Ich schöpfe Hoffnung. So ganz verkehrt kann Marco also doch nicht sein. Ihm gefallen Sexbomben nicht, er mag bodenständige Frauen ...

Marco lehnt sich auf seinem Stuhl zurück und mustert mich mit schmalen Augen.

«Ich würde mir was Junges, Knackiges einladen», sagt er und lacht unangenehm. «Wennschon, dennschon. Vielleicht so was wie die kleine Katzenberger, hehehe.» Er formt seine Hände zu Schalen und hält sie vor seine Brust. «Sie verstehen?»

Oh Mann, ich zucke zurück, ein typischer Fall von denkste, Frl. Krise!

«Aber ob sich so junges Gemüse für einen Mann Ihrer Altersklasse noch erwärmen würde?», überlege ich laut, und Marco lacht wieder. «Ach, Frl. Krise, für diese Art Frauen ist beim Mann nicht das Alter entscheidend. Da kommen ganz andere Prioritäten zum Tragen, glauben Sie mir.»

Welche Prioritäten meint er wohl? Sicher nicht seinen traumhaften Körper ... was glaubt er, vorweisen zu können? Vielleicht seine enorme Potenz? Brrr, darüber möchte ich lieber nicht näher nachdenken. Vielleicht meint er ja sein Bankkonto.

«Wie sieht es denn bei Ihnen aus?», frage ich. «Ich meine, so in Richtung, mein Haus, mein Auto, mein Boot?»

Marco wiegt seinen Kopf hin und her. «Fürs erste Date wollen Sie es ja ganz schön genau wissen, Frl. Krise, aber mein ... äh ... Portemonnaie zeige ich Ihnen heute Abend noch nicht!» Er lacht anzüglich.

Und auch sonst wirst du mir nichts zeigen, denke ich und knöpfe den vorletzten Knopf meiner Bluse zu. Und ich dir schon gar nicht!

«Lassen wir das Thema und widmen wir uns dem hier ...» Er zeigt auf die gutgefüllte Vorspeisenplatte, die der Kellner gerade auf den Tisch stellt.

Aber mir ist der Appetit vergangen. Was mache ich hier eigentlich?

Ich verschwende doch bloß meine Zeit! Der Kerl ist mindestens so alt wie ich, wenn nicht älter, und träumt von blonden Zwanzigjährigen. Was will ich mit dem?

Ich esse jetzt noch ein bisschen was von der Vorspeisenplatte und meinetwegen auch noch ein kleines Hauptgericht

– allerdings nur aus Höflichkeit –, und dann bin ich weg. Ein zweites Date mit Marco wird es nicht geben.

Marco hat sich schon seinen Teller vollgeladen. «Wenn ich mal ganz ehrlich sein darf, mein liebes Frl. Krise, ich hatte Sie mir etwas anders vorgestellt. Ihr Foto ...»

«Was ist mit meinem Foto?»

«Auf dem Foto sehen Sie, na, ich sag jetzt mal, deutlich jünger aus! Ich hatte gedacht, Sie ...»

Wie bitte? DEUTLICH JÜNGER? Das wagt der mir zu sagen?

Mein Foto ist topaktuell. Keine drei Jahre alt. Okay, ich gebe zu, die Schattenverteilung auf dem Gesicht war günstig, aber ich war nicht mit Photoshop dran. Ich schwöre! Und er? Was ist mit ihm? Sein Foto stammt doch aus seiner frühen Kindheit.

So eine Unverschämtheit! Ich bin ihm zu alt, diesem hässlichen Opa! Das muss ich mir nicht sagen lassen. Ich springe auf.

Ich fingere mein Portemonnaie aus der Handtasche, werfe wütend einen 20-Euro-Schein auf den Tisch und stürze aus dem Lokal.

So eine Pleite auf ganzer Linie, dieses Date mit diesem Volltrottel! Unsympathisch, hässlich, uncharmant – und mit so einem Kerl hab ich nun eine Stunde meines Lebens verplempert. Na gut, ich will nicht übertreiben, eine halbe Stunde! Aber vorher ... ich hab ja an mehreren Abenden mit ihm gechattet, stundenlang, und ich habe ihm meine halbe Lebensgeschichte erzählt, ach, lieber nicht darüber nachdenken. Und was ich heute alles gemacht habe – die ganze Vorbereitung. Die Haare aufgedreht, das sorgfältige Make-up, die schöne Bluse, sogar neue Pumps – nur um mir von diesem Loser sagen zu lassen, ich wäre ihm zu alt. Apropos Bluse. Ich öffne jetzt erst mal wieder die Knöpfe, damit ich Luft bekomme!

So, und jetzt aufrecht gehen! Ich sehe blendend aus, keinen Tag zu alt! Für niemanden.

Ich brauche einen Cognac, aber einen doppelten, sofort!

45

«Hier, ist für dich!», sagt der Freund und bringt mir das Telefon zur Couch. Wer ruft denn jetzt noch an? Es ist doch schon zehn Uhr. Warum muss der Freund da überhaupt drangehen? Ich hätte es einfach klingeln lassen. Ich liege doch schon seit zwei Stunden auf der Couch. Ich will in Ruhe fernsehen.

«Ja?»

«Frau Freitag, hallo, hier ist Susanne, äh, 'tschuldigung, dass ich dich so spät noch störe, aber ich muss mal mit jemandem reden!» Susanne Brendel. Was ruft die mich denn mitten in der Nacht an? Warum ruft sie nicht bei Frl. Krise an? Die ist doch ihre Ersatzmutti. Ich bin doch noch nicht mal besonders nett zu Susanne.

«Ich hatte versucht, Frl. Krise zu erreichen, aber die geht irgendwie nicht an ihr Telefon, und da dachte ich, dass du mir ...»

Natürlich geht Frl. Krise nicht an ihr Handy. Die sitzt ja gerade bei ihrem heißen Date mit Marco.

«Okay, schon gut, Susanne, was gibt es denn?», frage ich und versuche nett und nicht genervt zu klingen.

«Es geht um Raifat.»

«Oh Gott, was hat der denn diesmal wieder ausgefressen?»

«Nein, nein, gar nichts. Es ist nichts passiert, und man weiß ja auch noch gar nicht, ob er das mit dem Handtrockendings war. Ich fühle mich nur so schlecht und schuldig, weil ...»

«Warum fühlst du dich denn schlecht? Du bist doch nicht seine Mutter. Du kannst doch nichts dafür, dass Raifat so kriminell ist.»

«Meinst du wirklich? Ich bin aber seine Lehrerin, und vielleicht hätte ich da mehr machen können. Vielleicht hätte ich mir ...»

«Hätte, hätte, Fahrradkette.» Ich mache eine kurze Pause. Vielleicht klang das eben zu schnippisch.

«Susanne, guck mal. Ich finde, du bist eine sehr gute Klassenlehrerin. Du bemühst dich um alle deine Schüler, und wenn dann einer ...»

Susanne unterbricht mich: «Aber ich hätte mich eben noch mehr um Raifat kümmern sollen. Ich habe das mit Lidl auch gar nicht richtig aufgearbeitet. Wenn ich damals mit ihm intensiv gesprochen hätte, dann hätte er bestimmt nicht die Beamer ...»

«So ein Quatsch, Susanne! Nun hör doch auf! Als wenn unser pädagogisches Geseire schon jemals irgendeinen Schüler von irgendwas abgehalten hätte.»

Na toll. Susanne suhlt sich in Selbstmitleid. Werden jetzt alle meine Kolleginnen zu Masochistinnen?

«Susanne, du hättest nichts verhindern können. Raifat hat seinen eigenen Kopf. Den erreichen wir nicht mehr. Jetzt schalt mal ab und entspann dich. Ist doch Wochenende, und am Montag sprichst du noch mal mit Frl. Krise. Wirst sehen, dass die genau das Gleiche sagen wird wie ich.»

46

Das Dumme ist, ich kann nicht nach Hause gehen! Auf keinen Fall! Da sitzt Basti, und der hat gesehen, was ich alles veranstaltet habe, bevor ich ging. Dem ist sonnenklar, dass ich mit einem Mann verabredet bin, und wenn ich jetzt schon heimkomme, dann checkt der gleich, dass mein Date geplatzt ist. Was mach ich bloß?

Am besten, ich gehe hier in eins dieser kleinen Lokale, setze mich in eine dunkle Ecke, trinke einen guten Cognac oder auch zwei und mache mir noch irgendwie einen schönen Abend. Was anderes bleibt mir nicht übrig – um bei Frau Freitag oder sonst wem aufzuschlagen, ist es eindeutig zu spät.

Jetzt fängt es auch noch an zu regnen! Ich könnte heulen, ich hasse es, abends ohne Begleitung herumzuziehen.

Vielleicht sollte ich jemanden anrufen, der dann kommen könnte, um mit mir zusammen ein Gläschen zu trinken? Aber wen? Früher wäre das kein Problem gewesen, da hätte jeder aus meinem Freundeskreis das Angebot mit Kusshand angenommen, aber in meinem Alter sind die Menschen ja so unflexibel, ganz schrecklich. Alle liegen um diese Uhrzeit im Hausanzug auf der Couch, oder sie müssen gleich ins Bett. Und die, die noch halbwegs munter sind, machen angeblich Vorbereitungen für den Unterricht morgen. Na ja, wer's glaubt!

Hach, kennt man denn nur noch Halbtote und Langweiler?

Ich muss meine Telefonliste im Handy durchscrollen, vielleicht finde ich doch noch jemanden, der mir aus der Patsche hilft.

Okay! Mal sehen ... Max Albers? Wer ist das denn? Kenn ich den? Ach ja, das war der nette Typ aus Bremen, mit dem ich damals bei der Fortbildung in einer Arbeitsgruppe war. Bremen ist jetzt ein bisschen weit weg. Weiter ... Lina Dewitz, an die kann ich mich gar nicht erinnern. Weiter ... Walter Groß, Anna Holmes, Brigitte Lichter, die kommen alle nicht in Frage. Peer ... Peer ... Peer, ach ja, Peer, der Typ von Parship, mit dem ich vorgestern gechattet habe. Er hat mir seine Telefonnummer geschickt, und ich sollte ihn dringend anrufen. Ich habe mich aber noch nicht getraut. Er wohnt in Berlin, das ist doch schon mal was, ich glaube, sogar in Mitte.

Ich muss die Scharte von vorhin auswetzen. Gleiches mit Gleichem bekämpfen, heißt es in der Homöopathie – warum soll das nicht auch in Beziehungen gelten?

Ich ruf den Typ jetzt an! Kann der gleich mal beweisen, dass er lebendig und weltoffen ist, wie er gesagt hat.

Toll. Besetzt!

Na gut, dann bekommt er eine SMS. «Ich bin im Rudolph's in der Oranienburger Straße. Lust auf einen Drink? Carmen (rote Bluse)»

So. Und jetzt erst mal einen Cognac.

Ping! Schon eine Antwort! Das ging ja ziemlich schnell! «Ich komme – Peer (kariertes Hemd)» Oh, super. Allerdings kariertes Hemd? Hoffentlich ist das kein Mathelehrer ...

Das Rudolph's ist klein und dunkel – ganz gemütlich, eigentlich. Allerdings das Publikum ... ich bin mit Abstand die Älteste im Raum. Na, was soll's, ich bin das ja schon gewohnt, und im Halbdunkel sieht man es nicht so.

«Bitte sehr, Madame, Ihr Hennessy ...»

Der Cognac funkelt im Glas. Es ist schon der dritte.

«Prost, meine Liebe», sage ich leise zu mir und nippe am Glas. Ah, das tut gut, wie sich der Alkohol in meinem Körper ausbreitet, aber ich muss jetzt langsam trinken, sonst werde ich, wenn Peer kommt, einen schlechten Eindruck auf ihn machen.

«Noch einen Kaffee, bitte», rufe ich der Bedienung hinterher und zucke im gleichen Moment fürchterlich zusammen.

Hinter der goldenen Säule neben meinem Tisch ist plötzlich ein Mann in kariertem Hemd hervorgetreten.

«PETER!

«Frl. Krise?»

«Peter, was machst du denn hier? Ach du Schande! Jetzt sag nicht, dass du Peer bist?!»

Der Pommer grinst und quetscht sich neben mich auf die lederbezogene Bank. «DOCH! Ganz genau. Und du bist dann also Carmen?» Er lacht aus vollem Halse. «Carmen, hahahaha, der Name passt!»

Wie peinlich ist das denn! Pommer ist Peer, Parship-Peer ... ich fasse es nicht!

Puh, warum wird mir so heiß? Ich muss mir Luft zufächeln, sonst halte ich es nicht aus. Vor Schreck öffne ich noch einen Blusenknopf. Jetzt denkt der bestimmt, ich mache das, um ihn anzubaggern. Gut, dass es hier ziemlich dunkel ist, garantiert bin ich knallrot geworden.

Der Pommer tut zwar vergnügt, aber er ist auch verstört. Sein Lachen klingt künstlich, und auf seiner Stirn stehen kleine Schweißperlen.

Er staunt mich kopfschüttelnd an. «Also, nee, Frl. Krise, dass wir uns mal unter solchen Umständen treffen würden, hätte ich nie gedacht! Nee, nee, nee ... Ich brauch jetzt was zu trinken! Unbedingt! Aber was Hartes! Bedienung, einen großen Scotch, bitte!»

Wir prosten uns zu, und ich muss kichern. Eigentlich finde ich es jetzt fast schon gut, dass der Peter gekommen ist, es ist viel netter mit ihm als mit diesem komischen Heini von vorhin! Der Pommer scheint das ähnlich zu sehen, er stößt mich vertraulich mit dem Ellenbogen in die Seite:

«Los, Carmen Krise, lass uns gleich noch einen heben, auf Parship und auf einen Abend voller Überraschungen!»

Es ist warm im Rudolph's, die Bedienung ist blitzschnell, der Cognac ausgezeichnet, der Whiskey offensichtlich auch, und Peter wird langsam immer besoffener.

Ich auch, aber ich habe mich noch so weit im Zaum, dass ich gerade sitzen kann. Peter lehnt schon haltlos an meiner Schulter. Er ist voller Weltschmerz.

«Jessica ... ach, Jessica», flüstert er, und dann erzählt er mir Dinge, die ich nicht wissen will. Ich halte mir die Ohren zu, allerdings nur halbherzig. Ich muss gestehen, Pommers Bettgeschichten sind zwar schwer erträglich, aber auch nicht gänzlich uninteressant. Die Dame muss ja wirklich eine heiße Nummer gewesen sein.

«Deswegen war ich dann auch bei der Polizei!», sagt der Pommer und richtet sich auf. Er sieht mich aus seinen wässrig blauen Augen trübe an. «Ich hab denen alles erzählt!»

Ich rücke ein Stück von ihm ab. «Du hast das alles der POLIZEI erzählt? Diese ganzen intimen ... Warum denn das, um Himmels willen?»

«Das hab ich natürlich nicht erzählt! Wo denkst du hin, Frl. Krise! Ich hab denen nur gesagt, dass sie mich erpresst hat! Mit all den Fotos und Videos, die wir gemacht haben!»

Der Pommer stöhnt und schlägt sich die Hände vors Gesicht. «Die wollte sie ins Netz stellen. Alle hätten uns sehen können beim ... Ihr wäre das egal gewesen, sie hat eh schon als Model gearbeitet, also als Sexmodel, meine ich, aber ich ...»

«DAS wollte sie machen?» Ich bin schockiert. «Aber warum denn? Ich dachte, sie wäre in dich verliebt?» Der Pommer nickt und schüttelt gleichzeitig den Kopf.

«Ja, nein, ach, ich glaube... ich glaube, sie hat mich nur ausgenutzt. Sie wollte Geld von mir, damit sie ihre Schulden bezahlen konnte. 10 000 Euro! Das habe ich abgelehnt, aber ich habe ihr angeboten, mit zu einer Schuldnerberatung zu gehen und ...»

Der Pommer heult jetzt haltlos. «Aber sie wollte nicht. Sie wollte Geld, sonst nichts. Und dann ist sie wohl auf die Idee mit der Erpressung gekommen!»

Ich spüle diese Mitteilung mit einem Cognac runter, aber ein schlechter Geschmack bleibt. So eine war diese Jessica also! Eine miese Erpresserin. Der arme Peter, er tut mir leid. Welche Enttäuschung muss das für ihn gewesen sein.

Auf der anderen Seite ... Erpressung! Ist das nicht ein astreines Tatmotiv für einen Mord? Hat Peter etwa Jessica ...? Mein Kollege, ein Mörder?

Er liegt schon wieder schwer an meiner Schulter. Ich schiebe ihn sanft, aber bestimmt beiseite.

So, leise, leise die Tür aufschließen, sonst wird Basti womöglich wach. Der soll mich auf keinen Fall in diesem angeschlagenen Zustand sehen!

Erst mal was zu trinken holen! Ich habe jetzt schon einen Höllenbrand von all dem Cognac, hoffentlich gibt es noch Bier im Kühlschrank.

Und dann die Schuhe ausziehen! Sofort! Mann, tun mir meine Füße weh!

«Gib einem Mädchen die richtigen Schuhe, und es kann die ganze Welt erobern», soll Marilyn Monroe gesagt haben – also meine Pumps waren dann wohl heute Abend die falschen ...

Ich lasse mich auf einen Stuhl sinken und schleudere den rechten Schuh quer durch die Küche. Polternd knallt er gegen das alte Küchenbuffet. Na toll, Carmen, das war ja voll leise! Kichernd ziehe ich den zweiten aus.

«Ach, duuuu bist das!» Basti streckt seinen verwuschelten Blondschädel durch die Küchentür. «Es gab hier so einen Rums, da dachte ich schon ...»

Er reibt sich verschlafen die Augen und gähnt. Wie süß er aussieht in diesen bunten Boxershorts und dem weißen T-Shirt. Mann, was für tolle Muskeln der hat! Und so schöne braune Haut. Am liebsten würde ich sie streicheln ...

«Hab ich dich geweckt? Das tut mir leid!»

Basti grinst. «Ach, macht doch nichts, Frl. Krise! Ich trink einfach noch ein Bier mit dir! Hattest du einen netten Abend?»

Mit der Bierflasche am Mund kann man schlecht nicken. Mist, jetzt hab ich mich auch noch bekleckert. Die schöne neue Bluse ...

Basti greift nach einem Küchentuch und putzt an mir herum. Wie gut er riecht! Und ich habe bestimmt die totale Fahne.

«Wo warst du eigentlich, Frl. Krise, wenn ich mal fragen darf?»

«In Mitte. In der Oranienburger Straße. Zuerst essen, und dann sind wir um die Häuser gezogen.»

«Wir?»

«Also ich und ein paar Leute.» Leute! Warum hab ich das jetzt gesagt?

«Aha», sagt Basti und zeigt auf meine Füße. «Tzzzz. Dass ihr Frauen euch das antut! Den ganzen Abend in diesen hohen Schuhen!»

Er hockt sich hin und nimmt meinen rechten Fuß in Augenschein. Gott sei Dank war ich vor ein paar Tagen bei der

Pediküre, abgesehen von der Druckstelle auf dem kleinen Zeh sieht der Fuß sehr gepflegt aus. Keine Hornhaut und perfekt rot lackierte Nägel.

«Schöne Füße hast du, Frl. Krise, schöne Füße», murmelt Basti, «ich mag schöne Füße ... darf ich mal ...»

Er streichelt meinen Fuß und guckt mich schräg von unten an. Dann beginnt er den Fuß mit beiden Händen sanft zu massieren.

Oh Gott, Basti! Was soll das? Das geht doch wohl etwas zu weit, oder? Ich halte die Luft an. Aber wegziehen mag ich den Fuß auch nicht, es ist sehr angenehm. Seine Hände sind weich und doch fest, und sie wissen, was sie tun ...

«Frauen mit schönen Füßen finde ich enorm sexy», flüstert Basti, und nun liegt auch mein linker Fuß in seinen Händen. Ich schließe die Augen und entspanne mich, ahhhh, tut das gut!

«Nicht einschlafen, Frl. Krise!», mahnt Basti.

Er stellt meine Füße behutsam auf den Boden, springt auf, zieht mich langsam hoch und führt mich in mein Schlafzimmer. Ich bin etwas wackelig auf den Beinen. Und müde! Und so besoffen!

Basti verschwindet diskret aus dem Zimmer, und ich strampele aus meiner Hose und der Bluse und lasse mich der Länge nach auf mein Bett plumpsen. Jetzt Licht aus und nur schlafen ...

Die Tür öffnet sich leise. Basti! Mit zwei brennenden Kerzen und einer Bierflasche. Er stellt die Kerzen auf den kleinen Tisch neben meinem Bett.

«So ist es gut», sagt er zufrieden und schiebt sich langsam seitlich auf die Bettkante.

Ich liege da vor ihm in BH und Slip. Oh Gott, oh Gott, da nützt auch kein Baucheinziehen. Plötzlich bin ich hellwach.

«Komm, trink noch ein Schlückchen!», sagt Basti aufmunternd.

Schon wieder hat er einen meiner Füße in der Hand. Warum macht er das? Noch nie hat sich jemand für meine Füße interessiert! Außer der Fußpflegerin natürlich. Und woher weiß er, dass ich kitzelig an der Fußsohle bin? Und empfindlich am Ballen?

So langsam keimt ein Verdacht in mir.

«Basti, äh ... bist du ... du bist doch kein Fußfetischist oder so was?» Ehrlich gesagt weiß ich gar nicht genau, was ein Fußfetischist ist. Ich kenne den Begriff nur von *Domian*, diesem grässlichen Nachttalk, in dem ständig über seltsame Sexualpraktiken gesprochen wird.

«Nenne es, wie du es willst», Basti haucht Küsse auf meine Zehen, «aber deine Füße machen mich total an ...»

Und plötzlich sind seine Hände überall.

47

«Jetzt verstehe ich auch, warum du unseren Flohmarktbesuch absagen wolltest. Du siehst ja wirklich schlimm aus, Frl. Krise!»

«Ja, ich hab kaum geschlafen heute Nacht.»

«Was ist denn los? Bist du krank, oder was? Wechseljahre?»

«Ach, ich hab einfach zu viel getrunken, Cognac, weißt du, und dann ...»

«Was und dann? Wieso betrinkst du dich? Ist was passiert? Hast du dich von Männe getrennt?»

«Nein, wie kommst du darauf? Ich war aus ... in Mitte ... in so einer kleinen Bar.»

«Ach jaaaaa, du hattest ja gestern dein Date mit Marco! Das muss ja ein toller Typ gewesen sein, wenn du dich die ganze Nacht mit dem hast volllaufen lassen. Frl. Krise, Frl. Krise ... Menschenskinder!»

«Nee, ich hab mich WEGEN dem betrunken, Frau Freitag. Das Date war voll die Pleite. Aber ich hab mich dann doch noch ganz gut amüsiert. Du glaubst nicht, wen ich getroffen habe ... den Peter Pommer. Und wir beide haben gut gebechert zusammen, haha. Aber dann ... äh ...»

«Wie jetzt? Du hast die ganze Nacht mit Peter getrunken und dann nicht geschlafen? Nimm mal die Sonnenbrille ab! Ist doch total peinlich hier mit Sonnenbrille, ist ja heute richtig bedeckt.»

«Na und? Udo Lindenberg hat auch IMMER eine Sonnenbrille auf und Heino auch und ...»

«Willst du dich jetzt an Heino orientieren, oder wie? Dann bist du doch eher Hannelore. Und ... auweia!!!! Frl. Krise, was ist denn mit deinen Haaren? Die sind ja dahinten total verknotet! Du hattest Sex! Au Backe! Gib es zu! Ihhhhh, Frl. Krise hatte Sex mit dem Pommer!»

«Frau Freitag! Sex mit dem Pommer! Das wär ja wohl das Allerletzte. Nee! Ich hab Kopfschmerzen, und mir ist schlecht.»

«Aha. Und die Haare?»

«Nicht gewaschen. Ausnahmsweise!»

«Soso ... wer's glaubt ... Also kein Sex.»

«Hm ... jedenfalls nicht mit dem Pommer.»

«Wie jetzt? Mit wem hast du jetzt Sex gehabt? Frl. Krise, sprich!»

«Die Frau von Welt genießt und schweigt.»

«Wichtigtuerin. Du spinnst doch nur rum, wenn du wirklich ...»

«Ja, genau. Frau Freitag, anderes Thema! Ich hab noch eine Neuigkeit! Von Pommer! Der war inzwischen DOCH bei der Polizei! Weil Jessica ihn erpresst hat! Mit Sexfotos und Videos. Er sollte löhnen, damit sie den Schweinkram nicht ins Netz stellt! 10 000 Euro wollte sie. Die muss hohe Schulden gehabt haben!»

«Was? Hat er bez…»

«Da! Guck mal, Frau Freitag! Da! Die Rita!»

«Wo?»

«Vor dem Bücherstand! Und dieser Typ neben ihr … der kommt mir auch so bekannt vor …»

«Wer soll denn das sein? Den hab ich noch nie gesehen. Vielleicht gehören die gar nicht zusammen.»

«Doch, doch … guck, die hat doch ihren Arm um ihn gelegt. Die kennt den. Ich glaube … nee, das kann doch nicht sein …»

«Was denn? Frl. Krise, durch deinen Restalkohol sprichst du nur noch in Rätseln. Was soll das für ein Typ sein?»

«Wenn ich mich nicht sehr irre, ist das einer aus der Psychiatrie. Von der Station, auf der Viola arbeitet, also da, wo sie ihre Praktikumsstelle hat, verstehst du? Ja, genau! Der ist das. Jetzt weiß ich es. Paul. Der heißt Paul!»

«Echt? Bist du sicher? Was macht die Rita denn mit einem aus der Klapse? Komm, wir gehen mal hin und fragen sie.»

«Spinnst du?»

«Mann, Frl. Krise, denkst du, ich bin komplett bescheuert? Wir fragen sie doch nicht so direkt. Wir gehen hin, und dann muss sie ihn doch vorstellen, und dann fragen wir, ob wir noch einen Kaffee zusammen trinken wollen, und da kann man doch mal so ganz nebenbei rausfinden, woher die sich kennen und was das für ein Typ ist.»

48

Rita strahlt Frau Freitag und mich an. «Setzt euch doch zu uns», sagt sie, «wir haben uns ja ewig nicht gesehen!»

Sie knufft den jungen Mann, der neben ihr sitzt, in die Seite: «Rück mal ein Stück beiseite, Bärchen.»

Bärchen brummelt etwas vor sich hin und wuchtet sich dann einen Stuhl weiter, sodass ich mich zwischen ihn und Rita setzen kann. Ich bin mir plötzlich nicht mehr ganz sicher, ob er wirklich der Patient von Violas Station ist. Er sieht gepflegter aus, trägt Jeans, einen grauen Pulli und eine schwarze Steppjacke. Er bewegt sich auch anders. Und seine Haare. Die sind kürzer, bilde ich mir ein. Aber seine Augen!

So große blaue Augen. Doch, er ist es. Oder nicht?

Frau Freitag lässt sich umständlich auf dem Stuhl ihm gegenüber nieder und mustert ihn. Dann greift sie nach der Speisekarte.

«Ich hab Hunger», sagt sie, «wollen wir uns was zu essen bestellen, Frl. Krise? Hier gibt's ganz guten Flammkuchen!»

«Au ja», sagt der junge Mann schnell und sieht zu Rita rüber. «Wir auch, ja, Rita?»

«Auf keinen Fall!» Rita wird ganz streng. «Denk an deinen Plan, Bärchen.» Der junge Mann seufzt und guckt sehnsüchtig auf die Karte.

Rita wendet sich an uns: «Er muss unbedingt abnehmen! Ach ja, und sorry, ich hab ihn euch ja noch gar nicht vorgestellt. Bärchen ist ein alter Freund der Familie. Wir haben früher im Haus nebeneinandergewohnt. Ich kenne ihn schon, seit er ganz klein war.»

«Schön», Frau Freitag lächelt Bärchen an. «Und ich bin Frau Freitag, und das ist Frl. Krise.»

Bärchen nickt und kratzt sich an der Wange. Er fixiert uns, schweigt aber. Ich frage mich, weshalb Rita uns nicht seinen richtigen Namen sagt. Bärchen passt zwar irgendwie gut zu ihm, ist aber doch eher ein Kosename für ein Kind. Na gut, wenn man sich sehr lange kennt, fällt einem das vielleicht gar nicht mehr auf ...

Rita seufzt. «Der Arme. Er hat leider gesundheitlich Probleme. Deshalb muss er jetzt eine strenge Diät machen. Aber es fällt ihm nicht leicht ...»

«Kennen wir uns irgendwoher? Mir ist so, als wären wir uns schon mal begegnet», sage ich. Man kann ja schlecht fragen: «Hab ich Sie nicht letzte Woche als Patient in der Psychiatrie getroffen?»

Bärchen reißt seine Augen auf und schüttelt den Kopf.

«Na, das kann ich mir ja überhaupt nicht vorstellen, dass ihr euch kennt», antwortet Rita an seiner Stelle. «Er war doch in Kur in den letzten Wochen.»

«Ach so!» In Kur – soll das eine schöne Umschreibung für den Aufenthalt in der Klapse sein? Frau Freitag tritt mich unter dem Tisch, sie denkt bestimmt das Gleiche.

Endlich lässt sich eine Bedienung an unserem Tisch sehen, und wir ordern Kaffee. «Was ist nun mit dem Flammkuchen, Frl. Krise?», fragt Frau Freitag.

«Nee, lieber nicht, Frau Freitag, ich muss doch auch abnehmen.»

Bärchen lächelt erfreut. «Sie auch? Flammkuchen! Zu viele Kohlehydrate, wa?»

«Ganz genau! Waren Sie zum Abnehmen in Kur? Da haben Sie bestimmt eine Menge über Ernährung gelernt.» Ich komme mir ein bisschen gemein vor. Jeder weiß doch, dass man von Psychopharmaka zunimmt – falls er überhaupt welche nimmt und der Mann von Violas Station ist. Einerseits kommt er mir total bekannt vor, andererseits ... aber vielleicht ist es auch nur die andere Umgebung, die ihn so fremd erscheinen lässt.

«Nein, nein, deshalb nicht, Bärchen musste sich nur einfach mal erholen», sagt Rita. «Zum Glück hat die Krankenkasse ein Einsehen gehabt und mitgespielt. Ich würde ja gerne mal eine Kur machen, aber mir wurde das nicht ge...»

«Ich hatte immer so Stress auf Arbeit», sagt Bärchen, «sehr viel Stress, wa, Rita?»

Rita nickt und zündet sich eine Zigarette an. Bärchen greift nach dem Feuerzeug, aber Rita ist schneller. Sie befördert es in ihre Jackentasche. «Du weißt, dass ich das nicht mag», sagt sie scharf.

Der junge Mann ist sichtlich verwirrt. «Warum denn nicht?», fragt er. «Rita, ich wollte doch nur mal kurz ...»

«Ja, ein bisschen herumkokeln, ich weiß. Aber das ertrage ich im Moment nicht.»

Ich nicke. «Wegen ... äh ... wegen ... der Schule?»

«Allerdings. Ich bin nervlich ziemlich am Ende, muss ich gestehen.» Rita drückt ihre halbgerauchte Zigarette im Aschenbecher aus. Ihre Hand zittert leicht.

Au, Frau Freitag hat schon wieder getreten. Meint sie, ich soll nicht weiterfragen, oder will sie mich dazu animieren? Auf jeden Fall möchte ich jetzt wissen, was mit diesem komischen jungen Mann los ist.

«Darf ich mal fragen, wo Sie arbeiten?»

«Bei der Post!», sagt Bärchen und lässt seine Faust mehrmals leicht auf den Tisch sausen. Er sieht aus, als ob er etwas stempeln würde. «Ich mach Briefbearbeitung!»

«Aha!» Frau Freitag beugt sich vor. «Briefbearbeitung, ist ja interessant. Und wo? Hier im Postamt?»

«Nee, nee.» Bärchen schüttelt den Kopf. «Ich arbeite von zu Hause aus. Meistens.»

Seltsam. Seit wann arbeiten die Postler von zu Hause aus? Aber wundern würde mich nicht, wenn die Post das eingeführt hätte. Im Postamt muss man ja immer länger und länger warten, von den sechs Schaltern sind ja oft nur zwei besetzt. Kunststück – wenn die alle zu Hause sind. Homeoffice scheint ja ein Renner zu sein – was dabei allerdings stressig sein soll, wüsste ich gerne.

Unser Kaffee kommt. Das wurde aber auch mal langsam Zeit. «Möchten Sie auch noch etwas?», fragt die Bedienung und sieht Rita und Bärchen an.

«Ja. Ich will auch einen Kaffee!», sagt Bärchen.

«Aber nur einen ohne Koffein!» Rita ist gnadenlos, es wundert mich, dass Bärchen sich diese Bevormundung gefallen lässt.

Rita scheint meine Gedanken zu erraten.

«Einer muss doch auf ihn aufpassen!», sagt sie, lacht und reckt sich über den Tisch, um seinen Arm zu tätscheln. «Ich weiß, ich bin unmöglich, aber er ist für mich wie ein Sohn, stimmt's, Bärchen?»

Der junge Mann nickt. Er greift nach Ritas Hand und drückt sie. «Ja, Rita! Und ich pass auf dich auf!»

49

«Frau Freitag, Tachchen. Heute ohne die bessere Hälfte?» Onkel Ali stellt mir ungefragt einen schwarzen Kaffee auf den Tresen. Ich liebe diese Stammkundenbehandlung. «Das Übliche? Wie immer?» – herrlich. Man ist dann zwar zu einer gewissen Eintönigkeit verdammt, aber Gewohnheit ist das halbe Leben, oder?

«Frl. Krise hat noch Unterricht, und bei mir fallen zwei Stunden aus. Ich muss später aber wieder hin.»

«Wie läuft et denn bei euch inna Schule? Weiß man schon, wer den Brand jelegt hat?», fragt Onkel Ali.

«Nee. Es gibt zwar einen Haufen Gerüchte, dass ein Schüler ...»

«Ach, ick weeß, dit soll der Sohn von Hassan gewesen sein. Der Raifat.» Onkel Ali schüttelt den Kopf. «Dit gloob ick einfach nich. Klar, der Kleene is nich ohne ... aber Mord ... nee. Wenn de mich fragst, denn würd ick schwörn, dit war der Ex von Madam.» Onkel Ali zeigt mit dem Finger hinter sich. Da ist Ritas Laden.

«Du meinst der Mann von Rita? Echt?»

«Klar. Die Polizei sucht den, und er is wie vom Boden verschluckt. Nur mal angenommen, mich würde man suchen und ick bin unschuldig ...»

«Davon würden wir natürlich ausgehen!»

«Sicher, sicher ... also, wenn ick weeß, dit ick keen Dreck am Stecken hab, warum soll ick ma denn dann noch vastecken? Is doch unlogisch.» Onkel Ali schüttelt wieder den Kopf. «Ick würd sofort zur Polizei gehen und ...»

«Tatütata, die Polizei ist da!» Plötzlich steht Ömür im Laden und grinst. «Wo brennt's denn?», fragt er, gibt mir die Hand und umarmt Onkel Ali kurz.

«Wir fragen uns nur gerade, wer dit mit dem Brand inna Schule war. Und warum sich dieser Herr Kalle nicht bei euch meldet», sagt Onkel Ali, und Ömür zuckt mit den Schultern. «Das fragen wir uns auch.»

«Macht ihn ja mächtig verdächtig», sage ich. Ömür soll mal

ein bisschen was erzählen. Wenn er alleine ist, ohne Emre, dann verquatscht der sich doch immer.

Ömür genießt unser Interesse. Er, der Insider. Der Spezialist. Der Polizist. «Verdächtig ... nun gut. Wir hätten definitiv einige Fragen zum Sachverhalt. Er könnte mit sachdienlichen Hinweisen dienen», erklärt er uns. Oh Mann, Ömür, sachdienliche Hinweise ... tzzzz. «Er stand ja in einem sehr persönlichen Verhältnis zum Opfer.»

«Ja, ja, Ömür, dit wissen wa ja. Erzähl uns mal wat Neuet. Dit die Kleene mit dem liiert war, is doch Asbach. Wenn die Polizei nicht mehr weiß als ...»

Ömür guckt uns verwirrt an. «Die Polizei ... ja, also ...»

«Die Polizei weeß mal wieder nüscht.» Onkel Ali macht eine wegwerfende Handbewegung und dreht sich um. «Sorry, aber ick gloobe, die *Bild* ermittelt da bessa als ihr. Ihr seid doch imma die Letzten, die ...»

«Jetzt mal langsam, Onkel Ali. Natürlich weiß die Polizei mehr als die Medien», sagt Ömür und guckt beleidigt.

«Ach ja? Dit gloobst du doch selbst nich», sagt Onkel Ali und sortiert Zigarettenschachteln ins Regal. «Die Polizei weeß jar nüscht, Ömür. So sieht's einfach mal aus! Die Peoples vonna *Bild* wissen mehr über den Fall als ...»

«Ach wirklich? Das ist ja interessant! Wissen die denn auch, dass Jessica Braun schwanger war?!»

50

Wenn man mit dem Auto im Berufsverkehr mitten durch die Stadt fahren muss, merkt man erst, wie viele Irre auf den Straßen unterwegs sind. Egoisten, Narzissten, Gekränkte, zu kurz Gekommene, welche mit grandiosem Selbst und ich weiß nicht, was sonst noch alles. Dagegen ist die Psychiatrie der reinste Kindergarten. Viola hat mir das gestern am Telefon, als wir meinen Besuchstermin vereinbart haben, bestätigt. Die Patienten sind eigentlich netter als die Normalen, hat sie gesagt, der Chefarzt zum Beispiel ... brrrr, vor dem haben alle Angst.

Ich bin sehr gespannt auf ihren Praktikumsbericht, sie hat ihn mir schon groß angekündigt. Den werde ich mir heute Abend zu Gemüte führen. Ich muss mir überhaupt unbedingt einen Plan für die Woche machen. Zur Polizei muss ich auch noch wegen Hava, die jetzt bei Ömür im Praktikum ist. An den hab ich auch noch ein paar Fragen ...

So, Stau. Toll. Und alle Fußgänger schlängeln sich zwischen den Autos durch. Lebensmüde. Sogar diese junge Mutti mit dickem Bauch und Kind an der Hand. Apropos Kind ... ich frag mich echt, von wem die Jessica schwanger war. Naheliegend wäre natürlich Kalle. Ob der davon begeistert war? Er ist ja schon Vater, aber wer weiß, vielleicht plante er, mit Jessica ein neues Leben anzufangen. Oder er war rasend eifersüchtig, weil er befürchtete, ein anderer wäre der Vater. Er wusste ja sicher, dass Jessicas Lebenswandel nicht der tugendhafteste war. Pommer zum Beispiel käme auch in Frage, so blind verliebt, wie der war. Das hätte die Jessica dann geschickt eingefädelt. Peter hätte die nächsten 20 Jahre schön Alimente zahlen müssen, und Jessica hätte sozusagen eine Art Grundversorgung gehabt. Na ja, wer weiß – so wie die gestrickt war, gab es da sicher noch mehr Kandidaten für eine Vaterschaft.

Endlich, es geht weiter. Viola wartet sicher schon auf mich.

Jessica, Jessica – dass die auch mal mit Mesut zusammen war ... bestimmt war seine ganze Familie total gegen sie. Und was wohl der Mesut von ihren ganzen Aktivitäten wusste? Der war auch nach ihrer gemeinsamen Zeit immer noch ziemlich nah dran an der Dame – wenn das stimmt, was Onkel Ali erzählt. Mesut, der große Beschützer und Retter. Na ja, nach allem, was ich so von dem Herrn Kuseng weiß, ist der doch auch nicht ganz sauber. Muss man sich doch nur den dicken Wagen angucken, mit dem er durch den Kiez cruist. Und Onkel Ali war so sauer, als ich ihn neulich auf Mesut angesprochen habe ... komisch eigentlich. Ich meine, er wäre früher selbst nicht gut auf ihn zu sprechen gewesen. Aber Mesut gehört nun mal zur Familie, und da muss man auf Biegen und Brechen zusammenhalten oder jedenfalls so tun. Onkel Ali war ja sehr empört über meine kleine Bemerkung – versteh ich eigentlich nicht. Wenn Mesut sauber wäre, hätte er doch ganz entspannt reagieren können. Ich muss mich mit Frau Freitag drüber unterhalten, die könnte den Onkel zur Not ja auch noch mal auf Mesut ansprechen. Ich trau mich nicht mehr.

So, da bin ich. Jetzt noch parken und ab auf die Station.

«Frl. Krise, ich hab mir voll Mühe gegeben mit dem Bericht!», sagt Viola und reicht mir mit großer Geste einen roten Ordner. «Müssen Sie sofort anschauen!»

«Sehr schön, aber zum gründlichen Lesen komme ich hier nicht, Viola.» Ich setze mich an den kleinen Tisch und schlage den Ordner auf.

Bericht über Paul H. von Viola Zimmermann steht auf dem Deckblatt.

«Den Paul kennen Sie doch», sagt Viola eifrig, «das ist der mit der Augenentzündung vom letzten Mal, als Sie hier waren. Erinnern Sie sich?»

Mich durchzuckt es: Paul! Paul, das ist doch der, der mit Rita zusammen im Café war. Also Bärchen! Ich nicke. «Stimmt, ich weiß genau, wen du meinst, Viola. Pauli hast du ihn genannt, oder?»

«Ja, er ist aber jetzt nicht mehr bei uns, er ist jetzt in einer Tagesklinik.»

Interessant. «Woher hast du denn alle diese Informationen über ihn? Doch nicht aus der Krankenakte, oder?»

Viola schüttelt den Kopf.

«Da durfte ich nicht ran. Schwester Edith hat mir alles erzählt, und ich hab's dann aufgeschrieben. War voll kompliziert.»

Ich schlage die erste Seite auf.

Paul H., 1987 in Berlin geboren. Sein Vater war tot, als Paul ganz klein war. Seine Mutter heiratete dann noch einmal und Paul verstand sich nicht mit dem neuen Vater. Seine Mutter starb, als er 14 Jahre alt war. Paul musste bei diesem Stiefvater bleiben. Aber wegen seiner Krankheit war er oft in der Klinik.
Paul hatte einen Schädel-Hirn-Traum mit sechs Jahre von einem Unfall und bekam dann eine posttraumatische Belastungsstörung.»

«Das heißt aber doch Schädel-Hirn-Trauma**a**, oder?», murmele ich und zeige auf das Wort.

«Kann sein», sagt Viola unschlüssig. «Ich kenn die Ausdrücke doch nicht alle, Frl. Krise. Ich weiß auch gar nicht genau, was das ist, ehrlich gesagt, aber ich dachte, es ist bestimmt daran schuld, dass er manchmal wie ein Kind ist und so gerne mit seinem gelben Kasten spielt.»

«Gelben Kasten?»

«Na ja, so eine Kinderpost. Hatte ich früher auch. Hab ich auch voll gerne mit gespielt. Er stempelt am liebsten auf Papier herum, und am meisten freut er sich, wenn er alte Briefumschläge mit Briefmarken bekommt. Das ist dann so echt. Ich dachte, es ist bestimmt sein Traum, in der Post zu arbeiten.»

Das ist ja eine sehr interessante Interpretation von «posttraumatisch». Ich muss mir das Lachen verbeißen und nicke.

«Hm ... hm ... ja, vielleicht», sage ich. Ich will jetzt nicht gleich meckern. Ich schreib ihr dann lieber zu Hause an den Rand, was ein Trauma ist.

Diagnose: exogene Psychose lese ich weiter. Super, da weiß Viola ja bestimmt gar nichts mit anzufangen, da weiß ja nicht mal ich, was das genau ist.

Im Laufe der Zeit war Paul sehr verändert in der Persönlichkeit. Besonders in seine Affekt, und im Sozialverhalten. Er hat große Probleme in normalen Beziehungen. Seine wichtigste Person ist eine ehemalige Nachbarin. An der hängt er übertrieben seitdem er klein war. Er will alles für sie tun, sagt er oft. Sein Verhalten ist eigentlich nett, nur ein Mal wurde er neulich böse und hat mit einer Flasche nach Schwester Edith geworfen.

So, das reicht für einen ersten Eindruck. Ich klappe den Ordner zu.

«Gut, wa?», fragt Viola, und ich klopfe ihr auf die Schulter.

«Ja, sehr schön, Viola. Ist bestimmt nicht einfach gewesen, oder?»

«Nee!», sagt Viola und stöhnt. «War echt voll schwer. Und ich hab extra so ein Anhang gemacht mit medizinischen Fremdwörtern, damit Sie überhaupt was verstehen, Frl. Krise.»

51

«Wer fehlt denn jetzt noch?», frage ich, und Dilay guckt auf die Klassenliste. Alles, was die Schüler machen können, sollen die Schüler machen. Deshalb vermerkt Dilay die eintreffenden Schülerinnen und Schüler.

«Yunus, Görkem und Tuna.» Dilay guckt sich noch einmal um, checkt ihre Liste. «Außer Dilara sind alle Mädchen da, Frau Freitag. Und Dilara ist ja im Krankenhaus.»

«Na, da wird sie wohl heute nicht kommen», sage ich, und Dilay schüttelt den Kopf. «Nee, glaube ich auch nicht.»

Wir warten auf dem U-Bahnhof auf die fehlenden Jungs der 8c. Außerschulisch nervt immer mehr als Unterricht. Vor allem, wenn man gar nicht mit der eigenen Klasse draußen ist, sondern morgens für kranke Kollegen einspringen musste.

«Frau Freitag, du hast das doch letztes Jahr mit deinen gemacht. Übernimm doch bitte mal die Klasse von Frau Krause. Herr Huber kommt zur Unterstützung mit.» Was will man dagegen sagen? Nee, keinen Bock? Geht ja nicht. Man hat doch Dienstpflicht.

«Kinder, hört mal kurz her! Wir warten jetzt noch fünf Minuten, und wenn die dann nicht kommen, dann fahren wir! Und Furkan, nicht so nah an die Bahnsteigkante! Das ist jetzt das dritte Mal, dass ich dir das sage.»

Oh Mann, freie Wildbahn ... alles, was die Schüler machen können, das machen sie. Vor allem Dinge, die sie nicht dürfen. Und eine besonders große Hilfe ist mir Herr Huber auch nicht. Seitdem er angekommen ist, unterhält er sich mit Onur über Computerspiele. Der könnte die Meute doch auch mal zusammenhalten.

Ach, der feine Herr bewegt sich. Als könnte er Gedanken lesen.

«Frau Freitag?»

«Ja, Herr Huber?»

«Was ist diese Präventionsanalyse eigentlich?»

«Potenzialanalyse», verbessere ich ihn.

«Soll ich sagen, Frau Freitag?», fragt Heba. Ich nicke.

«Das ist so eine Gruppe von Leute, die testen uns, wie wir Talent haben. Also, wo man gut is und wo man schlecht is und man muss ...»

«Mein Cousin war letzte Woche bei dieses Potenzanalyse», unterbricht Serkan. «Er meinte mir, ist übelst langweilig. Die eine Frau da, sie ist übertrieben streng. Und man muss so voll viel lesen und so. Schlimmer als Unterricht.»

«Echt? Warum müssen wir dahin?», fragt Taifun in einem weinerlichen Ton.

«Da sind Görkem und Tuna!», ruft Dilay.

«Okay, dann gehen wir los!»

Basti steht neben Dilay und guckt auf ihre Anwesenheitsliste. «Aber Yunus fehlt, Frau Freitag.»

«Pech. Wer zu spät kommt, den bestraft das Leben!»

Wir setzen uns in Bewegung. Raus aus dem U-Bahnhof. Die Schüler nehmen natürlich die Rolltreppe, Basti und ich tun etwas für unsere Gesundheit und gehen analog. Bereits nach zwei Minuten ist unsere Gruppe auf einer Strecke von hundert Metern verteilt. Die Schnellen preschen voraus, und die Langsamen trödeln sich hinten einen ab. Es ist zum Verrücktwerden. «Sebastian, kannst du mal vorrennen und den Sprintern sagen, dass sie an der Kreuzung auf uns warten sollen?»

Herr Huber nickt und rennt los. So wörtlich war das gar nicht gemeint. Als Lehrer sollte man nie rennen, finde ich. Serkan und Taifun gehen neben mir.

«Frau Freitag?»

«Ja?»

«Wie lange geht das heute?», fragt Serkan, und ich denke: Hoffentlich nicht so lange. «Das dauert so lange, wie es dauert», antworte ich und füge noch einen schönen Pädagogensatz hinzu: «Wenn ihr konzentriert mitarbeitet und nicht stört, dann geht es wahrscheinlich schneller. Kommt also ganz auf euch an.»

Serkan seufzt. «Mist. Dann dauert es lange. Unsere Klasse ist nie leise und stört immer. Wir können nicht anders.»

«Aha, ihr könnt nicht anders», sage ich.

«Is halt so», sagt Taifun. «Allah hat uns ja so gemacht.»

Serkan nickt. Wir gehen schweigend weiter. Herr Huber kommt wieder zu uns gerannt. Er hätte auch einfach an der Kreuzung auf uns warten können. Jetzt hängt er sich aber sehr rein, der Kollege. Na, mir soll es recht sein.

Erstaunlich ruhig und ungewöhnlich entspannt lassen sich die Schüler von uns die Straßen runter zu einem Hinterhof bringen, in dem dieser freie Träger untergebracht ist, der heute mit der Klasse arbeiten soll. In Raum 146 werden wir schon von einer Frau erwartet. Sie stellt sich vor. Die Chefin. Flipchart, Moderationskoffer, Gruppentische und vier weitere People mit Klemmbrettern und betont freundlichem Gesichtsausdruck.

«Wenn hier fünf Erwachsene im Raum sind, dann müssen wir aber nicht die ganze Zeit hierbleiben, oder?», fragt mich Basti leise. Ich weiß es nicht. Große Lust dazu habe ich nicht. Nach der Einführung und nachdem wir uns vergewissert haben, dass die Schüler keine offene Feindschaft gegen die Mitarbeiter des Trägers hegen, schleiche ich mit Herrn Huber nach draußen.

«Puhhh, jetzt gehen wir erst mal Kaffee trinken!», schlägt Basti vor, und ich habe nichts dagegen.

Als wir mit unseren Tassen an dem kleinen Tisch einer Mini-Bäckerei sitzen, guckt Herr Huber auf seine Armbanduhr. «Ich muss ja auch um halb elf wieder abhauen», sagt er.

«Wie jetzt? Warum? Ich kann die Meute doch nicht alleine zurück zur Schule bringen, das hat mir ...»

«Keine Panik, Frau Freitag, Frau Arndt hat gesagt, dass der Pommer dann kommt. Ich hab nur leider einen Termin bei ihr. Heute um elf.»

«Soso, ein Termin bei der Schulleiterin.»

«Ja. Und Herr Pommer löst mich hier dann ab.»

Warum hat Basti einen Termin mit Frau Arndt? Eigentlich ist die doch gar nicht unsere Vorgesetzte. Unser Chef ist doch immer noch Herr Fischer. Aber der glänzt ja weiterhin durch Abwesenheit.

«Sag mal, Frau Freitag, was hältst du eigentlich von dem Pommer?», fragt Basti.

«Peter, ach, na ja, das ist ein Spinner, aber eigentlich ist der ...»

«Ich meine jetzt, ob du dir vorstellen kannst, dass er was mit dem Brand in der Schule zu tun hat.»

Das ist ja interessant. Der Herr Huber verdächtigt den Pommer. Und was heißt denn hier, ob er was damit zu tun hat? Der denkt doch bestimmt, dass der Pommer den Brand gelegt hat. Das kann ich mir eigentlich nicht vorstellen, aber ich darf jetzt nicht vorschnell ...

«Wieso denkst du das?»

«Na, ist doch klar, er war der Einzige in unserem Kollegium, der die Putzfrau kannte. Fragt sich nur, warum er sie ...»

«Sie hat ihn erpresst!», sage ich. Hätte ich das jetzt nicht sagen sollen? Auweia, das darf ich gar nicht Frl. Krise sagen, dass ich mich ...

«Bingo! Natürlich! Das hatte ich völlig vergessen. Die Sexfilmchen. Das hat mir Frl. Krise doch schon alles erzählt. Da haben wir das Motiv. Sie erpresst ihn, er zahlt vielleicht eine Weile, bis er nicht mehr kann, sie will immer mehr Geld, das ist bei Erpressern so. Die kriegen den Hals nicht voll. Wenn die einmal eine Kuh gefunden haben, die sie melken können, da werden sie gierig.»

«Echt?»

«Ja. Und vielleicht hat der Pommer erst noch Geld gehabt, und dann musste er sich Geld leihen, und irgendwann sah er gar keinen anderen Ausweg mehr, als sie umzubringen. So was läuft dann gar nicht mehr rational ab.»

«Nee?»

«Nee, da sieht man keinen anderen Ausweg mehr. Ich würde sogar sagen, dass er in der Situation nur eingeschränkt schuldig ist. Er sollte sich einfach stellen und ...»

«Aber in den Zeitungen steht doch, dass dieser Kalle von der Polizei verdächtigt wird. Jedenfalls finde ich das schon komisch, dass der überhaupt nicht mehr auftaucht.»

Basti schüttelt den Kopf. «Nee, nee, das muss gar nichts mit dem Fall zu tun haben. Vielleicht ist der im Ausland. Vielleicht hat er sich ja auch schon bei der Polizei gemeldet.»

«Hätten wir das nicht irgendwo gelesen?»

«Die Polizei veröffentlicht doch nicht jeden kleinen Schritt, den sie tut, und jede Befragung, die sie vornimmt.»

«Nee, wa? Kann ich mir auch nicht vorstellen. Du meinst also, dass der Pommer ...»

Basti nickt, steht auf und stellt unsere Tassen auf den Tresen. «Du, ich muss leider los. Der Kaffee geht auf mich.»

Das ist sooo langweilig hier. Die Schüler sollen irgendwas rechnen. Ich habe die Aufgabe nicht so richtig verstanden. Zum Glück arbeiten alle gut mit. Na ja, fast alle. Furkan kippelt und starrt vor sich hin. Ich gucke ihn streng an, und er bringt seinen Stuhl wieder in die Senkrechte. Plötzlich geht die Tür auf, und Herr Pommer steckt seinen Kopf in den Raum. Als er mich sieht, lächelt er erleichtert, und ich gebe ihm zu verstehen, dass er draußen warten soll. Ich muss unbedingt mal eine Zigarette rauchen.

Wir sitzen auf einer Bank vor der Tür. «Wie lange geht das denn da oben noch?», fragt der Pommer.

«Ich denke, so eine Stunde. Anderthalb höchstens.»

«Was machen die da eigentlich?»

«Ach, keine Ahnung, erst haben sie irgendwas ausgeschnitten, und jetzt müssen sie rechnen.»

Pommer kichert. «Na, das können sie ja.»

Ich habe keine Lust, dem Pommer den Sinn und Zweck dieser Potenzialanalyse zu erklären.

«Und, Peter, was gibt es Neues?»

«Was meinst du? In der Schule?»

«Nee, so allgemein. Was sagt die Polizei? Musstest du noch mal hin?»

«Wie? Polizei?»

«Na, wegen deiner Erpressung. Sag mal, wie viel Geld solltest du dieser Jessica eigentlich bezahlen?»

«Frau Freitag!» Pommer guckt mich böse an. «Woher ...? Ach, klar. Frl. Krise!»

Ja, natürlich weiß ich das mit seinen Sextapes von ihr. Was denkt der denn? Denkt der, sie würde das vor mir geheim ...

«Hat dir denn Frl. Krise auch erzählt, dass sie was mit unserem tollen Bajuwaren hat?»

«Frl. Krise? Mit Basti?»

«Ja, natürlich mit dem, oder haben wir noch mehr Bayern im Kollegium?»

«Der wohnt doch nur bei ihr, weil der noch keine Bleibe hat. Wie kommst du denn darauf, dass er mit ihr ...»

«Frau Freitag, das ist doch so offensichtlich! Das saubere Frl. Krise wird regelmäßig von dem jungen Adonis flachgelegt, darauf kannst du einen lassen.»

«Meinst du wirklich?»

«Aber sicher!»

«Echt? Hat sie mir noch gar nichts von erzählt.»

«Ach, hat sie nicht?» Pommer grinst mich überheblich an. «Über mein Privatleben lässt sie sich mit jedem aus, aber ihre sexuellen Eskapaden behält sie gepflegt für sich, das sieht ihr ähnlich. Die soll mal schön auf sich aufpassen.»

«Wie aufpassen, was meinst du?»

«Na, was weiß sie denn über ihren jugendlichen Liebhaber? Was wissen wir denn über den?»

«Hä? Peter, was denn?»

«Frau Freitag, also, findest du es nicht seltsam, dass es in unserer Umgebung nun schon drei Brände gab?»

«Drei?»

«Ja, erst in der Schule, dann auf der Party, auf der wir mit Monika und den anderen waren, und dann neulich im Schulklo.»

«Ach ja, das hatte ich schon ganz vergessen. Meinst du nicht, dass das ein Schüler war? Raifat hat doch ...»

«Ach Raifat, Raifat ... nee, das war Frl. Krises blonder Loverboy. Freiwillige Feuerwehr, kennt sich aus mit Bränden ...»

«Und Brandschutz.»

«Ja, haha, sehr witzig, Frau Freitag.»

«Aber warum sollte der eine Putz… äh … Jessica Braun umbringen?»

«Ich sage ja gar nicht, dass er das mit Absicht gemacht hat. Wahrscheinlich hat er den Brand gelegt, und die arme Jessica kam ihm irgendwie in die Quere. Das muss die Polizei rausfinden. Ich würde deiner Freundin allerdings empfehlen, sich ein wenig in Acht zu nehmen. Am Ende fackelt der ihre Bude ab, und dann möchte ich ja mal sehen, ob wieder Raifat verdächtigt wird.»

52

«Frau Freitag, ich war gestern bei Viola. Da ist es eigentlich ganz nett in der Psychiatrie, jedenfalls ruhiger als in der Schule!»

«Warum bist du nicht gleich dortgeblieben?»

«Danke, ganz so weit bin ich noch nicht. Viola hat einen sehr schönen Bericht über einen Patienten geschrieben – du rätst nicht, über wen!»

«Über wen? Frl. Krise, sag schon, ich habe keine Lust zu raten.»

«Über Bärchen! Ritas Bärchen. Ich hatte recht, als ich dachte, ich kenne den doch irgendwoher. Der war mir schon beim ersten Besuch bei Viola aufgefallen …»

«Echt? Und? Was ist mit dem? ADHS?»

«Keine Ahnung. Endo… äh, nee, exogene Psychose, wenn das stimmt, was die Vio da geschrieben hat. Schmeißt mit Flaschen oder so. Ich frag mich, warum die Rita sich in ihrer knappen Freizeit mit dem abgibt.»

«Vielleicht Helfersyndrom. Du bist doch auch nicht besser.

Steigst mit einem Feuerteufel ins Bett. Schönen Dank auch, Frl. Krise. Du bist ja wirklich eine tolle Freundin, dass ich von eurer Liebesaffäre vom Pommer erfahren muss. Hättest du mir ruhig selbst erzählen können.»

«Hä? Liebesaffäre? Pommer? Frau Freitag, was faselst du dir da zusammen? Du weißt doch genau, dass ich den Basti ...»

«Frl. Krise, der Pommer schwört, da sei Sex im Spiel!»

«Der Pommer soll mal schön ruhig sein! Der hat's gerade nötig. Aber gut ... okay, ich gebe zu, da läuft was zwischen mir und Basti. Wollte ich dir eh schon erzählen. Aber ein Feuerteufel ist er nicht! Höchstens ein feuriger Liebhaber, du kannst dir nicht vorstellen, wie ...»

«Nee, kann ich nicht. Erzähl mal!»

«Ach, er ist einfach süß. Und so ein junger Mann – also, das ist doch etwas anderes als unsere Oldies, Frau Freitag!»

«Also ich bin mit meinem Oldie-Opa ganz zufrieden. Frl. Krise, findet denn Männe den Basti auch so toll?»

«Männe ... der hetzt von einem Meeting zum anderen. Der findet im Moment seine Karriere toll und sonst gar nichts.»

«Frl. Krise und der Bayer ... soso ... Ich dachte ja eigentlich, dass der Herr Huber auf die tolle Frau Arndt steht. Der hatte sogar gestern eine Verabredung mit ihr und ...»

«Gestern? Das kann gar nicht sein. Wir waren den ganzen Abend zusammen.»

«Nicht abends, vormittags. Um elf.»

«Ach so, das. Da ging es um etwas Berufliches. Die Arndt will den unbedingt an ihr Gymnasium holen. Aber da wird nichts draus. Das kann sie vergessen. Der Basti bleibt bei uns!»

«Bestimmst du schon seinen Lebensweg, ja? Interessant. Was sagst du denn nun zu den Anschuldigungen von Pommer? Der ist sich total sicher, dass der Basti nicht sauber ist.

Und interessant ist auch, dass dein Basti das Gleiche über den Pommer sagt.»

«In dem Fall geb ich Basti recht. Der Pommer ist doch nicht ganz bei Trost! Basti hat mir das Leben gerettet, denk mal daran! Das ist doch kein Brandstifter und Mörder! Lächerlich.»

53

Abends ist es zu Hause doch einfach am gemütlichsten, besonders, wenn auf dem Tisch eine gute Flasche Wein steht und im Backofen ein herrliches Coq au Vin leise vor sich hinschmurgelt. Basti ist eben nach Hause gekommen, ich habe die Wohnungstür gehört. Jetzt muss ich nur noch beten, dass er heute Abend hierbleibt. Wenn er das Huhn sieht, habe ich gewonnen. Liebe geht auch bei Bastian Huber durch den Magen. Ah, da kommt er schon.

«Hm, riecht das köstlich!» Basti gibt mir im Vorbeigehen einen Kuss in den Nacken und setzt sich aufseufzend an den Küchentisch. «Ich bin fix und fertig, und ich hab total Hunger. Wann ist das Essen fertig?!»

«Gleich, ich muss nur noch die Kartoffeln pellen und eine Salatsoße machen!»

«Komm, ich helf dir!»

Schon steht er neben mir und greift nach dem Küchenmesser. «Ich übernehme die Kartoffeln. Mach du nur deinen Salat! Ist das da unser Nachtisch?» Er zeigt auf den Teller mit den Zimtschnecken, die ich heute Nachmittag gebacken habe.

«Du kannst gerne eine haben, aber eigentlich will ich sie einfrieren. Viktoria-Estelle liebt die doch so!»

«Hä? Viktoria-Wie-Bitte?»

«Viktoria-Estelle! Das Kind einer ehemaligen Schülerin von mir! Eileen! Sie hat ihre arme Tochter nach dem halben schwedischen Königshof benannt. Ich hab die Kleine im ersten Jahr oft betreut, weil ihre Mutter damals noch viel zu unreif war und nichts auf die Reihe bekam.»

Basti schüttelt den Kopf und grinst. «Mann, du bist ja vielleicht ein soziales Wesen, Frl. Krise! Du kümmerst dich nicht nur um obdachlose Männer, sondern adoptierst auch noch Babys. Würde mich nicht wundern, wenn du am Wochenende immer heimlich ins Tierheim fährst und Kampfhunde ausführst, die keiner haben will!»

«Ach Quatsch! Das Baby tat mir damals einfach leid und die junge Mama auch. Jetzt wird die Kleine schon vier, und ich hab ihr versprochen, bald mal wieder mit ihr auf den Spielplatz zu gehen. Du kannst gerne mitkommen, wenn du Lust hast.»

«Ja ... mal sehen, ob ich Zeit hab. So, ich deck jetzt den Tisch. Aber im Wohnzimmer, okay?»

Basti will immer im Wohnzimmer essen, nicht weil er besonders vornehm ist, sondern weil er dann die *Abendschau* sehen kann. Essen und Fernsehen – ich hasse das. Angeblich macht es dick, weil man zu abgelenkt ist und nicht merkt, was man da alles in sich hineinschaufelt. Basti hat es noch nicht geschadet, bloß mir ... Aber gut, essen wir eben im Wohnzimmer – was tut man nicht alles für einen harmonischen Einstieg in eine hoffentlich aufregende Nacht.

«Schmeckt wunderbar, das Huhn.» Basti ist begeistert. «Ein ganz tolles Rezept! Das Fleisch ist ja dermaßen zart.» Er zeigt mit der Gabel auf den Monitor. «Diese Moderatorin sieht aus, als ob sie Hunger hätte, findest du nicht?»

Aus dem Bildschirm schaut Cathrin Böhme ungerührt auf unsere Teller und verliest ihre Nachrichten:

«Berlin Lichtenberg. In einer Gartenanlage im Sandweg wurde gestern Abend eine männliche Leiche aufgefunden. Dies bestätigte die Staatsanwaltschaft heute in einer Presseerklärung. Die Gartenanlage an der alten Fabrik wird kaum noch bewirtschaftet. Nachbarn fanden die Leiche, weil ein Hund vor der Parzelle anschlug.
Bei dem Toten soll es sich um den 44-jährigen Karsten S. handeln, der im Zusammenhang mit dem Todesfall Jessica B. polizeilich gesucht wurde.
Nach Angaben von Pressesprecherin Karin Lange schließt die Rechtsmedizin ein Gewaltverbrechen nicht aus. Der genaue Todeszeitpunkt konnte noch nicht ermittelt werden, er soll aber laut Lange schon einige Tage zurückliegen.»

Die blonde Dame lächelt freundlich und fährt fort:

«Berlin Tempelhof: In neun von zehn Fällen kamen Minderjährige in Tempelhof-Schöneberg problemlos an Alkohol – und das scheint keine Ausnahme in …»

Basti wirft seine Gabel klirrend auf den Tisch und würgt der Sprecherin rüde den Ton ab.

«Karsten S.!», sagt er. «Hast du das gehört? Ist das etwa …?»

«Der Mann von Rita? Ich glaube schon. Polizeilich gesucht – passt doch alles. Aber wieso ist DER jetzt auf einmal tot?»

Basti zuckt mit den Schultern. «Hm, ja, komisch. Vielleicht hat er sich umgebracht. Ich meine, er war doch wohl auf der Flucht, und die Polizei war ihm bestimmt dicht auf den Fersen.»

«Wie kommst du auf Selbstmord, Basti? Nee, du hast doch gehört, die Polizei oder die Staatsanwaltschaft oder wer auch immer geht doch offensichtlich von einem Gewaltverbrechen aus. Er wurde umgebracht! Hat die doch gerade gesagt. Aber wer soll das gemacht haben? Und warum?»

Basti schweigt einen Moment und stochert unschlüssig auf seinem Teller herum. «Rita?», sagt er. «Was ist eigentlich mit Rita? Die kannte jedenfalls beide.»

«Mann! Kennen heißt doch noch lange nicht, dass sie ein Motiv hat, Basti!»

«Na ja, Motiv – bestimmt war sie sauer auf Jessica, weil die ihr den Kalle weggeschnappt hat.»

«Und da geht sie einfach in die Schule und zündelt da herum ... nee, nee, das ist doch Quatsch. So ein Typ ist die Rita überhaupt nicht.»

«Ich weiß nicht ... bestimmt war sie richtig wütend auf Jessica! Sie war schließlich eine betrogene Ehefrau, vergiss das nicht. Ich glaube, eifersüchtige Eheleute sind zu allem fähig.»

Männe – warum fällt der mir ausgerechnet jetzt ein?

54

«Frl. Krise, fahr doch nicht so schnell! Wir haben es doch nicht eilig, oder?»

«Doch, dieser Laden macht um Punkt sechs zu.»

«Findest du das nicht ein bisschen übertrieben, für eine Puppe durch die ganze Stadt zu fahren?»

«Nein, Frau Freitag, finde ich nicht. Diese Puppe gibt es nur dort. Viktoria-Estelle wünscht die sich schon ewig, hat mir ihre Mutter gesagt.»

«Warum bestellst du die Puppe nicht einfach im Internet?»

«Die würde doch nicht bis morgen ankommen.»

«Und man kann dem Kind nicht einfach irgendetwas anderes schenken?»

«Nein, Frau Freitag, kann man nicht! Das verstehst du nicht, weil du keine Kinder hast.»

Nee, hab ich nicht. Und zum Glück auch keine Pseudokinder von anderen Leuten, bei denen ich mich mit teuren Geschenken lieb Kind machen muss. Frl. Krise soll mal ruhig zugeben, dass sie sich nur die Gunst dieser Vierjährigen erkaufen will. Ein Überraschungsei hätte es auch getan. Aber nein, die Kleine soll sagen: Oma Krise ist die Beste.

Aus der gleichen Motivation hat sie auch angefangen, jeden Abend total aufwendig zu kochen. Das hat sie früher nie gemacht. Ich hab sie neulich sogar dabei erwischt, wie sie sich mit dem Büchner über irgendwelche Marinaden unterhalten hat. Die Krise legt sich für ihren Basti ganz schön ins Zeug. Hoffentlich gibt es da kein böses Erwachen. Wer weiß, vielleicht hat der Pommer ja recht, und Basti steckt hinter den ganzen Bränden.

«Frau Freitag, was sagst du eigentlich zu Kalle?»

«Wahrscheinlich nicht mehr viel, der hätte ja Schwierigkeiten zu antworten.»

«Haha, sehr witzig, Frau Freitag, haste mal wieder einen Clown gefrühstückt, oder was? Jetzt im Ernst: Ich denke die ganze Zeit darüber nach, was sein Tod zu bedeuten hat. Wenn er den Brand in der Schule gelegt hat und damit ja auch Jessica Braun umgebracht hat ...»

«Falls das nicht ein Unfall war! Ömür meinte doch, sie sei von einer Leiter gefallen.»

«Ja, aber da wäre die normale Reaktion doch wohl, dass

man einen Krankenwagen ruft und nicht den Raum abfackelt, oder?»

«Stimmt. Haste eigentlich recht, Frl. Krise. Also nur mal angenommen, der Kalle hat Jessica umgebracht, dann das Feuer gelegt und ist dann abgehauen. Als die Polizei ihn vernehmen wollte, ist er abgetaucht. Bleibt also die Frage ...»

«Wer hat ihn umgebracht?»

«Ganz genau. War das jemand, der Jessicas Tod rächen wollte? Da würde mir gleich Onkel Alis Cousin einfallen. Vielleicht könntest du mal im Späti ein bisschen nachfra...»

«Gott bewahre, Frau Freitag! Das werde ich auf gar keinen Fall tun. Onkel Ali flippt aus. Das kannst du gerne machen. Außerdem ... das hieße doch auch, dass Mesut wusste, dass Kalle Jessica umgebracht hat. Woher hätte er das denn wissen können?»

«Vielleicht hat er Kalle heimlich beobachtet.»

«Ach, Frau Freitag, ich glaube, die Phantasie geht wieder mit dir durch. Wahrscheinlich hat Kalles Tod gar nichts mit Jessicas Tod zu tun. Vielleicht war das jemand ganz anderes.»

«Du meinst, Kalle hatte Feinde?»

«Feinde. Ja. Oder falsche Freunde, wie Rita das mal nannte. Rita ... ich muss immer an die arme Frau denken. Das ist bestimmt alles nicht so leicht für sie. Der eigene Mann ermordet! Schrecklich. Und dann war der Kalle ja auch der Vater ihres Sohnes. Jetzt ist der Simon Halbwaise.»

«Wir können die Tage ja mal zu Rita in die Bäckerei gehen und unauffällig nachfragen, was sie von der ganzen Sache hält.»

«Ja, Frl. Krise, das machen wir. Unauffällig nachfragen gehört ja zu unseren Stärken.»

55 Dr. Büchner sitzt an seinem Platz und guckt so von oben runter, als wäre er der Chef höchstpersönlich. Er ist irgendwie aufgeblüht, seitdem wir aus unserem Gebäude rausmussten und hier im Hermann Hesse sind.

«Ach, Frl. Krise, die gymnasiale Luft tut mir gut», sagte er gestern – obwohl er ja nach wie vor nur unsere kleinen Doofies unterrichten darf.

Kollege Studienrat Burkhard zeigt ihm gerade die Arbeit eines Schülers aus der Oberstufe, und Herr Büchner gibt seinen Senf dazu. «Der Interpretationsansatz ist schlüssig», sagt er halblaut. «Für mich ... Parabel zur Machtergreifung ... macht den Bürger zum Mitschuldigen.» Er redet sich richtig in Fahrt, aber gerade nur so laut, dass man Satzfetzen hört und nicht worum es geht.

Herr Burkhard schüttelt den Kopf. Er scheint nicht konform mit dem Doktor zu gehen. Er faselt etwas von «Fässern voller Brennstoff auf dem Dachboden» und vergleicht sie mit der «Atombombe».

«Geht's um Brandbeschleuniger, Jungs?», fragt der Pommer. «Da braucht ihr nur mal Frl. Krise zu fragen. Bei der stand das Zeug offen im Kunstraum, also in gewisser Weise auch auf dem Dachboden, rum.»

Ehe ich mich darüber aufregen kann, winkt der Büchner ab. «Wir reden nicht über Pinselreiniger, wir reden über Literatur, Peter», sagt er, «Max Frisch, *Biedermann und die Brandstifter*, falls dir das was sagt.» Dabei lächelt er überheblich. Manchmal könnte man ihm echt eine reinhauen. Jetzt tut er extra intellektuell, damit die Studienräte auch ja merken, dass er zu ihnen gehört.

Der Pommer schlägt leicht mit der flachen Hand auf den

Tisch. «Komm mir nich mit so 'nem schöngeistigen Quatsch, Kollege», sagt er. «Das fehlte ja noch, dass wir mit den Schülern etwas übers Brandstiften lesen. Und mal ganz abgesehen davon – Feuer machen kriegt der Raifat auch ohne uns hin.»

Bei der Erwähnung des Namens Raifat zuckt Kollege Burkhard leicht zusammen. «Raifat macht sich ausgezeichnet. Da gibt es keinerlei Grund zur Klage», ruft er. Der Pommer lacht höhnisch.

«Peter, das ging hier nicht ums Brandstiften im üblichen Sinn», sage ich, um das Thema Raifat aus der Debatte zu bekommen, «und keiner von uns wird Max Frisch lesen – für die meisten unserer Schüler ist der echt zu schwierig.»

«Na ja, ihr könnt sagen, was ihr wollt. Lesen hin oder her. Raifat bleibt für mich verdächtig, da kann der sich jetzt noch so gut benehmen», der Pommer beharrt auf seiner Meinung.

«Pass mal auf, lieber Kollege, ich erklär dir was», sagt der Büchner nun in belehrendem Ton. «Ich hab mich da schlaugemacht. Psychologisch gesehen sind Feuerteufel Menschen mit schweren Störungen. Das kann Borderline sein, Depression, aber auch eine wahnhafte Psychose. Bei Raifat würde ich sagen, er befindet sich in einer Entwicklungskrise, er ist selbstunsicher, er will ...»

«Ach, red doch keinen Müll», unterbricht ihn der Pommer. «Du gehst mir langsam auf die Nerven mit deinem schlauen Gequatsche. Der Junge will sich wichtigmachen und sonst nichts. Er war bis jetzt bei jedem Brand dabei, das sagt doch alles!»

«Das stimmt doch gar nicht, Peter», mischt sich Frau Freitag ein. «Genau genommen war er nur da, als es im Jungsklo gebrannt hat! Wenn du mit Anwesenheit beim Brand argumentierst, dann könnte zum Beispiel unser Kollege Huber der Täter sein, der war nämlich jedes Mal dabei!»

Jetzt geht es ja wohl los!

«Frau Freitag, dann könntest du es aber auch gewesen sein, du warst ja auch immer da!»

«Stimmt, Frl. Krise, und du auch, vergiss das nicht. Aber wir beide sind nicht bei der Freiwilligen Feuerwehr – im Gegensatz zu einem gewissen Kollegen!»

«Stimmt», sagt der Pommer, dem die Wendung in Richtung Basti zu gefallen scheint. «Das ist bekannt, dass die Feuerwehrleute gerne mal selbst zündeln. Was sagst du denn dazu, Herr Doktor? Hast du dafür auch 'ne Psycho-Erklärung?»

Der Büchner nickt wichtig. «Ja, allerdings: Die Feuerwehrmänner verschaffen sich auf diese Art und Weise einen besonderen Kick bei ihren Einsätzen, da geht es dann um Sensationslust und Abenteuer. Und last but not least kommt noch der Drang nach sozialer Anerkennung dazu.»

Frau Freitag schubst mich mit dem Ellenbogen an: «Hörst du? Basti, der Lebensretter, höhöhö!»

56

«Nun nimm doch auch ein Stück Käsekuchen! Der ist bestimmt lecker. Den backt die Rita selbst, hat sie neulich erzählt.»

Aber Frl. Krise winkt ab. Natürlich will sie keinen Kuchen. Seit Basti bei ihr wohnt, sehe ich sie gar nicht mehr essen. Ich frage mich, was sie dann zu Hause macht. Kocht sie nur für ihn und guckt ihm beim Essen zu? Das ist doch auch peinlich.

Wahrscheinlich sagt sie dann immer, sie hätte den ganzen Tag gegessen.

«Scheint gut zu laufen, der Laden», sagt Frl. Krise und zeigt auf den einzigen leeren Tisch, an den sich gerade eine Gruppe Touristen setzt. Zwei ältere Damen mit ihren zwei älteren Herren.

«Hoffentlich kommt die Rita bald raus, damit wir endlich bestellen können, ich habe ja auch nicht ewig Zeit.»

«Musst du nach Hause, für Basti kochen?», frage ich. Dafür erhalte ich nur einen bösen Blick. Auch eine Art zu antworten. «Hast du die Rita schon gesehen?»

Frl. Krise schüttelt den Kopf. Plötzlich steht ein großer Mann vor uns und gibt uns zwei Speisekarten.

«Haben Sie schon gewählt?», fragt er übertrieben höflich.

«Ich nehme einen Kaffee und ein Stück Käsekuchen», sage ich und gebe ihm die Speisekarte zurück.

«Für mich bitte nur Kaffee», sagt Frl. Krise. Dann beugt sie sich zu mir rüber. «Hast du gesehen? Das war Pauli. Bärchen.»

«Der aus der Klapse? Bist du sicher?»

Frl. Krise nickt. «Todsicher!»

«Na, der hilft hier vielleicht aus. Weil so viel zu tun ist.»

Frl. Krise schüttelt den Kopf. «Nee, glaub ich nicht.»

«Warum?»

«Ich weiß nicht. Ich kann mir den gar nicht im Umgang mit den Gästen vorstellen.»

«Ach, das war doch eben sehr professionell.»

Ich gucke zu dem Tisch mit den Touristen. Pauli steht vor ihnen und nimmt ihre Bestellung auf. Die Frauen gucken beide noch in die Speisekarten. Was die da wohl suchen? Die essen doch bestimmt auch keinen Kuchen.

«Frl. Krise, meinst du, Rita ist heute gar nicht da? Vielleicht hat sie der Tod von Kalle so mitgenommen, dass sie zu Hause bleiben musste.»

«Und Bärchen schmeißt den Laden alleine, oder was?» Frl. Krise schüttelt den Kopf und steht auf. «Niemals. Die wird drinnen sein. Ich geh mal auf die Toilette und guck nach ihr.»

«Ja, tu das. Und sag ihr, wäre nicht schlimm, wenn der Kaffee bald käme.»

Jetzt kommt Pauli wieder raus. Aber ohne alles. Keine Tasse Kaffee, kein Käsekuchen. Oh Mann, nie einen leeren Gang machen. Das ist doch die erste Regel, die man in der Gastronomie lernt. Er hätte doch wenigstens schon meinen Kuchen mitbringen können. Jetzt geht er wieder zu den Touristen. Der eine Typ, der im Anzug, fasst sich an die Stirn, schüttelt dabei den Kopf und guckt in die Speisekarte. Pauli sagt irgendetwas, und die eine Frau kichert und stößt die andere Frau mit dem Ellenbogen an. Nicht gerade unauffällig. Pauli scheint ein bisschen nervös zu werden. Er tritt von einem Bein auf das andere. So hampeln die Jungs in der Siebten immer vor mir rum, wenn sie einem zeigen wollen, wie dringend sie auf die Toilette müssen.

«Rita hat dadrinnen alle Hände voll zu tun», sagt Frl. Krise, die plötzlich wieder neben mir sitzt. «Aber sie hat gesagt, sie kommt gleich mal zu uns.»

«Und was sagt sie zum Leichenfund, Frl. Krise?»

«Danach habe ich jetzt nicht gefragt. Meinst du, ich geh rein und dann so: ‹Hallo Rita, dein Mann ist doch tot. Äußere dich mal dazu.› – Ah, da kommt endlich der Kaffee.»

Pauli stellt zwei Tassen Kaffee und meinen Kuchen auf den Tisch. Bei jeder Tasse ist Kaffee auf die Untertasse geschwappt.

«Da ist mir ein kleines Malheur passiert, das tut mir sooo

schrecklich leid. Das war meine Schuld», sagt er, macht aber keine Anstalten, den Kaffee von den Untertassen zu entfernen. Eine ordentliche Restaurantfachkraftsausbildung hat der nicht durchlaufen.

Frl. Krise lächelt. «Kein Problem.» Sie hat schon eine Serviette zwischen Tasse und Untertasse gelegt.

«Das war meine Serviette! Die von meinem Kuchen.»

«Ach, Frau Freitag, hör auf zu heulen. Gib mal her.» Sie nimmt meine Kaffeetasse und gießt den Kaffee von der Untertasse auf den Boden. Na toll. Das hätte ich auch noch geschafft. Hauptsache, bei ihr ist alles schön trocken und sauber. Aber den Pauli nach mehr Servietten zu fragen bringt wahrscheinlich nichts, der schwimmt sowieso schon. Jetzt hat er gerade den Kuchen zu den Touristen gebracht, und irgendwas scheint da wieder nicht richtig zu sein, denn die eine Frau diskutiert mit ihm und hält ihm den Teller entgegen. Er soll ihn wohl wieder mitnehmen. Vielleicht war das nicht der Kuchen, den sie bestellt hatte. Ist ja eigentlich kein Weltuntergang. Dass der Kalle tot ist, wahrscheinlich sogar umgebracht wurde, das ist schlimm. Also für Rita. Aber ein falscher Kuchen ...

«Schmeckt's?», fragt Frl. Krise.

«Willst du mal probieren? Ist total lecker.» Natürlich will sie nicht probieren. Das wollen Essgestörte nie. Die starren dich nur an, wie du isst, und zählen dabei die Kalorien, die du dir reinschaufelst. Probieren wollen sie nie.

«Die arme Frau tut mir leid», sagt Frl. Krise.

«Rita? Wegen Kalle?»

«Ja.»

«Aber die waren doch gar nicht mehr zusammen», sage ich. «Also okay, die waren noch verheiratet, aber die waren schon ewig getrennt. Hat sie uns doch erzählt. Die Rita war sogar froh, dass ihr Kalle mit der Jessica zusammen war. Also, nur mal angenommen, einer meiner Exfreunde würde ermordet werden. Okay, da wäre ich vielleicht auch ein bisschen geschockt. Aber wahrscheinlich nicht so lange. Da wäre ich ein paar Tage ...»

«Aber die Rita hat ein Kind mit dem Kalle.»

«Okay, dass der Simon traurig ist, wenn sein Vater ... aber sie war doch nicht mehr mit ihm ...»

«Ach, Frau Freitag, das verstehst du nicht, weil du keine Kinder hast. Ein Kind verbindet dich ein Leben lang. Ob du willst oder nicht. Das ist so.»

Was soll man darauf noch sagen. Totschlagargument: Du hast keine Ahnung, weil du keine Kinder hast. «Du, Frl. Krise, ich geh mal schnell rüber zu Onkel Ali und hole Zigaretten.» Frl. Krise starrt an mir vorbei, nickt kurz und schweigt.

«Servus, Onkel Ali. Ich brauch Zigaretten.»

«Tachchen, Frau Freitag. Ich hab euch beede schon jesehen. Ihr jeht ma fremd.» Onkel Ali guckt beleidigt.

«Nee, nee, wir, äh, wir wollten nur schnell einen Kaffee ...»

«Kaffee hab ick doch ooch, is der nich mehr jut jenuch, oder wat?»

«Ganz im Gegenteil, Onkel Ali. Ich finde, deiner schmeckt viel besser. Aber wir wollten Kuchen essen, und den hast du ja nicht im ...»

«Kuchen, pffff, als wenn Frl. Krise Kuchen isst. Wat is eijentlich mit der los? Nur noch Haut und Knochen. Is die krank?»

«Keine Ahnung. Aber nee, glaub nicht.» Ich kann Onkel Ali ja schlecht erzählen, dass Frl. Krise sich für einen jungen Kollegen, der gerade noch im Teenageralter war, schlank hungern will.

«Ich glaube, dieser Leichenfund in der Laube geht ihr ziemlich nahe. Sie fühlt so mit, also mit der armen Rita.» Onkel Ali nickt. Wir gucken beide rüber zu Frl. Krise. Rita sitzt neben ihr.

«Ja, dit is schon een sensiblet Persönchen, unser Frl. Krise.»

Ich nicke. Plötzlich dreht sich Onkel Ali zu mir.

«Aber diese Rita ... ick weeß nich. Ick werd aus diese Frau nich schlau.»

«Wieso? Was meinst du?»

«Ick gloobe, die spielt mit falschen Karten.»

«Werd mal ein bisschen genauer, Onkel Ali.»

«Frau Freitag, dit is nur so'n Jefühl. Aber irgendwat stinkt bei der ganzen Sache. Erst Jessica Braun, dann dieser Kalle ... ick weeß nich.»

«Du meinst, Rita hat mit den beiden Morden zu tun?»

«Keene Ahnung. Aba warum wird sie nich ooch mal verhört? Meen Kuseng Mesut wurde jetz schon wieda vorjeladen.»

«Und?»

«WAT UND?» Onkel Ali wird plötzlich laut. «Nüscht und! Du denkst doch nich im Ernst, dit Mesut wat mit irgendeenem Mord zu tun hat. Bei dir piept's wohl!»

«Nee, nee, Onkel Ali, so meinte ich das gar nicht. War doch auch klar, dass sie Mesut verhören. Hättest du auch gemacht, wenn du Polizist wärst. Die Jessica hat sich doch immer an Mesut gewandt und Hilfe von ihm bekommen, wenn Kalle sie wieder belästigt hat.»

«Gestalkt hat der Kalle die. Rejelrecht gestalkt.»

«Ja, okay. Gestalkt. Und jetzt wird dieser Stalker gefunden. Ermordet. Da würde doch jeder den Mesut befragen.»

Onkel Ali denkt nach. Dann lächelt er und nickt. «Stimmt. Hast ja recht, Frau Freitag. Is ja nur so, wegen Familie, weeßt schon, dit is doch bei uns so een bisschen anders, dit vastehste nich ...»

Nee, dit vasteh ick nich, weil ich keine Familie hab. Oh Mann. Wir gucken wieder rüber zu Frl. Krise. Frl. Krise redet, und Rita hört ihr zu und nickt. Frl. Krise hat ihre Hand auf Ritas Arm gelegt.

«Onkel Ali, ich geh mal wieder rüber. Bis dennchen!»

«Okay. Und Frau Freitag ...»

«Ja?»

«Nüscht für ungut!»

«Never, Onkel Ali, never.»

Ich ziehe mir einen leeren Stuhl vom Nachbartisch weg und setze mich neben Frl. Krise.

«Rita, mein herzliches Beileid», sage ich, und Frl. Krise guckt mich komisch an. War das jetzt auch wieder falsch? Man darf doch kondolieren, oder?

«Danke, Frau Freitag», sagt Rita und putzt sich die Nase mit einem zerknüllten Taschentuch. Oh Gott, die hat wahrscheinlich die ganze Zeit geheult, während ich mir drüben bei Onkel Ali anhöre, dass er sie des Doppelmordes verdächtigt. Rita guckt in Richtung Laden, den gerade eine Frau mit ihrem kleinen Kind an der Hand betritt. «Sorry, ich glaub, ich muss mal wieder.»

«Ja, ja, klar. Geh nur. Aber denk dran: Morgen um sechs hol ich dich ab.»

Rita nickt und geht.

«Wieso holst du sie ab?», frage ich. «Wo willst du mit ihr hin?»

«Wir gehen zusammen zur Pediküre.»

«PEDIKÜRE?»

«Ja», sagt Frl. Krise. Ich wusste gar nicht, dass Frl. Krise sich die Nägel machen lässt. Ihre Fingernägel sind jedenfalls nicht professionell lackiert, das sehe ja sogar ich.

«Wieso gehst du mit Rita zur Pediküre, Frl. Krise?»

«Das braucht die Rita jetzt.»

«Woher weißt du das denn, was die Rita jetzt braucht?»

«Ach, Frau Freitag, das weiß ich halt. Sorry, aber das verstehst du nicht.»

57

Viktoria-Estelle ist ganz in Rosa gehüllt – rosa Strumpfhose, Röckchen, Pulli – alles rosa. Nur die Gummistiefel sind quietschegrün, und ihre Steppjacke ist pink – was ja irgendwie auch eine Art Rosa ist. Grauenhaft, aber Eileen findet das schön und das arme Kind auch, denn es kennt ja nichts anderes. Überflüssigerweise ist dann auch noch jede Menge Bling-Bling auf der Jacke, genauer gesagt ein mit Glitzerfäden aufgesticktes Einhorn. Auf dem Rückenteil.

Aber das ist ja alles unerheblich, Hauptsache, es geht dem Kind gut, es ist gesund, hat gute Laune und geht mit Basti und mir auf den Spielplatz am Gleisdreieck. Da gibt es einen großen Stangenwald, unglaublich hohe Schaukeln und jede Menge verrückter Möglichkeiten, sich auszutoben.

Basti trabt neben uns her, er hat wohl wenig Erfahrung mit so kleinen Kindern. Vicky schaut ihn verstohlen von der Seite an. Sie ist eigentlich nicht schüchtern, aber Fremden gegenüber zurückhaltend.

Basti versucht, sie in ein Gespräch zu verwickeln.

«Wie alt bist du denn, Vicky?» Sie hebt nach einer kleinen Weile verschämt vier Fingerchen hoch.

«Oh, schon vier! Gehst du denn auch schon in den Kindergarten?»

Sie nickt stumm.

«Gefällt es dir da?»

Keine Antwort.

«Hast du auch eine Freundin?»

Schweigen im Walde.

«Spielst du gerne mit Puppen?»

Viktoria schaut ihn mit großen Augen an. Sie scheint sich zu fragen, was das Verhör soll.

«Da fällt mir ein, Frl. Krise hat auch was Schönes für dich!», verkündet Basti, der offensichtlich unbedingt bei ihr punkten will, und grinst.

Endlich eine Reaktion: Vicky bleibt stehen, hopst auf und ab und sieht mich fragend an.

Aber jetzt muss sie warten, bis wir an der ersten Bank des Parks sind. Dann darf sie das Paket auspacken. Eine Corolle-Bade-Puppe. 39,99 Euro. Eileen wird sich auch darüber freuen, die hat ja fast nie Geld übrig für die Kleine. Viktoria wendet die Puppe ein bisschen unschlüssig hin und her.

«Guck mal, wenn man sie auszieht, kann man sie mit in die Badewanne nehmen», sage ich, «das ist ein Badebaby.»

Viktoria nickt. «Ich hab schon so eine», sagt sie, «die heißt Jolina, aber die ist kaputt.»

«Das weiß ich doch, deshalb hab ich dir die neue gekauft», sage ich. Vicky nickt. «Aber die hier ist viel besser als deine alte, stell dir vor, die kann sogar Pipi machen!»

«Hm», sagt Vicky und scheint nicht sonderlich beeindruckt zu sein.

Basti sieht mich fragend an. «Gefällt sie ihr nicht?»

«Kinder können das meistens nicht so zeigen, wenn sie sich freuen», flüstere ich, «und die richtige Freude kommt auch erst später beim Spielen.»

«Mama hat mir eine Elsa-Eisprinzessinnenpuppe geschenkt», erzählt Vicky, «und jetzt wünsche ich mir noch Anna. Kannst du mir die zum Geburtstag schenken, Frl. Krise?»

Oh Gott, sie meint diese abscheulichen Puppen nach dem Disney-Film *Die Eiskönigin*. Das hatte mir Eileen auch schon erzählt, aber so etwas pädagogisch Wertloses kaufe ich auf keinen Fall.

«Ist ja noch lange hin bis zu deinem Geburtstag, Schätzchen», sage ich diplomatisch. «Wer weiß, was du bis dahin willst!»

Wir schlendern über den Spielplatz, und Vicky klettert geschickt über die extremsten Geräte. Ich sterbe vor Angst, aber Basti ist begeistert. «Die Kleine ist ja ein Bewegungstalent», sagt er, «die muss unbedingt in einem guten Verein gefördert werden.»

«Das hat sie von ihrer Mutter. Die war auch in Sport so gut, dafür leider ziemlich schlecht in Deutsch und Mathe. Oje, hoffentlich wiederholt sich das nicht.»

«Wo sind denn diese gigantischen Schaukeln, von denen du erzählt hast?», fragt Basti. «Da wollen wir doch unbedingt drauf, stimmt's, Vicky?»

Vicky scheint jetzt sehr angetan zu sein von Basti, die beiden rennen Hand in Hand vor, und ich schleiche mit dem albernen Badebaby im Arm hinterher.

Auf diese Schaukeln kriegen mich keine zehn Pferde, mir wird darauf sofort schlecht. Vicky schaukelt wie eine Wilde, immer höher und höher. Basti schubst sie an. «Doller», ruft sie, «doller!»

Ich setze mich auf eine Bank und komme mir auf einmal vor, als wäre ich wieder jung und hätte Mann und Kind. Wie oft bin ich mit meiner Tochter Rosa auf dem Spielplatz gewesen ... und Männe, der, ach, da will ich jetzt lieber nicht dran denken.

Viktoria-Estelle springt im hohen Bogen von der Schaukel. Sie hockt sich in eine Sandkiste und buddelt ein bisschen mit den Händen. Zu dumm, wir haben das Sandspielzeug vergessen, also, das wäre mir früher nicht passiert. Basti setzt sich zu mir, streckt die Beine von sich und guckt in den Himmel. «Ein schöner Tag», sagt er, «aber ich überlege schon die ganze Zeit, was mit diesem Karsten los war. Ich meine, wer den umgebracht hat. Und, tut mir leid, Frl. Krise, mir fällt da niemand anderes ein als Rita.»

Das regt mich jetzt richtig auf. Wie kommt der bloß auf Rita! «Jetzt hör doch mal auf damit, Basti», sage ich. «Die Rita ist keine Täterin, sie ist ein Opfer. Ein Opfer ihrer Verhältnisse, mehr nicht. Ein Ehemann, der nichts zustande bringt, auch noch fremdgeht und sie mit Kind und allem verlässt ... das ist Rita. Wir waren heute bei ihr, und sie ist fix und fertig, kann ich dir sagen. Sie tut mir total leid! Ich bewundere, wie sie sich so tapfer mit ihrem Geschäft durchschlägt. Dabei ist sie immer freundlich und nett und kümmert sich sogar auch noch um diesen armen Nachbarsjungen.»

«Ist der denn nicht mehr in Behandlung?», fragt Basti.

«Doch. In einer Tagesklinik, soviel ich weiß. Aber heute Nachmittag war er im Café. Das muss man der Rita schon hoch anrechnen, dass sie den da jobben lässt. Da waren so ältere Leute, die haben ihn total rumkommandiert. Der Pauli ist nun wirklich auch kein begnadeter Kellner. Aber diese Leute waren so ekelhaft zu dem. Die wollten richtig stänkern, und dann hättest du aber die Rita mal sehen sollen. Die kam wie eine Furie aus dem Laden gestürmt und hat ihren Pauli verteidigt. Hihi, das war wirklich eine Show. Diese Leute sind dann aufgestanden und gegangen. Und weißt du, was die am Ende noch gesagt haben?»

«Nee?»

«Der eine Typ meinte, dass man an den Laden Behindertenwerkstatt dranschreiben sollte, wenn man dort Degenerierte beschäftigen würde.»

«Krass.»

«Rita hat sie rausgeschmissen. Und sie hat nicht mal verlangt, dass die ihre Rechnung bezahlen.»

«Hast du dir eigentlich mal überlegt, woher sie das Geld für den Laden hat?», fragt Basti.

«Na, sie wird einen Kredit aufgenommen haben, wie alle Start-ups heutzutage.»

«Und du glaubst, die Banken leihen mittellosen Kunden Geld in beliebiger Höhe?»

«Ach, was weiß ich. Sie hatte sicher einen guten Businessplan oder wie das heißt.»

Basti lächelt ein bisschen abschätzig. «Ja, ganz bestimmt, Frl. Krise. Und die Jessica, was ist mit der? Die muss der Rita doch auch ein Dorn im Auge gewesen sein. Meinst du, sie hat so ganz cool hingenommen, dass ihr Mann sie mit dieser hübschen jungen ...»

«Schlampe!»

«Ja, meinetwegen Schlampe, betrügt. Ich kann mir nicht vor...»

Aus dem Sandkasten dringt Geschrei. Viktoria und ein kleiner Junge balgen sich um eine Schaufel. Ich springe auf, aber Basti zieht mich runter.

«Lass sie doch», sagt er, «so was können die Knirpse alleine regeln. Müssen sie doch lernen.»

Dieser Ansicht scheint die Mutter des Jungen nicht zu sein. Sie versucht Viktoria die Schaufel mit sanfter Gewalt abzunehmen, aber ohne Erfolg. Vicky stemmt sich mit ihren Stiefelchen in den Sand und scheint fest entschlossen, das Raubgut zu verteidigen. Die Mutter schaut sich suchend um, ihr Blick fällt auf uns.

Ich stehe nun doch auf, hat ja keinen Sinn, weiter untätig zu bleiben.

«Da kommt deine Oma!», höre ich die Mutter im Näherkommen sagen. «Komm, sei lieb, gib mir die Schaufel. Die gehört doch dem Lennox, und wir wollen nach Hause.»

Jetzt schlägt's dreizehn. Hat diese Frau gerade Oma zu mir gesagt? Wie kommt die denn darauf? Wie eine Oma sehe ich doch gar nicht aus! Oh Gott, hoffentlich hat Basti das bloß nicht gehört.

Leider kann auch mein Auftauchen Vicky nicht zur Herausgabe der Schaufel bewegen. Sie presst die Lippen zusammen, drückt das rote Teil an sich und guckt kriegerisch.

«Wenn Sie es nicht schaffen, das Kind zur Vernunft zu bringen, dann holen Sie mal bitte Ihren Sohn oder Schwiegersohn ... also den Papa von der Kleinen!», fordert jetzt die Mutter und winkt Basti zu.

Basti schlendert herbei.

«Gut, dass Sie kommen, Ihre Tochter will uns die Schaufel nicht zurückgeben», ruft die junge Mutti erbost, «und die Oma kriegt das nicht geregelt.»

Basti grinst. «Komm, Vicky, sei lieb, gib dem Jungen das

Ding zurück», sagt er, «ist doch eh Babykram.» Und das Wunder geschieht. Vicky reicht das Spielzeug zögernd dem heulenden Jungen.

«Na bitte, geht doch», sagt Basti zu der Mutter. «Man muss die Kinder nur richtig ansprechen ...»

«Was wollen Sie denn damit sagen?», entrüstet sich die Frau. «Als ob ich sie falsch angesprochen hätte! Noch nicht mal die Oma hat ja ...»

«Die Oma? Wie kommen Sie auf *Oma*? Das ist ja wohl eine elende Unsitte, jeden über 40 als Oma zu bezeichnen», sagt Basti, legt einen Arm um meine Schultern und küsst mich auf den Mund.

58

Endlich Mittagspause. Jetzt erst mal ins Lehrerzimmer. Leider haben die hier in der Grundschule nicht so einen tollen Kaffeeautomaten wie im Hesse-Gymnasium. Aber gemütlich ist es hier bei den Sonnenblumen, da kann man nichts sagen. Ich gehöre ja nicht zu den Lehrerinnen, die ihre gesamten Freistunden und Pausen damit verbringen, irgendetwas vor- oder nachzubereiten. Hoffentlich gibt es ein paar Kollegen, die quatschen wollen, sonst kann es im Lehrerzimmer ganz schön langweilig werden.

«Hallo zusammen!»

Susanne Brendel sitzt neben Herrn Sorg, dem Schulleiter der Grundschule, und winkt mir zu. Herr Sorg guckt mich kurz an, dann wieder zu Susanne. Die beiden scheinen sich gerade sehr angeregt zu unterhalten. Susanne hat rote Flecken auf dem Hals. Hat sie immer, wenn sie aufgeregt ist. Frau Nolte meint, da läuft was zwischen ihr und dem Sorg. Das kann ich mir gar nicht vorstellen, der ist doch mindestens zwanzig Jahre älter als sie. Aber Schulleiter. Vielleicht stimmt das aber auch gar nicht. Die Nolte sieht überall Pärchen, seit sie Single ist. Irgendwie haben diese Singles nur Beziehungen und Beziehungsanbahnungen im Kopf. Die werden dann richtig missionarisch. Alles dreht sich immer um das andere Geschlecht. Wenn man einen Freund hat, dann ist man daran ja nicht interessiert.

Frau Nolte sitzt gegenüber von Susanne und Sorg. Der entgeht auch nichts. Wahrscheinlich beobachtet sie die beiden schon die ganze Zeit, obwohl sie einen Haufen Arbeitsblätter vor sich hat und so tut, als korrigiere sie. Neben ihr sitzt der Büchner und liest *Die Zeit*. Angeber. Im Lehrerzimmer betont nicht zu arbeiten und Zeitung zu lesen ist irgendwie auch komisch. So schonlehrermäßig: Ich komm hierher, reiß meine Stunden runter und geh dann wieder. In der Pause studiere ich, was es in der Welt Neues gibt.

Frau Nolte zieht den leeren Stuhl neben sich vom Tisch weg. «Frau Freitag, komm, setz dich zu uns!» Herr Dr. Büchner faltet die Zeitung zusammen und steckt sie in seine Schultasche. Die Welt scheint heute nicht so interessant zu sein.

«Frau Freitag, was gibt es Neues? Schön unterrichtet?»

«Ja. Kunst läuft ja immer gut. Aber die Schüler jammern rum, dass sie wieder ins alte Gebäude wollen.»

Frau Nolte nickt. «Meine auch. Dabei ist es doch hier viel schöner.»

«Ja, aber es ist eben nicht ihre Schule, und bei uns, da fühlen sie sich zu Hause», erklärt uns der Büchner.

«Herr Sorg, haben Sie denn schon was gehört, wie lange die Renovierungsarbeiten noch dauern werden?», fragt Monika.

Herr Sorg schüttelt den Kopf. «Das steht in den Sternen. Die haben da drüben ja auch keinen Ansprechpartner. Wenn euer Herr Fischer ...»

«Wann kommt denn der Fischer wieder?», fragt Susanne.

«Und was hat der eigentlich?», fragt der Büchner leise.

«Burnout», flüstert Monika, und beide kichern. Susanne guckt ganz entsetzt.

«Pfuiii, ihr seid gemein. Stellt euch doch mal vor, ihr seid Direktor und eure Schule brennt ab. Das muss doch voll schlimm sein.»

Jetzt nicken die Nolte und der Büchner ganz betreten.

«Hast ja recht, Susannchen», sagt die Nolte. Alle schweigen.

Plötzlich hebt Schulleiter Sorg die Arme und streckt sich ausgiebig. «Wer weiß, ob euer Herr Fischer überhaupt zurückkommt», sagt er und steht auf.

«Äh, wieso? Was meinst du, Henry?», fragt Susanne.

Oh, Henry, die beiden sind schon beim Du. Frau Nolte tritt mich unterm Tisch.

«Wieso sollte Herr Fischer nicht zurückkommen? Der kann doch nichts dafür, dass die Schule gebrannt hat.»

Herr Sorg steht auf. «Na ja, die einen sagen so, die anderen sagen so.»

Damit will er uns im Lehrerzimmer alleine lassen. Bevor er geht, streicht er Susanne noch kurz über den Rücken. Es sollte wohl so ganz unauffällig sein, aber alle haben es gesehen, und Susannes rote Flecken am Hals leuchten. Ihr ganzes Gesicht steht jetzt in Flammen. Die Arme. Ihre Gefühle verheimlichen kann sie nicht.

Der Sorg klopft mit der Faust auf den Tisch. «Ich muss mal wieder an die Arbeit.» Weg ist er.

Büchner bricht als Erster unser Schweigen. «Was war das denn?»

Monika schüttelt den Kopf. «Ich weiß auch nicht. Komisch, dieser Mann. Er hat ja schon öfter solche Andeutungen gemacht.»

«Meint der im Ernst, der Fischer hätte sein eigenes Schulgebäude angezündet?», fragt der Büchner. «Monika, du kennst doch den Fischer hier am besten. Du bist doch schon ewig an unserer Schule. Glaubst du, er wäre zu so was fähig?»

Ob er dazu fähig wäre ... wie der Büchner sich wieder ausdrückt. Jeder wäre in der Lage, einen Brand zu legen. Dazu gehört doch nicht viel. Die Frage ist, warum jemand das tun sollte. Welches Interesse hätte der Fischer daran? Okay, das Gebäude würde saniert. Aber ob die Wände im Kunstraum oben neu gestrichen sind oder nicht – was hat der Fischer denn davon? Der ist doch nie bei uns da oben. Die Nolte hatte doch erzählt, der Fischer hätte so hohe Schulden ... aber er kriegt ja kein Geld, wenn er die Schule abbrennt ...

«Es geht auch nicht nur um den Brand, Olaf. Denk mal an diese Jessica Braun», sagt die Nolte mit ominösem Unterton in der Stimme.

«Jaaa, diese arme Frau, die ums Leben gekommen ist!», wimmert Susanne und senkt den Kopf. Eins muss man der Susanne lassen: Ihre Empathie wirkt immer echt. Das muss ich mir mal von ihr abgucken.

«Ja, ja, die Arme ... das war doch ein ziemlich hintertriebenes Persönchen», sagt die Nolte. «Also nicht dass sie den Tod verdient hätte, aber ihr wisst doch, was sie bei uns im Schulgebäude getrieben hat ... und Leute erpresst hat sie ... das ist nicht gerade die feine englische Art, oder?»

Keiner sagt was. Ich muss an meine Schülerinnen denken: Man darf über Tote nicht schlecht reden. Aber es stimmt ja, was die Nolte sagt. Die Jessica hat zumindest den Pommer erpresst. Also, der sah in ihr bestimmt nicht die arme kleine Putzfrau. Vielleicht hatte sie ja auch …

«Monika, meinst du, der Fischer kannte die Jessica Braun?»

Monika guckt mich an und überlegt. «Du meinst, also kennen, so im biblischen Sinne, hihi?»

«Na, ich meine, vielleicht so wie der Pommer.»

Susanne guckt verwirrt. Wahrscheinlich ist sie die Einzige in unserem Kollegium, die noch nicht mitgekriegt hat, dass der Pommer beim Sex mit Jessica Braun gefilmt wurde.

«Das müsste man mal eruieren», sagt die Nolte. «Ich weiß zwar noch nicht, wie, aber zumindest weiß ich, wo.»

«Lass mich raten!», sage ich. «In der Uckermark. Stimmt's – oder hab ich recht?»

59

Ich zeige auf einen kleinen Laden in der Ecke in der Einkaufspassage. «Dahinten ist es schon!»

Rita bleibt stehen. «Ich hab so ein schlechtes Gewissen, dass ich mit dir zur Pediküre gehe», jammert sie. «Nein, Frl. Krise, ich kann da nicht reingehen!»

«Warum denn nicht?»

«Ach, Frl. Krise, Kalle ist noch nicht unter der … und ich geh meinen Vergnügungen nach, als ob nichts wäre.»

«Rita, jetzt mach aber mal einen Punkt! Du tust ja gerade so, als ob wir zum Beautydoc wollten! Du kommst jetzt schön mit. Schließlich rennst du dir den ganzen Tag die Füße platt, und da ist so eine Fußpflege mit Massage reine Medizin für dich! Außerdem … wegen Kalle, was machst du dir für Gedanken? Ihr wart doch schon ewig getrennt, und du kannst doch eh im Moment nichts regeln, solange die Rechtsmedizin ihn ...»

Rita hält sich die Ohren zu. «Pscht, sei ruhig, ich will nichts davon hören – Rechtsmedizin ... ach Gott, schrecklich. Ich kann das alles kaum ertragen!»

Sie setzt sich langsam in Bewegung. «Na gut, gehen wir da rein. Hoffentlich klappt inzwischen alles im Café.» Sie bleibt wieder stehen.

«Na klar, dein Sohn und Bärchen kriegen das schon hin!» Ich ziehe sie sanft weiter.

Das Nagelstudio Lotusblüte ist noch ziemlich neu und macht einen sauberen, gepflegten Eindruck. Die Wände sind weiß und violett gehalten, es duftet angenehm, und die junge Thailänderin, die uns in Empfang nimmt, lächelt und geleitet uns zu zwei nebeneinanderstehenden weißen Lehnstühlen.

«Zweimal Pediküre classic?»

Ich nicke.

«Bitte hier Platz, meine Kollegin kommt gleich», zwitschert sie und verschwindet hinter einem Vorhang.

Da ist die Kollegin auch schon. Nicht ganz so hübsch wie die Erste, aber auch sehr freundlich.

«Wer?», fragt sie, und ich zeige auf Rita. Die Frau schiebt ein schwarzes Wasserbecken unter ihre Füße. Das Wasser riecht nach Zitrone, was kein Wunder ist, denn es schwimmen Zitronenscheiben und Zitronengrasstängel darin herum. Außerdem noch ein paar undefinierbare rosafarbene Blütenblätter. Ob das Lotus ist? Ach nee, Lotusblüten sind bestimmt weiß.

«Ah, tut das gut!» Rita taucht die Füße ins Becken und

schließt einen Moment lang die Augen. Nun bekomme auch ich mein Fußbad, und die Dame entschwindet und telefoniert an der kleinen Rezeption.

«Du hattest recht, Frl. Krise ... das ist ja Entspannung für den ganzen Körper», haucht Rita, «wenn ich bloß ...»

«Was?»

«Ach, wenn ich bloß aufhören könnte, an Kalle zu denken. Ich habe sogar von ihm geträumt. Stell dir vor, er kam blutverschmiert ins Café und machte mir Vorwürfe – weil ich ihm nicht geglaubt habe.» Rita hebt die Füße aus dem Wasser und wackelt mit den Zehen.

«Ach, nimm das doch nicht so schwer, Träume sind Schäume!», sage ich. «Weshalb machte er dir denn Vorwürfe?»

Rita presst die Lippen aufeinander und deutet mit dem Kinn auf die Fußpflegerin, die sich mit weißen Handtüchern bewaffnet vor sie hockt.

Die Frau trocknet Ritas Füße liebevoll ab und schmiert dann eine weißliche Flüssigkeit auf die verhornten Stellen.

«Was ist das eigentlich für ein Zeug?», frage ich. «Kann man das auch bei Ihnen kaufen?»

Die junge Frau lächelt mich an und schweigt.

«Erzähl ruhig weiter», sage ich zu Rita, «aus Gründen defizitärer Sprachkompetenz ist es den Mitarbeitern unmöglich, einer differenzierten Kommunikation zu folgen!»

Rita schaut mich verwundert an. «Wie du dich so gewählt ausdrückst, Frl. Krise ... na ja, ich versteh schon. Ja, Kalle hat mir im Traum bittere Vorwürfe gemacht, weil ich ihm nie geglaubt habe, dass seine angeblichen Freunde hinter ihm her sind. In den letzten Monaten hat er wirklich immer behauptet, da gäbe es Typen in seinem Umfeld, die ihm ans Leder wollten. Es ging natürlich um irgendwelche krummen Geschäfte, Kredite,

Geldwäsche oder was weiß ich. Keine Ahnung. Ganz genau hat er sich nie darüber ausgelassen, aber Fakt war wohl, dass sich da der eine oder andere von diesen Brüdern übers Ohr gehauen fühlte und sich rächen wollte. Ich habe immer gedacht, das wäre nur eine Schutzbehauptung, weil er mir kein Geld geben wollte. Nicht mal für den Simon hat er gezahlt. Er hätte nichts, hat er gesagt, diese Typen hätten ihn ausgenommen wie eine Weihnachtsgans. Mir war diese Story nicht koscher, ich hab ihm das nicht geglaubt. Ich dachte, er wollte sich aus der Verantwortung ziehen und sich ein schönes Leben machen. Ohne uns.»

Die junge Dame schabt nun mit einem Spatel an Ritas Füßen herum. Rita schüttelt den Kopf. «Ist ja nicht zu glauben, was da an Hornhaut runterkommt», sagt sie. «Meinen Sie, das kommt durch das Tragen meiner Serviceschuhe?» Aber die Frau schweigt und greift nun zu einer großen Feile.

Rita lässt sich nach hinten sinken. «Frl. Krise, ich glaube, dass Kalle von einem dieser Typen umgebracht wurde. Das wollte er mir mit diesem Traum sagen!»

Schlagartig habe ich am ganzen Körper eine Gänsehaut. Hu, das ist ja richtig gruselig.

«Meinst du wirklich?»

Rita nickt. «Ja», sagt sie feierlich. «Ich bin ganz sicher.»

«Aber ... aber hat er dir auch Namen genannt? Ohne Namen kann man ja mit dieser Information nicht viel anfangen, oder?»

«Ja, hat er», sagt Rita kurz. «Zwei Namen sogar. Du wirst verstehen, dass ich dir die hier aber auf keinen Fall sagen kann!»

Sie zeigt verstohlen auf die junge Fußpflegerin, die nun begonnen hat, die Fußnägel zu feilen.

«Ist schon klar! Eigentlich müsstest du direkt zur Kripo gehen, Rita, und der von diesen Kerlen erzählen!»

«Hab ich schon!» Rita winkt ab. «Sogar schon letzte Woche. Ich hab natürlich sofort an diese verdächtigen Freunde von Kalle gedacht, als ich von seinem Tod erfuhr. Da hatte ich allerdings noch nicht diese beiden Namen aus dem Traum.»

«Willst du die denn auch noch an die Polizei weitergeben?»

Rita zuckt mit den Schultern. «Ich weiß nicht recht, immerhin habe ich sie nur geträumt und ... nachher lachen die mich aus!»

«Da hast du allerdings recht.»

Endlich kommt nun auch jemand für meine Füße. Das Wasser wurde auch schon langsam kalt. Meine Gänsehaut ... kommt die noch von diesem grässlichen Traum, oder bin ich schon leicht unterkühlt?

«Frl. Krise? Aber bitte erzähl das niemandem», flüstert Rita.

Ich nicke.

Oh Mann, das sind ja Neuigkeiten. Dieser Traum ... Frau Freitag wird sich schwer wundern. Ob die an Botschaften aus dem Jenseits glaubt?

60

«Frau Freitag, warum trägst du eigentlich nie Nagellack? Guck mal, ich hab mir hier einen sehr schönen brombeerfarbenen bei Lotusblüte gekauft!»

«Ach ja, da warst du mit Rita, oder? Was kommt denn als Nächstes? Matching Tattoos?»

«Ganz sicher nicht. Fußpflege ist doch etwas Medizinisches, das heutzutage jeder braucht.»

«Laaaangweeeeiiiilig! Frl. Krise, jetzt erzähl mir mal lieber, was die Rita so gesagt hat!»

«Rita war zuerst ganz depressiv, aber die herrliche Fußreflexzonenmassage hat sie ein bisschen aufgemuntert. Sie hat mir etwas von Kalle erzählt, etwas sehr Merkwürdiges. Er ist ihr im Traum erschienen und hat ...»

«Im Traum erschienen? Wie die Jungfrau Maria, oder was?»

«Nee, so nicht ... ganz gruselig, blutverschmiert und so. Er hat ihr angeblich gesagt, wer ihn umgebracht hat.»

«Und? Wer denn? Frl. Krise ... du machst mich fertig!»

«Ja, also ... die Namen weiß ich jetzt auch nicht. Es müssen zwei Kerle gewesen sein, zwei ehemalige Kumpel von ihm, mit denen er krumme Geschäfte gemacht hat.»

«Und?»

«Wie ‹und›? Findest du das nicht spektakulär?»

«Frl. Krise, jetzt noch mal von vorne! Kalle hat der Rita im Traum erzählt, wer ihn umgebracht hat. Und was hat sie gemacht? Ist sie zur Polizei? Ich meine, vielleicht ist ja was dran. Vielleicht ist sie ein Medium. Soll es ja geben.»

«Sag nicht, dass du an so was glaubst! Verbindung zum Jenseits. So ein Quatsch. Außerdem war Rita schon vor dem Traum bei der Mordkommission, hat sie gesagt. Gleich als er tot aufgefunden wurde. Weil sie sich sofort gedacht hat, dass diese miesen Typen dahinterstecken. Kalle wurde wohl schon lange von denen bedroht.»

«Also hatte sie Kontakt zu ihrem Mann. Die Polizei hat den doch gesucht.»

«In der Zeit hat sie nichts von ihm gehört, glaube ich. Sie hat sich doch so Sorgen um ihn gemacht, erinnerst du dich nicht daran?»

«Alles sehr seltsam, findest du nicht, Frl. Krise? Und dann

macht der Sorg noch so komische Andeutungen über den Fischer ... ich weiß langsam gar nicht mehr, was ich glauben soll. Wer hat denn nun unsere Schule angezündet? Vielleicht war es ja Tobias Voss. Der war doch als Erster am Tatort.»

«Niemals! Tobias, dieser Milchbubi. Was für ein Motiv soll der denn gehabt haben? Nee, nee, der hat nichts damit zu tun. Morgen geh ich zu Ömer, wegen Hava. Die macht doch bei denen Praktikum. Vielleicht erfahre ich da mal irgendwas Neues.»

«Ja, vielleicht. Aber bestimmt nur wenn Emre nicht da ist.»

61

Das Polizeigebäude in der Friesenstraße ist das reinste Fort Knox. Es sieht schon von außen wie eine mittelalterliche Burg aus, und innen lassen sie einen nur an der großen gläsernen Pforte vorbei, wenn man von jemandem abgeholt wird. Ich bete also mein Sprüchlein runter – *Krise mein Name, ich komme von der Julie-Manet-Schule, meine Schülerin Hava Kilic macht hier ein Praktikum, blablabla* – und warte, bis mir gnädigst Einlass gewährt wird.

Hava empfängt mich mit wichtigem Gesicht und führt mich in das Büro von Ömür und Emre. Die beiden sind ausgeflogen. «Sie kommen bald wieder», verspricht mir Hava, «sie sind nur kurz bei einem voll wichtigen Einsatz!»

«Aha ...?»

«Ja, sie ...», Hava grinst mich breit an, «sie sind in der Cafeteria.»

Na, das hätte ich mir ja denken können. Er ist halb zwei, da knurrt Ömür doch bestimmt schon seit Stunden der Magen.

Eine gute Gelegenheit für eine kleine Kontrollrunde durch den Raum. Emres Schreibtisch, vorbildlich aufgeräumt. Sogar die Akten sind akkurat übereinandergeschichtet. Eine Glasbox mit Apfelstücken, eine Seltersflasche, eine unangebrochene Packung Haferplätzchen und eine Packung Marlboro. Bis auf die Kippen: Note eins.

Aber jetzt Ömürs Schreibtisch: Cola light, Orio-Kekse, eine Tüte Gummibärchen – natürlich die mit dem Aufdruck *halal* –, eine angebissene Streuselschnecke, eine Million Krümel und ein Foto im Silberrähmchen. Eine junge Frau mit braunen, langen Haaren vor einer Bergsilhouette. Oha, hat Ömür neuerdings eine Freundin? Oder ist das seine Mutter, als sie noch jung war?

Hava führt mich an den runden Tisch am Fenster.

«Möchten Sie etwas trinken, Frl. Krise? Kaffee? Oder lieber einen Tee?»

«Gerne einen Kaffee, Hava. Schwarz, bitte! Bist du hier fürs Kaffeekochen zuständig?»

«Ja, genau. Ich darf voll viel machen, echt, die sind voll nett hier.»

«Hm, gut, aber hoffentlich lernst du noch was anderes als nur Kaffee kochen, Blumen gießen und Akten hin und her schleppen.»

«Wir haben doch gar keine Blumen!»

«Ein Glück. Was hast du denn heute schon so gemacht, erzähl doch mal.»

Hava stellt einen Kaffeebecher vor mich und quetscht sich neben mich. Sie kichert.

«Frl. Krise, wissen Sie was? Die beide waren doch bei Ihnen im Unterricht, wa?»

«Ja, das stimmt. Sonst hätte ich dich hier nicht unterbringen können!» Oh Himmel, hoffentlich haben die nicht aus dem Nähkästchen geplaudert – wer weiß, was die alles über mich erzählt haben ...

«Sie haben gesagt, sie waren die schlimmste Klasse ever!»

«Ja, da ist was dran. Die Klasse war echt heftig. Aber du siehst, aus den zweien ist noch was geworden – obwohl Emre in Deutsch eine Katastrophe war. Ich frag mich ja noch heute, wie der damals die Aufnahmeprüfung bei der Polizei geschafft hat. Aber pssst! Erzähl bloß nicht, dass ich das gesagt habe.»

«Niemals!» Hava hebt die Hand. «Ich schwöre. Aber ... äh ... Frl. Krise, der Herr ... äh ... also der Emre, der macht immer noch voll viele Fehler beim Schreiben! Der hat in einem Protokoll sogar ...»

«Jaja, Hava, ist gut jetzt damit. Erzähl mir mal lieber, was du heute schon alles gemacht hast!»

Hava rollt mit den Augen. «Wollte ich doch gerade, Frl. Krise!»

«Na, dann leg mal los!»

«Also, vorgestern sollte ich ein Protokoll lesen, damit ich weiß, was das ist, ein Protokoll, und das war voll mit voll vielen Rechtschreibfehlern. Gewaltakt mit ck und attackierte mit ein t und so. Als ich das gesagt habe, ist der Herr Emre ein bisschen sauer gewesen, weil, das Protokoll war von ihm, aber der Herr Kiran hat gesagt, ist doch cool, Emre, die Kleine kann dir ja dann deine Sachen verbessern, wenn die gut in Rechtschreibung ist, weil sonst keiner Zeit dazu hat.»

Hava springt auf und setzt sich an Emres Schreibtisch. Sie tippt auf die Tastatur des Computers. «Guck mal, Frl. Krise, hier! Ich les schon den ganzen Morgen, und ich bin noch nicht fertig. Das sind voll die dicken Akten. Ich muss alle Sachen, die der Herr Emre letzte Woche geschrieben hat, verbessern.

Ich versteh das zwar nicht alles, was da steht, aber die Fehler finde ich.»

«Das gibt's doch nicht! Lass mal sehen!»

Ich gucke Hava über die Schulter. Auf dem Bildschirm lese ich «Vernehmungsprotokoll». Es scheint um irgendein «Tötungsdelickt» in Moabit zu gehen. Mann, Mann, Mann! Delickt mit ck, das tut ja weh.

Hava lässt nun jede Menge Dokumente über den Bildschirm flimmern. «Die hab ich fertig», sagt sie, «und die muss ich noch.» Wieder huschen Texte über den Monitor. Einzelne Wörter springen mich aus dem Buchstabensalat an. Julie, Brand, Beschleuniger... und fast ist mir, als hätte ich gerade «Pommer» gelesen.

Ist das etwa die Akte von unserer Schule? Das wär ja ...

«Mach mal langsamer, Hava», sage ich, aber Hava ist schon zum ersten Dokument zurückgekehrt.

«Ich muss noch voll viel machen», sagt sie ein bisschen unglücklich, «das schaff ich gar nicht mehr alles heute, glaub ich.»

«Ist doch nicht so schlimm», tröste ich sie, «das Praktikum dauert doch noch ein paar Tage. Mach das lieber langsam, aber gründlich!»

«Aber morgen muss doch alles fertig sein! Herr Kiran hat gesagt, sonst nehmen die mich nicht mit im Polizeiwagen, wenn es morgen was Aufregendes gibt, und das will ich doch so gerne. Wissen Sie was, Frl. Krise?!» Hava senkt ihre Stimme. «Ich hab mir vorhin alles einfach auf Stick gezogen. Heimlich! Dann mach ich den Rest einfach heute Abend zu Hause, wenn ich das hier nicht schaff.»

«WAS? Was willst du machen? Bist du von allen guten Geistern verlassen? Hava! Das machst du auf gar keinen Fall!»

«Hä? Wieso nicht? Ich zeig das doch auch niemandem!»

Ich schlage mir dramatisch vor den Kopf und schiele zur Tür! Lieber Gott, lass jetzt bloß nicht die beiden Kerle reinkommen! Ich muss Hava diesen Stick abluchsen, eine bessere Gelegenheit, sämtliche polizeilichen Insiderinfos für unseren Fall einzusehen, werde ich nie wieder bekommen!

«Hava», sage ich in verschwörerischem Tonfall und sehe ihr tief in die Augen. «Weißt du denn nicht, dass es strengstens verboten ist, Akten hier rauszuschmuggeln!? Dafür kannst du bestraft werden! Und zwar nicht zu knapp! Hast du schon mal was von Edward Snowden gehört? Der hat so was Ähnliches gemacht, und der musste aus seinem Land fliehen und sitzt jetzt schon jahrelang in Russland fest.»

«Was? In Russland? Snow... äh ... nee, den kenn ich nicht. Aber, aber ... ich will doch gar nicht die Akte mitnehmen», stottert Hava, «nur den Stick! Die Akte bleibt doch hier!!»

«Ein Stick! Das ist ja noch viel schlimmer als eine Akte! Stell dir mal vor, du hast einen Virus auf deinem Rechner, und den schleppst du dann hier ein! Was glaubst du, was hier los ist! Die Polizeiarbeit in ganz Berlin bricht zusammen. Oder noch schlimmer ... jemand hackt deinen Rechner und verbreitet alles ...»

Hava schlägt die Hände vors Gesicht. Ich kann nur noch ihre groß aufgerissenen Augen sehen. «Oh mein Gott! Hören Sie auf, Frl. Krise, bitte!»

«Ja, da wird der liebe Gott dir auch nicht mehr helfen, mein Kind. Am besten, du gibst MIR den Stick, dann bist du ihn los, und ich kann ihn vernichten.»

Hava nickt. Sie kramt in ihrer Hosentasche, angelt einen silbernen Stick heraus und lässt ihn mit spitzen Fingern in meine geöffnete Hand fallen.

Keine Sekunde zu früh, denn da kommen auch schon die Herren Emre und Ömür hereinspaziert.

62

«Du hast den Stick seit gestern in der Handtasche und noch gar nicht geguckt, was dadrauf ist, Frl. Krise?»

Sie schüttelt den Kopf. «Gestern Abend bin ich einfach nicht dazu gekommen. Erst haben wir gegessen, und dann hab ich nicht mehr dran gedacht.»

Ich bin mit Frl. Krise alleine im Lehrerzimmer des Hesse-Gymnasiums. Die zweite Stunde hat gerade angefangen. Wer jetzt keinen Unterricht hat, frühstückt noch zu Hause.

«Los, Frl. Krise, wir gucken mal kurz rein. Dahinten, am Computer.»

«Bist du jeck? Wir können doch nicht hier im Lehrerzimmer ...»

«Wieso denn nicht, hier ist doch keiner. Und wenn jemand reinkommt, dann klicken wir das einfach weg. Von der Tür kann man den Bildschirm doch gar nicht sehen.»

«Frau Freitag, meinst du wirklich, wir ...»

«Na sicher! Willst du nicht wissen, was die Polizei weiß?» Ich fahre den Computer hoch und ziehe einen zweiten Stuhl an den Tisch. «Los, komm, gib den Stick her!»

Zögerlich kramt sie in ihrer Tasche. Oh Mann, sie soll sich mal nicht so anstellen.

«Okay, dann wollen wir mal. Ach, guck, das sind so verschiedene Ordner. Wahrscheinlich zu jeder Person, die vernommen wurde. Mit wem wollen wir denn anfangen?»

«Rita!», sagt Frl. Krise.

«Oh nee! Peter Pommer!»

«Au ja! Da steht bestimmt alles über die Erpressung!» Plötzlich ziert sich Frl. Krise nicht mehr. Die Neugier ist dann wohl doch stärker als die Angst.

«Also ... Peter Pommer ... geboren am ... blablabla.»

Frl. Krise steht auf. «Du, ich mach mir einen Kaffee, willst du auch einen?»

«Ja, gerne.»

«Also hier steht, dass er über einen längeren Zeitraum erpresst worden sei. Die ersten paar Wochen hat er wohl auch bezahlt ... warte mal, ach, interessant ...»

«Was denn?»

«Es ging wohl am Anfang nur um kleine Beträge, also 200 und mal 400 Euro. Und dann wurde das plötzlich mehr.»

«Wird halt alles teurer. Haben die ihn nicht gefragt, warum er das damals nicht gleich der Polizei gemeldet hat?»

«Warte mal ... ja, steht hier ... er meinte wohl, dass er Angst um seinen Job ... weil er doch ... ach so. Angst vor einem Disziplinarverfahren.»

«Frau Freitag, steht da wirklich, dass er der Jessica Braun Geld gegeben hat? Mir hatte er doch erzählt, dass er nie was bezahlt hat.»

«Na, hat er dich doch wohl angelogen, der liebe Peter. Nicht traurig sein, Frl. Krise!»

«Bin ich doch gar nicht. Was steht denn da noch?»

«Warte ... Hä? Das verstehe ich nicht. Komm mal!»

Frl. Krise setzt sich neben mich und dreht den Bildschirm in ihre Richtung. «Hier geht es um Jessica Braun. Auswertung der Hausdurchsuchung ... ach so. Die haben sich ihren Computer vorgenommen.»

«Na klar, das machen die doch immer als Erstes. Handy und Computer.»

Frl. Krise guckt mich an. Mit ihrem Lehrerinnenbesserwisserblick. «Frau Freitag, das Handy werden sie nicht untersucht haben.»

«Wieso?»

«Na, ich denke, selbst das neuste iPhone würde diesen Brand nicht überleben.»

«Ach so, stimmt. Aber was war da jetzt auf dem Computer?»

«Hihihi, das gibt es ja nicht ... hier werden die Videos beschrieben ...»

«Die, mit denen der Pommer erpresst wurde? Kausa: Sextapes! Los, lies mal vor!»

Frl. Krise liest und kichert. Sie hat den Bildschirm mittlerweile so gedreht, dass ich gar nichts mehr sehen kann.

«Mann, Frl. Krise! Du sollst laut vorlesen!»

«Okay, okay, also ... auf dem ersten Film sei der Betroffene zu sehen, mit heruntergelassener Hose. Die Hände mit einem Kabel gefesselt. Zunächst stand er ... oh Mann, Emre ... zunächst ... man fängt doch keinen Satz mit ‹zunächst› an ...»

«Ausdruck und Rechtschreibung sind mir jetzt egal, Frl. Krise. Das kann sich die Frau Deutschlehrerin vielleicht gar nicht vorstellen. Aber mir geht es hier eher um die inhaltlichen Aspekte des Textes.»

«Ja, ja, ist ja schon gut. Du bist aber auch neugierig, Frau Freitag!»

«Und du nicht, oder was? Also, was war denn zunächst und was folgte dann?»

Frl. Krise hält ihren Kopf ganz nah an den Bildschirm. Sie weigert sich, eine Lesebrille zu kaufen, die sie dringend bräuchte. «Wo war das jetzt? Das ist hier aber auch klein ... ah, hier ... zunächst stand er, und dann ... hihihi ... dann lag er mit dem Rücken auf einem Tisch, und J. Braun nährte sich langsam. Pfffffff, Emre ... also wirklich *nährte sich*? Ist das dein Ernst? Guck doch mal, das ist doch zum Piepen, wie er das geschrieben hat! Jessica Braun ernährt sich doch nicht. Das muss doch *sie näherte sich* heißen. Ich kann nicht mehr, das ist sooo lustig, hihihi.»

«Na, ich hab schon mehr gelacht.»

«Frau Freitag, dass du das als Legasthenikerin nicht lustig findest, ist ja klar ... aber es ist witzig. Glaub mir mal.»

«Ja, hahaha, sehr witzig.»

«Och, jetzt sei doch nicht beleidigt. Komm, lass uns mal lieber weiterlesen! Ich hab schon gesehen, es wird noch richtig schlüpfrig ... hier ist von Oralsex und ...»

«Oralsex? Wer hat Oralsex?»

Hä? Wo kommt denn die Nolte plötzlich her? Wann ist die denn ins Lehrerzimmer gekommen? Warum haben wir sie nicht bemerkt?

«Monika!» Mehr fällt Frl. Krise auch nicht ein. Hektisch fummelt sie an der Tastatur rum. Zu spät. Die Nolte steht schon neben ihr und starrt interessiert auf den Bildschirm. Eine Lesebrille braucht die nicht.

63

«Ein Glück, dass die Nolte gleich wieder wegmusste. Sonst hätten wir hier gar nicht weiterlesen können. Guck mal, Frau Freitag, da haben wir Rita. Oh nee, die hat ja bei ihrer Anhörung der Polizei ihr halbes Leben erzählt.»

«Aber wohl alles ziemlich unwichtiges Zeug, oder? Wo sie Kalle kennengelernt hat und wie ... wen interessiert denn das heute noch?»

«Das ist so eine Taktik, glaube ich, die fragen bestimmt immer zuerst etwas Unverfängliches, damit man Vertrauen gewinnt und ins Reden kommt.»

«Ach so! Das kann natürlich gut sein, Frl. Krise. Guck, hier geht es dann auch schon ans Eingemachte, die haben ganz genau wissen wollen, wie Kalle beruflich so abstürzen konnte. Rita hat da angeblich null Durchblick gehabt, sagt sie. Hier! Da steht: ‹Mein Mann hat mich in keiner Weise in seine geschäftlichen Vorhaben eingeweiht.› Hm, komisch. Meinst du, das stimmt?»

«Nee, Frau Freitag, als sie davon erzählt hat, machte sie mir den Eindruck, als ob sie ganz genau wusste, was der alles ausprobiert hat, um zu Geld zu kommen. Gut, Detailwissen hat sie vielleicht nicht gehabt, aber ...»

«Ja, und noch seltsamer, hier steht auch gar nichts davon, dass seine angeblichen Freunde ihn finanziell so ausgenommen hätten. Sie hat dir von diesen Typen doch ausführlich erzählt, Frl. Krise, oder?»

«Ja, natürlich! Und nicht nur das. Bei der Pediküre hat sie sogar gesagt, sie hätte die auch bei der Polizei angegeben, also, die falschen Freunde, meine ich. Und zwar gleich nachdem Kalles Leiche gefunden worden war. Irgendwo muss also hier etwas stehen ... bloß, ich find nix.»

Frau Freitag schüttelt den Kopf. «Na ja, wer weiß, vielleicht ist diese Vernehmung auch gar nicht in diesem Ordner drin. Ich finde diese Akten sowieso ziemlich unübersichtlich, ich würde die ganz anders sortieren, nämlich nach ...»

«Jetzt lass mal, Frau Freitag, die Polizei wird schon irgendein System haben, auch wenn wir das nicht durchschauen. Lies mal lieber hier. Interessant. Kalles letzte Tage ...»

«Ja, da hat sie gaaaaanz ausführlich nichts gesagt!» Frau Freitag zeigt auf den Monitor. «Hör zu, Zitat: ‹Nachdem mein Mann zu Hause ausgezogen war, hatte ich keinerlei Kontakt mehr zu ihm. Ich kann mich nicht mal mehr an das genaue Datum erinnern, an dem ich ihn das letzte Mal gesehen habe, ich weiß nur noch, es war auf dem Hermannplatz, ich kam aus dem Kaufhaus Karstadt und wartete an der Ampel, und er stand am Chinaimbiss und aß gebratene Nudeln. Auch mein Sohn hat nichts mehr von seinem Vater gehört. Wir haben uns natürlich die ganze Zeit Sorgen um ihn gemacht, und ich habe im Stillen drüber nachgedacht, ob er vielleicht selbstmordgefährdet sei.›»

«Tzzzz, davon hat sie uns aber nichts gesagt. Apropos Nudeln, ich könnte auch was essen, Frl. Krise. Ich habe heute Morgen nicht gefrühstückt, ich glaube, ich hole mir was aus der Cafeteria ...»

«Nee, jetzt lieber nicht, lass uns weiterlesen, es klingelt bald!»

Frau Freitag seufzt und rührt sinnlos in ihrem kalten Kaffee herum. «War's das zu Rita? Na ja ... so ganz koscher ist die mir nicht ...»

«Ach, vielleicht wusste sie auch wirklich nichts und tut bei uns nur so, als ob sie über alles informiert gewesen sei, um nicht so blöd rüberzukommen.»

«Kann auch sein ... oh Mann, Frl. Krise, wie dick ist diese Akte eigentlich noch? Das können wir unmöglich hier alles lesen.»

«Ich hör auch gleich auf. Nur noch einmal kurz blättern ... Huuuuh, Frau Freitag! Hier steht was von Zigarettenkippen ...»

«Was?»

«Ich lese dir das mal vor!»

«Nein, nein, lass, ich will das gar nicht wissen!»

Frau Freitag presst sich die Hände auf die Ohren, schließt die Augen und zieht den Kopf ein.

«Das ist aber sehr interessant, was hier steht ... hm, hm, hm, hm, ... DNA ... hm, hm, Zigarettenkippen ... Kalle ... sieh mal einer an ... Mensch, Frau Freitag! Jetzt hör mir doch mal zu!»

64

«Hallo, Frau Freitag, so mutterseelenalleine hier im Lehrerzimmer?», fragt mich Frau Nolte und knallt ihre Schultasche auf einen Tisch.

«Ich habe jetzt zwei Freistunden, weil die Neunten noch im Praktikum sind. Aber nach Hause zu fahren, das lohnt sich nicht», sage ich.

«Ich hab auch frei und muss später wieder in die Grundschule. Wollen wir draußen einen Kaffee trinken gehen?»

Der Kaffee hier im Lehrerzimmer ist zwar umsonst, aber man will auch mal raus aus der Schule. Im Gegensatz zu den Schülern dürfen wir ja das Gelände verlassen. «Gute Idee, Monika. Ich könnte auch was essen. Drüben auf der anderen Straßenseite hat doch so ein kleines türkisches Restaurant aufgemacht. Lass uns das mal ausprobieren!»

Nachdem wir bestellt haben, beugt sich Frau Nolte zu mir. «Sag mal, was war das denn vorhin, was ihr euch da auf dem Computer angeguckt habt?»

«Ach das ... Nichts. Frl. Krise wollte mir da was zeigen. Die recherchiert doch immer so gerne im Internet und, äh ...»

Die Nolte nickt. «Schon klar, schon klar, die Krise will sich fortbilden. Ging doch um Oralsex, das hab ich ja noch mitbekommen. Die Gute weiß bestimmt gar nicht, wie man richtig blä…»

«Ihhhh, Frau Nolte! Rede doch nicht so!» Ich halte mir die Ohren zu. Oh Mann, jetzt denkt Monika, Frl. Krise guckt sich im Internet Pornos an, damit sie ihrem jugendlichen Liebhaber … vielleicht hätte ich das nicht sagen sollen. Vielleicht sollte ich ihr einfach die Wahrheit sagen, dass wir uns die Polizeiakten, die uns irgendwie zugespielt wurden, angeguckt haben und es da gerade …

«Monika, kannst du ein Geheimnis für dich behalten?»

«Ich?!» Sie guckt mich ganz empört an. «Ich bin die größte Geheimnisbewahrerin, die die Welt je gesehen hat. Oder weißt du, dass Kollegin Herz mal was mit einem Achtklässler hatte? Und dass der Büchner eigentlich homosexu…»

«Moooonika! Hör auf! Ist ja schon gut. Also, Frl. Krise hat vorhin gar nicht nach Sexpraktiken recherchiert.»

«Hat sie nicht?»

«Nein.»

«Sollte sie aber. Das hilft wirklich ungemein. Was meinst du, was ich da schon alles …»

«Jaja, Monika, ist schon gut.»

«Frau Freitag, Frau Freitag, ich wusste gar nicht, dass du so dermaßen prüde bist. Unglaublich.»

«Tja. Bin ich halt. Also, vielleicht guckt sich Frl. Krise ja wirklich solche Sachen im Internet an. Aber dann zu Hause. Vorhin haben wir in einer Polizeiakte gelesen. Bitte frag nicht, wo wir die herhaben.»

«Nicht?»

«Nein.»

«Warum nicht?»

«Weil ich dir das sowieso nicht sagen werde, Frau Nolte. Nicht sagen darf.»

«Okay. Ich frag nicht. Aber was stand denn dadrin? Wieso stand da was mit Oralsex?»

Ich erzähle Monika, was wir bisher in den Akten gelesen haben. Mich interessiert eigentlich nur, was sie zu Pommer sagt. Sie kennt den Peter ja auch schon seit Jahren. Manchmal verhalten sich die beiden wie ein altes Ehepaar. Ich glaube aber, eigentlich mögen sie sich.

«Hast du denn irgendwas mitgekriegt, dass der Pommer erpresst wurde? Oder dass der damals was mit der Putzfrau, der Jessica Braun, hatte?»

Monika denkt nach und schüttelt den Kopf. «Nee, du kennst ja den Peter. Der ist doch irgendwie immer komisch drauf. So ist er halt. Es gab mal eine Zeit, da war er immer der Letzte im Lehrerzimmer. Das hat mich damals schon gewundert. Wir wissen doch alle, dass er sich, was Unterrichtsvorbereitung betrifft, nicht gerade totarbeitet, und jetzt saß er plötzlich immer noch bis weit nach vier im Lehrerzimmer. Wahrscheinlich hat er sich dann immer mit der Jessica getroffen.»

«Meinst du, der Pommer hat Jessica Braun umgebracht?», frage ich. Mal sehen, was die Nolte sagt.

«Nein. Das traue ich ihm nicht zu.»

«Aber er wurde massiv von ihr erpresst. Die wollte ihn finanziell ruinieren, und wenn er nicht gezahlt hätte, dann hätte sie ihn beruflich ruiniert.»

«Beruflich? Wie meinst du das?»

«Na, sie hatte doch wohl ein paarmal gefilmt, als sie in der Schule Sex hatten, und dann später damit gedroht, das ins Internet zu stellen.»

«Ach so.» Frau Nolte macht eine beschwichtigende Handbewegung. «Tzzz, das hätte ihn doch nicht ruiniert. Was meinst du, wie viele Filmchen von mir im Internet kursieren. Und bin ich noch im Dienst?» Sie salutiert wie ein Soldat. «Verbeamtet wie eh und je und stets zu Diensten!» Dann denkt sie kurz nach. «Okay, in meinen Filmen kann man mein Gesicht nicht erkennen, weil ich eine Maske trage. Aber wer mich kennt, der sieht an meinem Körper, dass ich das bin, denn ich habe sehr …»

«MOOOOONNNNIKKKKAAAAA!!! Bitte. Too much information!»

Unser Essen kommt. Salat. Wir essen. Stumm. Woran die Nolte jetzt wohl denkt? Bestimmt an ihre sexuellen Eskapaden. Warum lässt die sich denn dabei filmen? Oder hat sie gefilmt? Vielleicht hat sie auch jemanden erpresst. Sie lebt ja auf ziemlich großem Fuß. Ständig so teure Designerklamotten und teure Reisen und … Ach Quatsch, die hat doch ihren Mann, oder Exmann, der soll doch so gut verdienen, hat jedenfalls Frl. Krise immer erzählt. Aber vielleicht hat sie … oh Mann, jetzt verdächtige ich schon die Nolte, nur weil die sich ein bisschen auslebt.

«Sag mal, wenn diese Jessica den Pommer erpresst hat, dann hat die doch bestimmt noch andere Freier erpresst, oder?»

«Freier? Wieso Freier? Meinst du, sie war eine Prostituierte?»

«Also, Frau Freitag, dein Ernst? Natürlich hat die Kleine Geld genommen.»

«Aber woher hat sie denn …»

«Ihre Kundschaft? Natürlich aus dem Internet.»

«Aber sie war doch Putzfrau bei uns. Und sie war wohl mit dem Pommer immer in der Schule, wer würde denn ...»

«Ach Kindchen, du bist ja so was von naiv. Schule – das ist doch DER Fetischort. Da gibt es ein extra Portal für so was. Du glaubst gar nicht, was die Leute für unglaubliche Wünsche dort anmelden. Ich kenne diese Seite. *Back to School* heißt die. Wahrscheinlich alles so arme Würstchen, die einen traumatischen Bildungsweg hinter sich haben. Die suchen dann die liebevolle Grundschullehrerin oder den harten Hund, die dominante Mathepaukerin, die ihnen ordentlich die Leviten liest, wenn sie an der Tafel falsch rechnen.»

«Echt?» Das kann ich mir gar nicht vorstellen.

«Und dann gibt es natürlich diese vielen Perversen, die auf Schulmädchen stehen.»

«Und du meinst, Putzfrau in der Schule, das bedient auch irgendwelche Phantasien?»

«Aber sicher! Hauptsache Uniform und Klassenraum. Schweißgeruch, überhitzte Räume, kaputte Landkarte an der Wand, olles Tafelwasser und keimiger Schwamm, Kreide ... du weißt schon.»

«Krass.»

«Ja. Musst du dir mal angucken. *Back to School.* Ich sag dir, es gibt nichts, was es nicht gibt. Und ich könnte mir vorstellen, dass diese Jessica ihre Kundschaft dort akquirierte.»

«Und du meinst, da hat der Pommer sie kennengelernt? Zu Frl. Krise hat er gesagt, dass er sie aus der Schule kennt.»

Frau Nolte überlegt. «Kann ja auch sein. Muss aber nicht sein. Aber weißt du, was ich mich frage?»

«Na?»

«Ich frage mich, ob die Jessica nur den Pommer erpresst hat. Die hatte doch bestimmt mehrere Kunden, die sie in unserer Schule bedient hat. Und wenn das Geldverdienen durch Erpressung so gut lief bei dem Pommer, warum sollte sie das dann nicht auch bei anderen probieren? Stand da nichts drüber in den Akten?»

«Wir haben noch nicht alles gelesen. Aber ich werde mal nachgucken. Vielleicht hast du recht.»

«Frau Freitag, da bin ich mir total sicher, dass ich recht habe. Und jetzt lass uns mal bezahlen, ich hab gleich wieder Unterricht.»

65

Meine Viola hat mich ziemlich enttäuscht mit ihrem Praktikumsbericht über Pauli. Ich habe ihn gestern Abend zu Ende gelesen, und na ja – er begann ja recht vielversprechend, aber dann – nur noch leeres Geschwätz und belanglose Details. Gut, ich kann verstehen, dass es ihr komisch vorkommt, wenn ein erwachsener Mann stundenlang mit einer Kinderpost spielt, aber das hätte man auch in zwei, drei Sätzen abtun können, statt sich darüber in epischer Breite auszulassen. Und das Krankheitsbild von Pauli ist sicher für einen medizinischen Laien wie Viola sehr schwer zu erfassen, aber ich vermute, sie hat sich auch wenig darum bemüht. Dabei hätte Schwester Edith ihr sicher gerne geholfen, einen fachlich angemessenen Text zu schreiben. Apropos Schwester, nicht mal über das Berufsbild der Fachkrankenschwester in der Psychiatrie hat sich Viola informiert. So wie es aussieht, war dieser Praktikumsplatz für sie doch eine ziemliche Überforderung. In der Gynäkologie oder in der Inneren wäre sie wahrscheinlich besser aufgehoben gewesen. Gut – Viola ist ja auch erst fünfzehn, das darf man nicht vergessen. Ich glaube, sie hat inzwischen auch genug von der Medizin, jedenfalls postete sie gestern auf Facebook Bilder von süßen Mopsbabys und schrieb dazu: *Mein Traumberuf Hundezüchterin.*

Wenigstens ist sie zuverlässig und wartet auf mich im Foyer der Klinik.

«Hallo, Frl. Krise!»

«Guten Morgen, Viola. Wie geht's?»

«Ehrlich, Frl. Krise, ich zähle jetzt schon die Tage, bis das Praktikum vorbei ist. Ich hab voll Heimweh nach der Schule!»

«Echt? Ich dachte, es gefällt dir?»

«Hm, na ja.»

Viola humpelt neben mir her und zeigt auf den Aufzug.

«Können wir damit fahren? Ich hab einen ganz dicken Knöchel, bin gestern voll umgeknickt mit so ganz hohen High Heels von Tina.»

«Hier?»

«Nee ... bei Tina zu Hause.»

«Also kein Dienstunfall!»

«Nee, haha, Modeunfall.»

Na, dem Himmel sei Dank, sonst hätte ich wieder einen endlosen Kampf mit blauen Formularen, der Schulsekretärin, dem Senat, zahllosen Ämtern und der Krankenkasse gehabt.

Der Aufzug riecht intensiv nach Desinfektionsmittel. Viola drückt auf den Knopf mit der 2, aber wir rauschen in die Tiefe. Mit einem kleinen Zittern bleibt die enge Kabine stehen.

«Huch, wir sind ja im Keller!», wundert sich Viola. «Da wollten wir doch gar nicht hin. Aber kommen Sie, Frl. Krise, da zeig ich Ihnen grad mal was. Hier unten ist nämlich die Apotheke für die ganze Psychiatrische Klinik.»

«Die hättest du in deinem Bericht auch ruhig erwähnen können. Ihr solltet euch ja auch die verwandten Berufsfelder anschauen.»

«Ich war doch noch nie hier», sagt Viola und sieht suchend nach links und rechts. Unsere Schritte hallen laut durch den langen Gang. Es ist sehr warm, und irgendwas brummt fürchterlich. Helle Neonleuchten und dicke silberne Versorgungsrohre laufen an der Decke entlang. Die Wände sind glänzend hellgrau gestrichen, und der Boden ist weiß gekachelt. Alle Türen scheinen verschlossen zu sein.

Sind wir ganz alleine hier unten? Aber – das kann nicht sein. Irgendjemand muss doch den Aufzug runtergeholt haben. Da! Schritte ... Kommt da jemand? Nein, es ist schon wieder still. In meinen Ohren summt es.

Dieser Keller ist ja fast ein bisschen unheimlich, obwohl er so hell und steril wirkt. Oder gerade deswegen.

«Ich glaube, wir müssen da lang», sagt Viola und zeigt nach rechts, aber ich sehe ihr an, dass sie keinerlei Peilung hat. Trotzdem trotte ich hinter ihr her. Im Gehen reiße ich mir den Schal vom Hals und öffne meine Jacke. Ist ja nicht zum Aushalten, diese Hitze. Wahrscheinlich ist die Heizungsanlage hier in der Nähe.

Viola stößt mit beiden Händen eine Tür aus Milchglas auf. Der Flur geht weiter, aber er macht einen scharfen Knick nach rechts, und es wird deutlich dunkler. Wir gehen noch zwei, drei Schritte und bleiben stehen. Genau vor einer weißen, angelehnten Tür mit der Nummer 017.

«Hier sind wir komplett falsch, Viola!»

«Ich glaube auch, Frl. Krise.»

Viola späht durch den Türspalt. «Ach nee, gucken Sie mal, vielleicht sind wir doch richtig!», sagt sie und stößt die Tür vorsichtig auf. «Das sieht ein bisschen nach Apotheke aus, oder?»

Der Raum ist schwach beleuchtet. Hohe Regale bedecken die Wände des großen, fensterlosen Raums, sie sind vollgestopft mit vielen weißblauen Packungen. Medikamente sind das nicht! Das scheint ein Lagerraum für Sanitärartikel wie Bettunterlagen und Zellstoff zu sein. Zögernd trete ich ein. Vielleicht kommt man von hier aus in die Apotheke? Schon komisch, dass es so gar kein Hinweisschild gibt.

Viola dreht sich neben mir im Kreis. «Boah, Frl. Krise, was ist das alles für ein Zeug?!»

«Keine Ahnung, aber zur Apotheke geht's hier auch nicht. Los, zurück zum Aufzug!»

Plötzlich flackert die Beleuchtung, dann wird es dunkel. Viola schreit auf.

«Keine Panik», sage ich, «das ist bestimmt ein Licht mit Zeitschaltung, warte ...»

Ein kleines rotes Lämpchen verrät den nächsten Lichtschalter.

Mit einem lauten Knall fällt die Tür ins Schloss. Wir zucken zusammen, und diesmal schreie ich auf, denn jetzt ist es wirklich stockdunkel. Ich taste mich zum Lichtschalter, und schon haben wir wieder Licht.

«Puh, Hilfe!», sagt Viola. «Ich dachte schon!» Sie stürzt zur Tür und rüttelt wie eine Wilde an der Klinke.

«DIE IST ABGESCHLOSSEN!» Ihre Stimme klingt panisch.

«Das kann doch gar nicht sein, Viola, lass mich mal ran.» Die Tür bleibt versperrt.

«Ich will raus hier!» Viola bummert mit beiden Fäusten

gegen die Tür. Es tut furchtbare Schläge, und bestimmt hallt es durch den ganzen Flur. Gut so, dann wird man uns hören und schnell befreien.

Das Licht geht wieder aus. Diesmal tastet sich Viola zum Schalter.

«Frl. Krise», flüstert sie, «wer hat eigentlich das Licht angemacht, BEVOR wir hier reingekommen sind?»

«Viola ... ja ... stimmt! Ich frag mich auch schon die ganze Zeit, wer den Aufzug runtergeholt hat!»

«Derjenige ... ist der ... ist der vielleicht noch hier drin!?»

Mir läuft ein Schauer über den Rücken. «HIER drin? Unsinn! Er kann ja nicht hier drin sein und gleichzeitig von außen die Tür zuschmeißen.»

«Aber das Licht war doch ZUERST aus, und dann ist erst die Tür ... er kann doch die Tür auch von innen ... im Dunkeln ...»

«Aber das hätten wir doch gesehen, oder? Es war doch nicht ganz dunkel.»

Viola ist mit einem Sprung neben mir und klammert sich an meinen Arm. Mein Gott, wenn sie nun recht hat! Wenn dieser Jemand noch hier drinnen ist ... Wir müssen raus hier, SOFORT! Ich wühle in meiner Jackentasche nach meinem Handy.

«Warte, ich ruf oben an, damit einer kommt. Ich hab doch die Nummer von der Klinik.» Meine Hand zittert.

«MIST! Kein Empfang!»

Viola hat ihr Smartphone auch schon in der Hand. Sie starrt auf das Display: «Scheiße! Ich auch nicht.»

Kein Wunder. Diese dicken Kellerwände lassen bestimmt nichts rein und raus, nicht mal Strahlen. Leider anscheinend auch nicht den Radau, den wir veranstalten ...

Ich lege meine Hand auf den Lichtschalter – wenn das Licht gleich wieder ausgeht, kann ich es wenigstens sofort anmachen, und falls wirklich jemand hier im Raum sein sollte, was ich nicht glaube, kann er nicht im Dunkeln rumschleichen. Mein Herz klopft wie verrückt.

Viola bummert schon wieder mit aller Kraft gegen die Tür. Das Licht geht aus. Ich mache es an. Sie bummert. Ich rufe. Das Licht geht aus. Ich mache es an, sie bummert, ich rufe ... Das Licht geht aus. Ich mache es an ... es kommt mir vor, als wären wir schon eine ganze Ewigkeit hier eingesperrt.

Viola hat sich mit dem Rücken an die Tür auf den Boden gesetzt. Sie weint leise. Oh Gott, hoffentlich dreht die mir jetzt nicht durch. Mir ist auch schon ganz flau, es ist heiß, ich schwitze, mein Mund ist pelzig, und in meinem Kopf dreht sich was. Basti fällt mir ein. Basti, mein Retter. Aber diesmal wird er uns nicht befreien, diesmal nicht ... Komisch, wenn ich an Basti denke, fällt mir gleich Feuer ein ... Oh nein, wenn es jetzt hier unten brennen würde ... dann wären wir aber ganz verloren. Wir müssen raus! Wirklich! Schnell! Mit oder ohne Brand! Sofort!

Ich springe zur Tür und dresche wie wahnsinnig mit der flachen Hand auf sie ein. Verdammt, das muss doch jemand hören. Gleich wird das Licht wieder ausgehen – egal jetzt ...

Mit einem Ruck wird die Tür nach innen aufgestoßen, und schlägt hart gegen meinen Unterarm.

Pauli. Da steht Pauli. Große blaue Augen, verwuschelte Haare und ein erstaunter Mund.

Als er uns erkennt, lacht er breit. Seine runden Wangen glänzen.

«Ach, ihr seid's! Warum macht ihr denn die ganze Zeit so 'n Krach?»

66

«Können wir nicht schon Schluss machen, Frau Freitag?», fragt Dilay.

Und Fatima stimmt sofort mit ein: «Jaaaa, biiittteee! Lassen Sie uns doch einfach schon gehen, bitte!»

Plötzlich sind alle Schülerinnen und Schüler leise und warten auf meine Antwort. Wenn sie mal so aufmerksam wären, wenn ich ihnen das Passiv oder die unregelmäßigen Verben beibringen will. «Ich darf euch nicht früher gehen lassen. Das wisst ihr doch.»

«Wieso? Machen doch alle Lehrer.»

Das ist wieder typisch Schüler. Alle Lehrer lassen die Schüler früher gehen, alle. Jeder einzelne Lehrer an unserer Schule! Alle – nur die böse Frau Freitag nicht.

Dilay lässt nicht locker. «Bei Herr Pommer dürfen wir sogar immer 15 Minuten früher raus.»

Mein Gesichtsausdruck verrät Dilay, dass ich ihr nicht glaube.

«Doch, ich schwöre, Frau Freitag! Herr Pommer macht auch gar nicht mehr richtig Unterricht. Wir dürfen sogar mit Handy spielen. Früher ist er voll ausgerastet, wenn einer nur auf sein Handy geguckt hat. Er war immer übertrieben streng.»

«Und jetzt nicht mehr?», frage ich.

«Pfff, er ist wie neuer Mensch», sagt Firat. «Handy, Essen, Trinken, Kaugummi ... jetzt dürfen wir alles bei ihn.»

Hamid lacht. «Ja, er kontrolliert nicht mal Hausaufgaben. Frau Freitag, Sie wissen noch, wie er früher immer kontrolliert hat, und ich musste voll viel nachsitzen.»

Ich erinnere mich. «Ja, Hamid. Und das Nachsitzen hat dir so gar nicht gefallen. Und dann konntest du plötzlich doch deine Mathehausaufgaben machen.»

Hamid nickt. «Ja, aber jetzt, ich mach immer, und er kontrolliert nicht. Wozu soll ich dann machen. Voll ohne Sinn.»

«Frau Freitag, Herr Pommer ist voll komisch geworden», sagt Gülistan. Sie denkt kurz nach. «Vielleicht hat er Probleme. Vielleicht ...»

«Vielleicht ist seine Frau weg», schreit Hamid.

«Hat er überhaupt Frau?», fragt Tuna und kichert. «Höhö, Frau Pommer.»

Ich bin mir gar nicht sicher, ob es eine Frau Pommer gibt. War der Peter nicht geschieden? Na, von mir werden die Schüler keine Details aus dem Privatleben der Kollegen erfahren. So weit kommt es noch. Aber dass der Pommer so neben der Spur zu sein scheint, ist ja interessant. Bin mal gespannt, was Frl. Krise dazu sagt.

67

Basti geht mit wippenden Schritten neben mir durch das Foyer des Fitnessstudios. Man merkt richtig, dass er hier in seinem Revier ist. Ich dagegen fühle mich wie ein Maulwurf, den ein unglücklicher Zufall aus seiner unterirdischen Komfortzone ins grelle Sonnenlicht geschleudert hat. Baucheinziehen und Geradehalten nützt da auch nicht viel.

Heute Morgen – ich deckte gerade den Tisch für ein gemütliches spätes Sonntagsfrühstück – guckte Basti um die Ecke und verkündete: «Frl. Krise, ich lade dich ein! Wir gehen frühstücken! Aber zuerst werden wir uns das Essen VERDIENEN! Pack deine Sportsachen, und dann ab die Post!»

«Hä? Sportsachen?»

«JA! Und meinetwegen auch noch Badezeug. Und keine Widerrede. In zehn Minuten treffen wir uns am Auto!»

Er hätte ein Schnuppertraining in seinem Fitnessstudio für mich organisiert, verriet mir Basti im Auto, denn er wünscht sich, dass ich mich mehr bewege.

Ich würgte vor Schreck fast den Motor ab. «Was soll das denn heißen? Ich bewege mich doch den ganzen Tag: Ich rase doch den ganzen Tag von hott nach hü.»

«Ja, wenn du nicht gerade stundenlang im Lehrerzimmer, im Kunstraum, im Auto, in diversen Lokalitäten und auf deiner Couch sitzt», sagte Basti streng. «Du kommst doch im Leben nicht auf 10 000 Schritte pro Tag, oder?»

Das Beste an Bastis Studio ist die grandiose Aussicht über Kreuzberg. Es liegt nämlich im 4. Stock über einem Baumarkt am Hermannplatz. Das Schlechteste sind die grässlichen Geräte, zu denen er mich unerbittlich schiebt. Warmmachen ist angesagt, erklärt er mir – dabei schwitze ich schon vor lauter Angst.

Also rauf auf den Crosstrainer ...

«Bauchmuskeln anspannen, Rücken gerade, Schultern nicht hochziehen, Fußsohlen nicht abheben», kommandiert Basti, «und Achtung, auf beiden Seiten schön gleichmäßig treten ...»

Ich tue, was ich kann. Das ist nicht viel. Basti sieht sich das Elend ein paar Minuten an, dann sagt er: «Brav! Weiter so, bis ich wiederkomme», und gibt mir einen Klaps auf den Po.

Oh Mann, ich kann nicht mehr, mir geht die Puste aus, dabei bin ich erst seit zwölf Minuten auf diesem Gerät. Basti trinkt schon die ganze Zeit gemütlich Kaffee mit einem ekelhaft sonnenbankverschmorten Muskelpaket von Mann. Ich glaube, er kennt jeden hier und auch jede, wie ich leider feststellen musste. Allerdings ist die Klientel nicht ganz so jung und knusprig, wie ich befürchtet habe, es gibt auch ältere Semester unter den Mitgliedern. Basti gehört natürlich zu den jungen Durchtrainierten und die Frau, die sich jetzt neben ihn stellt, auch. Groß, schlank und blond ist sie, und bestimmt sieht sie auch noch gut aus. Genau erkennen kann ich das leider nicht, meine Brille ist beschlagen.

Jetzt ist aber Schluss! Runter von dem Folterapparat. Wo ist Basti eigentlich hin?

Plötzlich weg. Hm. Und die Tussi auch ... Vielleicht sind die jetzt zusammen bei den Langhanteln. Bitte schön, von mir aus – ich spring jetzt in den Pool, ich will ein bisschen planschen.

So, im Schutz des Wassers geht es mir gleich viel besser. Ungesehen trainieren zu können ist doch das Größte.

Kaum bin ich ein paar Meter geschwommen, erscheint Basti auf der Bildfläche. Er krault durch die Fluten auf mich zu, als wäre er Mark Spitz persönlich.

«Hier bist du!», sagt er vorwurfsvoll. «Na gut, dann schwimm halt ein paar hundert Meter. Deine Technik ist übrigens gar nicht sooo übel, die Gleitphase ist gut, nur dein Beinschlag ist leicht asynchron, da musst du ...»

Ich tauche einfach ab. Soll er doch reden, der Herr Sportlehrer, der tolle.

Später gehen wir frühstücken. Leider ist mein Personal Trainer unzufrieden mit mir, er nölt herum, mein muskulärer Zustand und meine Kondition wären bedenklich, ich müsse dreimal die Woche Sport machen, meinen Alkoholkonsum überdenken, meine Ernährung umstellen und so weiter. Ich werde immer kleiner, und ein Sehnsuchtsanfall nach Männe überkommt mich. Der hat nie so an mir rumgemeckert ... Basti tätschelt meine Hand und sagt – wahrscheinlich um mich wieder aufzurichten –: «Ein Glück, dass du wenigstens nicht rauchst, das finde ich schon mal seeehr positiv, stell dir doch vor, wie ...»

«Basti, stell DU dir vor, die Polizei hat die Kippen auf DNA untersucht!», unterbreche ich ihn. Themenwechsel, Herr Huber! Ich lass mich doch nicht stundenlang von Ihnen zur Schnecke machen!

«Kippen? Welche Kippen?»

«Die Kippen, die nach dem Brand in unserem Dachgeschoss gefunden wurden! Die Polizei dachte, sie wären vom mutmaßlichen Täter, also von Kalle, aber waren sie nicht.»

«Hm.» Basti rührt in seinem grünen Tee. «Ja ... schön. Ist ja erfreulich, dass Kalle auch Nichtraucher war, aber was ...»

«Darum geht's nicht. Vielleicht rauchte er ja auch – ich hab keine Ahnung. Da oben hat er jedenfalls nicht gequalmt, falls er sich überhaupt in der Schule aufgehalten hat. Es geht darum, von wem die Kippen sind. ICH weiß es!»

«DU?» Basti lässt sein Rührei von der Gabel fallen.

«Ja, ich. Die Kippen sind von Frau Freitag.»

«Sag nicht, dass DIE da oben geraucht hat!» Basti starrt mich ungläubig an.

«Ja, doch, das macht sie manchmal. Im Vorbereitungsraum.»

Basti lehnt sich zurück und schüttelt den Kopf. «Unglaublich. Unverantwortlich. Dabei denk ich noch nicht mal in erster Linie an den Brandschutz.»

«Ja, heftig, oder? Das mit den Kippen und der DNA haben wir übrigens in der Polizeiakte gelesen. Das stand dadrin.»

Basti ist immer noch nicht fertig mit Kopfschütteln. «Wenn rauskommt, dass die Kippen von Frau Freitag sind ...», sagt er drohend, «dann kriegt sie aber richtig Ärger. Und bestimmt nehmen sie uns allen auch noch Fingerabdrücke ab und ...»

Jetzt bin ich geschockt. Fingerabdrücke! Ach du Schande, stimmt. An so was Profanes haben wir ja noch gar nicht gedacht ...

«Übrigens – was hast du da eben gesagt? Polizeiakte?» Basti beugt sich wieder vor und fixiert mich. «Darin habt ihr gelesen? Seit wann lassen die von der Kripo Krethi und Plethi in die Akten gucken?»

«Frau Freitag und ich sind doch nicht Krethi und Plethi! Du unterschätzt unsere Kontakte zur Polizei, mein Lieber!»

Basti sieht mich nachdenklich an. «Offensichtlich! Manchmal bist du mir direkt ein bisschen unheimlich, Frl. Krise ...»

68

«WO warst du, Frl. Krise?»

«Im FITNESSSTUDIO!!!»

Ich kann es nicht glauben. Frl. Krise war mit ihrem jungen Mitbewohner im Sportstudio. Ausgerechnet Frl. Krise.

«Stammt der Spruch ‹Sport ist Mord› nicht von dir?»

«Wieso? Frau Freitag, ich fahre doch auch immer mit dem Fahrrad zur Schule.»

«Jaja, die paar Straßen. Die fährst du doch nur, weil du zu faul zum Laufen bist.» Jetzt schmollt sie. Au Backe, war ich wohl doch ein bisschen zu hart zu ihr. Aber ich kann mir das einfach nicht vorstellen, wie sie da mit Basti in so einem albernen Zumbakurs rumhüpft. Oder waren sie nur an den

Geräten? Stand Basti hinter ihr und hat ihr die Langhantel abgenommen, nachdem sie damit vorher zehn Kniebeugen gemacht hat? Ich traue mich gar nicht zu fragen. Ich zünde mir mal schnell eine Zigarette an und wechsele lieber das Thema. Frl. Krise guckt mich giftig an.

«Mensch, Frl. Krise, ich finde es doch toll, dass du Sport machen willst. Lieber Sport als kein Sport, wa?»

«Du sei mal ganz ruhig, mit deiner Qualmerei. Weißt du eigentlich, wie schädlich das ist?»

«Nee. Sind Zigaretten ungesund?» Wie ich das hasse, mich über die Nebenwirkungen vom Rauchen zu unterhalten. Auf der Pro-Seite hat man beim Rauchen auch nicht viel. Spaß. Sonst eigentlich nichts.

«Und deine Nikotinsucht bringt dich vielleicht auch noch ins Gefängnis. Wer hat denn da oben im Kunstraum geraucht? Vielleicht hast DU ja das Feuer gelegt.»

«Ich? Gelegt?» Hä? Spinnt Frl. Krise jetzt völlig?

«Ja, vielleicht warst du ja nicht alleine. Vielleicht hattest du einen Komplizen. Den Pommer oder Kalle oder ...»

«Oder deinen Basti oder ...»

«Pfff. Frau Freitag, wer weiß denn, ob du immer die Wahrheit sagst? Gesetzeskonform verhältst du dich ja schon mal nicht. Das Rauchen im Schulgebäude ist nämlich verboten! Das alleine ist ja schon eine Straftat.»

Oh Mann, Frl. Krise kommt gar nicht mehr runter. Ich hätte sie nicht so verarschen dürfen mit dem Fitnessstudio. Wahrscheinlich hat sie sich dort gar nicht wohl gefühlt und ist nur wegen ihrem Basti mitgegangen, und jetzt mache ich mich auch noch lustig über sie. Ich werde mal ein bisschen versöhnlich werden.

«Du, Frl. Krise, jetzt sei doch nicht so sauer. Ich wollte mich doch gar nicht lustigmachen. Ich kann mir das halt nicht vorstellen, wie ihr da im Sportstudio zusammen ... was habt ihr da eigentlich gemacht? Geräte oder wart ihr bei einem Kurs? Haben die da auch Yoga und Zumba? Lass mich raten, du warst mit Basti beim Bollywoodtanzen?»

69

Basti schmiert sich Leberwurst aufs Brot. Feine Kalbsleberwurst! Etwas Fettigeres gibt's ja wohl nicht, aber das scheint ihm ausnahmsweise egal zu sein, er leckt sogar das Messer ab.

«Frl. Krise, fährst du heute mit dem Auto in die Schule?»

Ich nicke mit vollem Mund. Müsli ist echt ein Kommunikationskiller, je länger man kaut, desto mehr hat man im Mund. Aber mir ist morgens auch nicht nach Unterhaltung. Ich bin ein schrecklicher Morgenmuffel, und sogar das Gelaber von diesem übertrieben munteren Radiomoderator macht mich wahnsinnig. Basti braucht angeblich Musik und Nachrichten zum Wachwerden, und deshalb läuft bei uns beim Frühstück neuerdings «Jochen Trus am Morgen» und verschlimmbessert das ganze frühe Elend noch.

«Fährst du in die Grundschule?»

«Hm, hm.»

«Okay, dann fahr ich mit dir. Ich hab Sport in der Sieben. Diese Turnhalle, ich sag dir, eine Zumutung ... warst du da schon mal drin?»

Ich schüttele den Kopf und versuche mental meine Ohren zu verschließen. Wen interessieren schon Turnhallen um diese Uhrzeit. MICH nicht.

«Also, die Turnhalle ist eine einzige Katastrophe, da kann man noch nicht mal ... blablabla ...»

Ich höre gar nicht mehr zu, dafür dringt jetzt die Radiosendung in mein Bewusstsein. Jochen Trus macht wie üblich seine Witzchen, und die Mitmoderatoren lachen sich darüber halb tot. Das soll beim Hörer gute Laune erzeugen, aber mich nervt diese künstliche Munterkeit.

«Nun die Nachrichten aus Berlin ... Am Montagmorgen haben Einbrecher im Berliner Kaufhaus Karstadt am Ku'damm zugeschlagen. Sie zerstörten Vitrinen und stahlen Schmuck ... Schwerer Unfall in Köpenick: Bei einem mutmaßlichen illegalen Autorennen krachte ein Polo gegen einen Betonsockel.»

Alles schon mal da gewesen ... nichts Neues in Berlin. Heute ist Donnerstag, nach der Schule muss ich einkaufen und dann zur Bank. Oder nein, besser andersherum, ich bin ja völlig pleite. Basti frisst mir noch die Haare vom Kopf. Und ich muss dran denken, den Bankfritzen zu fragen, ob ich ...

«... gestern Abend in Untersuchungshaft genommen. Laut Pressesprecher der Staatsanwaltschaft fand sich im Besitz des Festgenommenen Beweismaterial für eine Mittäterschaft am Tod des Karsten S., der in einer Lichtenberger Gartenlaube erschlagen aufgefunden wurde. Und nun zu den Verkehrsnachrichten. Die A 100 ist ab ...»

Basti starrt mich an. Sein Mund steht halb offen. «Hast du das gehört?»

«Ja, nein, nicht richtig. WEN haben sie verhaftet?»

«Wenn ich das richtig verstanden habe, Paul H. Das kann doch nur dieser verrückte Pauli sein, oder?»

«WAS????? PAULI!? Warum das denn??»

Basti zuckt mit den Schultern. «Keine Ahnung. Ich meine, ich kenn den Kerl nicht, aber nach dem, was du so erzählt hast, scheint der doch völlig harmlos zu sein, oder?»

«Ja, an sich schon. Außer dass er uns neulich eingeschlossen hat.»

«Stopp, Frl. Krise, er hat euch befreit! Wer euch eingeschlossen hat, wisst ihr nicht!»

«Ja, das stimmt! Was haben die denn bei dem gefunden? Das wüsste ich ja mal gerne.»

«Vielleicht die Tatwaffe?» Basti steht auf und beginnt den Tisch abzuräumen. «In der Zeitung stand doch, dass Kalle mit einem stumpfen Gegenstand erschlagen wurde, den sie noch nicht gefunden haben.»

«Ihhh, nein ... bestimmt nicht. Ach, ist das alles gruselig!»

Wo ist mein Telefon? Ich muss sofort Frau Freitag anrufen. Die ist bestimmt schon in der U-Bahn, hoffentlich geht sie dran.

«Ja ... Hallöchen, Frl. Krise, was ist los?»

«Frau Freitag, hast du schon gehört? Sie haben Pauli festgenommen? Mordverdacht. Mord an Kalle!»

«WAAAAAS?»

«Ja, stell dir vor. Bist du in der U-Bahn?»

«Ja.»

«Der Empfang ist so schlecht. Kommst du nachher noch in die Grundschule?»

«Nee, ich hab jetzt Gymnasium. Was ist denn das mit dem Pauli? Weshalb haben die den festgenommen?»

«Die Polizei hat irgendwas Verdächtiges bei ihm gefunden, wurde im Radio gesagt. Vielleicht bei einer Hausdurchsuchung oder so. Ich weiß auch nicht.»

«Der hat doch gar kein Haus, nur eine kleine Wohnung.»

«Na, dann eben bei einer Wohnungsdurchsuchung. Kannst du mal sehen, ob du noch was darüber rauskriegst? Kauf eine *B. Z.* oder so.»

«Okay, mach ich. Und dann gehen wir um drei zu Rita, die weiß ja bestimmt alles!»

Onkel Ali hantiert vor der Tür seines Ladens herum. Er schiebt einen Tisch und Stühle vor dem Schaufenster hin und her.

«Hallo, Frl. Krise, wie jeht's? Schule aus? Allet juti bei dir?»

«Na ja, wie man's nimmt, Onkel Ali. Nach sieben Stunden Schule weiß man gar nicht mehr, wie es einem geht. Und du?» Bei Onkel Ali darf man nie mit der Tür ins Haus fallen, erst muss man vorschriftsmäßig die Befindlichkeit abarbeiten.

Onkel Ali nickt und wischt mit einem Lappen über den Tisch. «Allet so weit okay bei mir, Frl. Krise, aba ...»

«Wieso stellst du denn auf einmal Stühle raus, ich denke, dein Vermieter ...»

«Mein Vermieter kann ma ma', Frl. Krise. Wenn bei Rita zu is, wer' ick ma doch nich een kleenet Zusatzjeschäft entjehn lassen, oda?»

«Rita hat geschlossen?»

«Ja, wollte ick dir gerade erzähln.»

Onkel Ali und ich starren auf die Stühle und Tische, die zusammengeklappt und angekettet an der Hauswand von Ritas Laden lehnen.

«Haaaaaaallo!» Frau Freitag brettert um die Ecke. «Na, ihr

zwei!? Was guckt ihr denn so? Was ist denn bei deeeer da los?» Sie zeigt auf Ritas dunklen Laden.

«Nüscht is da los. Dit isset ja», Onkel Ali reißt seine Ladentür auf. «Hereinspaziert! Wenn ICK den Damen ausnahmsweise een Kaffe anbieten dürfte?»

Onkel Ali serviert mit dem Kaffee auf seiner Theke auch die Neuigkeiten, und sie stammen wie immer aus erster Quelle, er hat nämlich heute Morgen schon kurz mit Rita gesprochen.

«Sie war janz uffjelöst», sagt er, «sie will nich glooben, dit der Pauli wat mit dem Tod von Kalle zu tun haben soll ... nee, nee. Hätte ja ooch keener von uns jedacht, wa?»

Frau Freitag schlürft ihren Kaffee. «Richtig guter Filterkaffee, Onkel Ali. Hat die Rita denn gesagt, wie die Polizei auf ihn gekommen ist?»

Onkel Ali nickt bedächtig. «Stellt euch vor: SIE hat ihn angezeigt!»

«Was? Sie? RITA? NEIN!»

Jetzt sind wir aber platt. Rita soll ihr Bärchen bei der Polizei angezeigt haben? Das gibt's doch wohl nicht. Das kann nicht sein ...

«Doch, doch!» Onkel Ali stützt sich mit den Ellenbogen auf der Theke ab. «Sie war's. Sie hat's ma ja erzählt. Sie hatte nämlich vorjestern dit Handy bei ihm entdeckt. Also Kalles Handy, dit war doch die janze Zeit verschwunden jewesen. Na ja, wat heeßt entdeckt, Pauli hat et ihr jezeicht und jesacht, dit hätte ihm jemand jeschenkt.»

«Ach was ... und damit ist sie dann zur Polizei?»

«Jenau. Sie dachte, der Mörder hat et ihm jejeben. Die Polizei hat den Pauli dann lange verhört, und da hat er zujejeben, dit er dit nicht von wen bekommen hat, sondern dit ER dem Kalle dit Handy abjenommen hat.»

«Dem lebenden oder dem toten Kalle?» Frau Freitag schüttelt den Kopf. «Das ist doch Quatsch, das glaub ich nicht!»

«Wie man's nimmt, Frau Freitag.» Onkel Ali grinst schief. «Een bisschen jelebt hat Kalle ja vielleicht noch ... Bevor Pauli ihm dit Handy abjenommen hat, hat er dem Kalle natürlich noch eens uff die Birne jejeben.»

«Pauli hat Kalle umgebracht!?» Ich kann das nicht glauben. Pauli-Bärchen – ein brutaler Killer?

Alles, aber das? Niemals.

«Dit sacht Rita. Sie war total daneben. Könnt ihr euch ja vielleicht vorstelln.»

«Aber ist der Pauli denn überhaupt zurechnungsfähig?»

«Keene Ahnung, Rita hat ma heute früh nur schnell den Schlüssel vom Laden jebracht, weil nachher een Handwerker kommt, wejen ihren Jaszähler.»

Onkel Ali seufzt. «Dit macht langsam keen Spaß mehr hier inne Jejend. Dit Vabrechen nimmt übahand. Ick gloobe, ich ziehe demnächst um. Neukölln soll sich sehr jemacht haben, ha ick jehört.»

70

Na toll, jetzt bin ich zur ersten Stunde ins Gymnasium gefahren, weil ich Vertretung in der Zehn habe, und kein Schüler ist da. Morgen werden sie alle behaupten, irgendwer hätte durchgegeben, die erste Stunde fiele aus oder auf dem Vertretungsplan hätte nichts gestanden oder keiner hätte ihnen Bescheid gesagt oder oder oder ... Aber gut, dann hab ich eben eine Freistunde. Das muss jetzt nicht unbedingt jeder mitkriegen, sonst schicken die mich womöglich noch in irgendeinen anderen Kurs. Also lieber ab in die Mensa.

Die Mensa vom Hermann-Hesse-Gymnasium ist groß und neu und sauber und nicht zu vergleichen mit unserer mickrigen Cafeteria. Aber es gibt keine knusprigen Simits wie bei Frau Özatay und auch keine leckeren Böreks, sondern nur pappige Brötchen und süße Teilchen.

Ups, dahinten in der Ecke sitzt ja Frl. Krise, sie isst eine Streuselschnecke und winkt mir zu.

«Was ist los mit dir, Frl. Krise? Seit wann isst du Kuchen zum Frühstück? Und wieso bist du überhaupt schon hier? Du hast doch erst zur Dritten!»

«Aber Basti hat zur Ersten, ich habe ihn mit dem Auto gebracht», sagt Frl. Krise ein bisschen verlegen und fegt die Krümel vom Tisch. «Bei dem schlechten Wetter!»

«Na, das muss ja Liebe sein!»

Frl. Krise kichert. Dann zeigt sie auf das große Fenster. «Guck mal da, der Peter kommt!»

Wie interessant! Bestimmt will sie mich bloß von ihrem Kuchenkonsum ablenken.

Peter Pommer sitzt auf einem Rennrad und fährt in einem weiten Bogen über den Schulhof zu den Fahrradständern. Er klettert etwas umständlich von seinem Gaul und sieht sich um.

«Seit wann kommt der denn bei so einem Regen mit dem Rad?»

«Vielleicht darf er wieder nicht Auto fahren, so wie damals, weißt du noch?»

Stimmt, vor zwei Jahren kam der Pommer auch eine Zeitlang nur noch mit dem Fahrrad in die Schule. Angeblich weil er sich fit machen wollte, dabei hatten sie ihm – wie sich später herausstellte – den Lappen abgenommen. Alkohol am Steuer, was sonst.

Peter schiebt sich lässig eine Zigarette in den Mund.

«Der wird doch wohl nicht auf dem Schulhof rauchen!», empört sich Frl. Krise. «Und überhaupt! Seit wann raucht der denn? By the way, Frau Freitag, der Basti hat gestern gesagt, das mit deinen Kippen aus dem Vorbereitungsraum könnte auch noch bös enden!»

«Wieso?»

«Na, weil die Polizei ja rausgefunden hat, dass da keine DNA von Kalle dran ist. Sie werden aber wissen wollen, wer es war, der da oben geraucht hat – es könnte ja der Mörder von Jessica gewesen sein.»

«Frl. Krise, meinst du ... die werden mir noch DNA abnehmen?»

«Nicht nur dir, uns allen. Und vielleicht auch die Fingerabdrücke ...»

Mir wird schlecht. DNA abnehmen ... Tut das eigentlich weh? Der Tag fängt ja gut an.

«Wie macht man das eigentlich mit der DNA, Frl. Krise? Muss da nicht so was aus einem Knochen rausoperiert werden?»

«Nein, Frau Freitag, du verwechselst das mit der Stammzellenspende. Dabei wird Knochenmark aus dem Beckenkamm entnommen. An DNA kommt man viel leichter ran. Man braucht ja nur ein paar Körperzellen, 20 reichen schon. Man rollt da einfach ein Wattestäbchen über die Mundschleimhaut ...»

«Aber das kostet doch bestimmt voll viel, von uns allen die DNA zu bestimmen!»

«Für Recht und Gerechtigkeit darf nichts zu teuer sein!»

«Wieso sind die blöden Kippen eigentlich nicht verbrannt? Stand da nichts in der Akte drüber?»

«Nicht dass ich wüsste, Frau Freitag. Aber reg dich ab! Die werden dich schon nicht lebenslang wegen Mordes einbuchten, du bekommst höchstens ein paar Jahre, weil du im Klassenraum geraucht hast.»

«Im Kunstraum!»

«Na, das ist doch dasselbe!»

«Hm.»

«Ich glaube, ich hole mir noch einen Kaffee. Ich hab so schlecht geschlafen heute Nacht. Mir geht das mit dem Pauli nicht aus dem Kopf. Ich hätte nie gedacht, dass der jemanden umbringen könnte.»

«Frl. Krise, du glaubst doch nicht im Ernst, dass der das war! Nie und nimmer. So ein Softie wie der Pauli, der schlägt doch einen Kerl wie Kalle nicht tot.»

«Aber der Pauli ist doch verrückt. Wer weiß, was sich in seinem kranken Kopf abgespielt hat. Basti sagt, er glaubt, die Rita hätte den da irgendwie reingeritten! Das mit dem Handy wäre komisch. Aber ich kann mir das nicht vorstellen.»

«Frl. Krise, du bist ganz schön gutgläubig. Woher willst du wissen, dass die Rita nicht ihre Finger im Spiel hat? Nur weil sie so nett ist und gut Kuchen backen kann? Die Rita, die Rita ... wer weiß, was die alles auf dem Kerbholz hat. Wir kennen die doch eigentlich gar nicht richtig.»

«Aber sie hatte doch mit dem Verhältnis von Jessica und Kalle gar nichts zu tun und auch nicht mit den krummen Geschäften von den beiden.»

«Das sagt SIE, und wir kennen ja nur ihre Version!»

«Aber wir wissen, was Mesut über die beiden erzählt hat. Und der meinte doch auch ...»

«Was Mesut sagt, haben wir von Onkel Ali. Und der ist ja wohl alles andere als neutral in seiner Beurteilung, wenn es um ein Mitglied seiner Familie geht. Also, du kannst sagen, was du willst, die Rita ist und bleibt für mich irgendwie undurchsichtig. Und übrigens, Frl. Krise, tut mir leid, wenn ich dir das sagen muss, dein Basti ist mir auch nicht ganz geheuer. NIE hatten wir ein Feuer, und kaum taucht der Herr Huber auf, ehrenwertes Mitglied der Freiwilligen Feuerwehr, da brennt's hier an allen Ecken und Enden.»

«Frau Freitag, jetzt reicht's aber. Wenn du den Basti verdächtigst, dann verdächtige ich dich zurück! Ich sage nur ‹Kippen›!»

«Frl. Krise, du hast doch früher selbst ger...»

«Pscht, Frau Freitag, da kommt der Pommer!»

«Guten Morgen, die Damen, darf ich mich zu euch setzen?»

«Gerne!»

Wie der Pommer aussieht! Irgendwie ramponiert, ganz so, als ob er gestern zu viel getrunken hätte. Sein Gesicht ist aufgedunsen, die Augen gerötet. Er setzt eine kleine Flasche Orangensaft an seine Lippen und trinkt sie in einem Zug aus. Das ist garantiert Nachdurst.

Als könnte er meine Gedanken lesen, sagt er: «Radfahren macht immer so 'n Brand!»

Hm, klar, Herr Kollege, vor allen Dingen Radfahren, haha.

«Seit wann rauchst du eigentlich, Peter?», fragt Frl. Krise und runzelt die Stirn.

Der Pommer hustet. «Ja ... nein ... ich rauche nicht, ich zieh nur ab und zu mal eine durch. Manchmal muss das einfach sein!»

«Aha. Aber doch wohl nicht auf dem Schulhof! Wir haben

nämlich gesehen, wie du kamst», sagt Frl. Krise. «Ist dein Auto kaputt?»

Der Pommer schüttelt den Kopf.

«Aha, du willst dich wieder fit machen, was? Radfahren ist da ja auch super! Ich geh jetzt auch immer zum Sport, das heißt, ich war erst einmal, aber ich will jetzt mindestens dreimal die Woche in ...»

Frl. Krise redet, als bekäme sie es bezahlt.

Der Pommer seufzt. «Verkauft! Ich hab's verkauft! Mein Auto ...»

«Was?» Jetzt bin ich gebügelt. Der Pommer hat so einen total fetten BMW, der hat dreißig- oder vierzigtausend Euro gekostet, und auf den war er immer stolz wie Bolle. Man hatte direkt das Gefühl, der war für ihn so eine Art Körperteil. Wieso verkauft der den Schlitten auf einmal?

«Aber warum hast das gemacht, Peter? Der war doch noch ganz neu, oder?»

«Ja, Frau Freitag, stimmt. Aber ich kann mir den Wagen einfach nicht mehr leisten. Ich bin pleite – sozusagen ...»

71

«Frl. Krise! Was darf ich Ihnen bringen?»

«Bitte erst mal nur eine Cola light, ich warte noch auf jemanden!»

«Gerne.» Der Kellner, wenn man so ein hochtrabendes Wort für eine Bedienung in einem Imbiss überhaupt gebrauchen will, ist Timur, ein ehemaliger Schüler von uns, und das kleine Lokal liegt gleich neben der Schule. Vor dem Brand sind wir hier oft essen gegangen.

Timur wedelt mit einer Serviette über den Tisch. «Wie geht es Ihnen denn, Frl. Krise? Ich hab Sie so lange nicht gesehen!»

«Ja, du weißt doch, wir sind im Moment ausquartiert!»

Timur legt sein Gesicht in traurige Falten. «Schrecklich, schrecklich, wir haben das ja alles mitgekriegt. Den Brand und die tote Frau und alles ... Können Sie überhaupt noch mal zurück in das Gebäude?»

«Doch, doch, natürlich. Aber die Baumaßnahmen dauern sicher noch eine Weile.»

Timur grinst. «Ehrlich gesagt, als Schüler war das eigentlich genau mein Traum: Die Schule brennt! Wär ja auch schon beinah mal passiert, damals bei uns in Kunst! Wissen Sie noch, Frl. Krise, wie Shirin ...»

«Oh nee, Timur, hör bloß auf!»

Ich erinnere mich gut daran: Ich war im Unterricht kurz aus dem Raum gegangen, und die dusselige Shirin hatte nichts Besseres zu tun, als irgendwas auf ihrem Tisch anzuzünden. Als ich wiederkam, warf sie das halbbrennende Teil schnell in den nächstbesten Papierkorb. Ich konnte es gerade noch rausfischen, ehe der ganze Papierkorb in Flammen aufging, aber weil es schon so doll brannte, musste ich es wieder fallen lassen – und es fiel genau in Shirins Schultasche, die vor mir auf dem Boden lag – na ja, es war mehr eine Handtasche, hellblaues Krokoimitat. Alle schrien natürlich wie am Spieß, besonders Shirin. Emre rettete die Schule und uns, er schnappte sich die Tasche und beförderte ihren Inhalt plus Feuerchen ins Waschbecken.

«Der Emre! Ohne den ... hahaha!» Timur lacht laut und schiebt ab.

«Ich nehme dann Icli köfte», rufe ich ihm hinterher.

Ich habe Emre und Ömür als Dankeschön für ihre Hilfe

beim Praktikum zum Essen eingeladen, aber Emre sei auf einer Fortbildung, erklärt mir Ömür, als er endlich kommt.

«Er hat übrigens großes Lob bekommen vom Chef.» Ömür klatscht albern in die Hände. «Weges seiner angeblich verbesserten Rechtschreibung, hahaha! Hava war super! Sie hat alles verbessert, was er in letzter Zeit geschrieben hat.»

Timur serviert Ömür, ohne nachzufragen, einen riesigen Döner, und ich bekomme meine Köfte. Hm, sie sind schön dunkel gebraten, so, wie ich es mag.

Ömür erzählt mir mit vollem Mund, dass seine Mutter neuerdings in einem türkischen Supermarkt am Herrmannplatz arbeitet. Er ist hin- und hergerissen. Einerseits findet er es gut, dass sie endlich etwas verdient, andererseits befürchtet er, dass sie ihm nun nicht mehr die nötige Aufmerksamkeit schenkt.

«Mensch, Ömür, das gibt's doch nicht! Du musst langsam zu Hause ausziehen und auf eigenen Beinen stehen. Hast du denn immer noch keine Freundin? Was ist denn aus dieser Daniela geworden, die du ...»

Ömür schüttelt den Kopf. «Meine Mutter will unbedingt, dass ich ein türkisches Mädchen heirate», sagt er. «Sie hat Angst, ein deutsches Mädchen könnte so sein wie ... wie Jessica. Mesut hat ihr zu viel von der erzählt.»

«Ach, und da lässt du deine Freundin laufen, nur weil deine MUTTER das will? Die war doch sehr nett, die Danny, oder?»

«SIE wollte nicht mehr, SIE hat Schluss gemacht», gesteht Ömür. «Letzte Woche. Sie hatte die Nase voll von meine Familie, meine Mutter war aber auch nicht gerade freundlich zu sie.»

«Zu ihr!»

«Ja, sag ich doch.»

Ömür seufzt und putzt sich den Mund ab. «Aber mal ehrlich, Frl. Krise, bei deutsche Mädchen weiß man nie, oder?»

«Man weiß nie WAS? Du kannst mit ALLEN Frauen Überraschungen erleben, Ömür!!! Davon mal abgesehen sind doch auch nicht alle deutschen Mädchen so wie Jessica. Die war ja wirklich extrem! Apropos, seid ihr eigentlich immer noch nicht weiter in ihrem Fall?»

Ömür wiegt sein Haupt wichtig hin und her und schweigt.

«Aber den Mörder von Karsten Schröder habt ihr gefasst, hörte ich.»

«Den mutmaßlichen ... Frl. Krise.»

«Ja, gut, den mutmaßlichen dann eben. Ehrlich gesagt, Ömür, dem Pauli hätte ich das niemals zugetraut!»

«Das ist ja auch noch nicht bewiesen, dass er es war, Frl. Krise.»

«In der Zeitung stand aber doch, er hätte die Tat gestanden und die Polizei ginge davon aus, dass er der Tä... äh, der mutmaßliche Täter ...»

«In der Zeitung steht viel, aber eben nicht alles, Frl. Krise.»

«Also war er es nicht?»

«Das hab ich nicht gesagt, Frl. Krise. Die Kollegen sind dran – es gibt da wohl noch ein paar kleine Ungereimtheiten in seiner Geschichte.»

«Hm. Aber ... warum hat er das nur gemacht, frag ich mich, also, falls er es war.»

«Na ja, er war wohl irgendwie krankhaft abhängig von Rita. Er wollte sie immer vor ihrem Exmann beschützen.»

«Die waren aber doch schon längst getrennt, der Kalle und sie!»

«Ja, schon. Aber als sich Rita so Sorgen um ihren Ex machte, fürchtete Paul anscheinend, sie würde ihn wieder bei sich aufnehmen, wenn er zurückkommt, und da hat er ihn dann ...»

«Ach so. Und woher wusste er, wo der Kalle sich aufhielt?»

«Frl. Krise, erstens weiß ich das auch nicht alles, und zweitens darf ich nicht alles sagen, was ich weiß.»

«Okay, okay, ich verstehe. Ömür, ich glaube, der Pauli hat eine Praktikantin und mich im Keller der Psychiatrie eingesperrt. So ganz ohne ist der nicht, aber Mord?»

Ömür grinst. «Das mit dem Keller haben die uns in der Klinik schon erzählt. Er war wohl wütend auf deine Praktikantin, weil die irgendwas über ihn geschrieben hat, was ihm nicht gefiel. In ihrem Praktikumsbericht.»

«Sieh mal einer an. Hatte ich doch recht! Er war's. Aber mit Jessicas Tod hat der Pauli nichts zu tun, oder?»

«Nein, damit natürlich nicht! Wie kommen Sie darauf? Die beiden Morde scheinen nichts miteinander zu tun haben. Jedenfalls sieht es im Moment danach aus!» Ömür schiebt seinen Teller beiseite. «Puh, das war lecker. Die machen hier echt den besten Döner weit und breit. Soll ich uns noch Nachtisch holen, Frl. Krise?»

«Für dich gerne, Ömür, aber für mich nicht, danke!»

Ömür schlendert an die Theke und studiert die Auswahl der Desserts. Bestimmt bestellt er sich jetzt Künefe oder diesen süßen Grießkuchen. Aber soll er ruhig so viel essen, wie er will, Hauptsache, er bleibt in Plauderlaune.

Timur versorgt uns mit Tee und Kaffee und stellt zwei Stück türkischen Mohnkuchen dazu. Da soll man nun «nein» sagen!

«So, guten Appetit, Frl. Krise!»

«Danke, Ömür. Du, ich hab nur noch eine Frage ...»

«Aber jetzt nix mehr zu den Morden!»

«Nee, bloß zu den Zigarettenstummeln aus dem Vorbereitungsraum. Wisst ihr inzwischen, von wem die sind?»

Ömür seufzt. «Warum sind Sie nicht zur Polizei gegangen, Frl. Krise? Wenn Sie sich so für Verbrechen interessieren.»

«Ach, ich wüsste es einfach gerne mit den Zigaretten. War ja mein Arbeitsplatz, an dem sie gefunden wurden.»

«Na ja, stimmt. Wir vermuten, die waren von Schülern oder Kollegen. Es gibt jedenfalls keine Spuren, die andere Schlüsse zulassen. Vielleicht haben SIE ja da oben geraucht, Frl. Krise? Hahaha!»

«Pfff, sehr lustig!»

«Oder es war Frau Freitag!» Ömür verschluckt sich vor Lachen. «Wie Sie gucken, Frl. Krise! War doch nur Spaaaaß!»

72

«Frau Freitag, hast du jetzt nicht auch in der Grundschule Unterricht? Soll ich dich mit rübernehmen? Ich muss auch dahin!»

«Au ja. Bist du mit dem Auto?»

«Ja, natürlich! Zu einer Fahrt auf meinem Radgepäckträger würde ich dich wohl kaum einladen.»

«Da würde ich mich auch bedanken, Frl. Krise. Hach, so ein Auto ist doch eigentlich was Feines. Warum hab ich keins?»

«Ja, das frage ich mich schon lange ... Du, Frau Freitag, ich komme nicht darüber weg, dass der Pommer seine Karre verkauft hat. Krass, oder? Der Mann ist doch so ein eingefleischter Autofahrer. Ich kann mir immer noch nicht vorstellen, dass er wirklich all sein Geld für diese Jessica verballert haben soll!»

«Scheint aber so zu sein, Frl. Krise, wenn er jetzt blank ist. Er ist alleinstehend und verdient nicht schlecht, er müsste Geld in Hülle und Fülle haben. Soweit ich weiß, ist er weder spielsüchtig, noch hat er teure Hobbys, und verreisen tut er auch nicht, er hat doch ein kleines Segelboot am Müggelsee. Hat er dir an dem Abend in der Bar nicht gesagt, Jessica hätte 10 000 Euro von ihm haben wollen? Das ist doch nicht mal soooo viel. Das hätte der doch locker abdrücken können! Andererseits ... er ist geschieden, oder? Das kann auch teuer sein, bestimmt muss er noch monatlich einiges für seine Ex abdrücken.»

«Ich weiß nicht, das hält sich bestimmt in Grenzen, Frau Freitag. Kinder hat er keine, und die Frau hat einen Job bei einer Versicherung. Ich vermute, das Auto hat ihn ruiniert, das hat ein Schweinegeld in der Anschaffung gekostet – viel mehr, als wir denken.»

«Rase mal nicht so, Frl. Krise, mir wird ganz schlecht auf dem Kopfsteinpflaster hier.»

«Sorry, Frau Freitag, ich fahre genau 33 Stundenkilometer. Ich kann ja nichts dafür, dass meine arme kleine Karre so schlecht gefedert ist, jedenfalls im Vergleich mit dieser Luxuskarosse vom Pommer.»

«Der Mesut fährt auch so ein fettes Teil. Da frage ich mich auch schon die ganze Zeit, wie der das finanziert. Weißt du eigentlich, wo der arbeitet, Frl. Krise?»

«Onkel Ali hat mal was von einem Handyshop gesagt. Ich glaube, Handyking oder so ähnlich heißt der Laden, der muss irgendwo in der Hermannstraße sein.»

«Na, da wird er ja auch keine Reichtümer verdienen. Von seinem Lohn kann der sich so einen Wagen nicht leisten. Die Familie wird ihm den gekauft haben – die haben sicher alle zusammengelegt, damit sich der arme Junge ein schönes Auto ...»

«Aber Onkel Ali hat bestimmt nichts dazugegeben! Der fährt doch selbst nur einen klapprigen alten Opel!»

«Oder Mesut macht krumme Geschäfte. Import/Export. Und wer weiß, ob der nicht auch von Jessicas Nebeneinkünften profitiert hat.»

«Aber die sind doch schon ewig auseinander, die beiden, Frl. Krise.»

«Na und? Er hat sie dann noch vor Kalle beschützt, und sie hat sich eben revanchiert. Wir wissen doch gar nicht, wie ihr Verhältnis zum Schluss war. Ich meine, vielleicht war er ja sogar so etwas wie ihr Zuhälter. Und das Geld vom Pommer floss direktemang zu Mesut!»

«Oh Gott, Frl. Krise, wenn wir so was im Beisein von Onkel Ali äußern, spricht der nie mehr mit uns.»

«Ja, stimmt, Frau Freitag, aber mal ernsthaft: Glaubst du echt, dass Mesut was mit den Morden zu tun hat?»

«Nee, mit Jessicas Mord nicht. Er würde doch nicht die Kuh, die ihm Milch gibt, schlachten! Aber er könnte was mit Kalles Tod zu tun haben. Vielleicht sind die zwei aneinandergeraten, wegen Jessica oder wegen irgendwelcher krummen Geschäfte ...»

«Hm, das wäre möglich. Und dann noch was: Weshalb hat Jessica eigentlich immer noch geputzt, wenn sie mit den diversen Herren so gut verdient hat, Frau Freitag?»

«Tja ... vielleicht um sich einen normalen Anstrich zu geben oder um etwas auszuspähen oder um betuchte Kundschaft wie den Pommer zu akquirieren – oder: Vielleicht war sie auch einfach ein Putzteufel?!»

73

Nachts schlafe ich neuerdings schlecht. Ich werde meistens gegen drei Uhr wach und fange an zu grübeln. Tabletten will ich nicht nehmen, und meine Versuche, mit warmer Honigmilch, Baldriantee, Bier, Domian, Büchern und Selbsthypnose wieder einzuschlafen, bringen alle nichts. Neulich bin ich sogar um halb vier aufgestanden und habe vor Verzweiflung gebügelt, aber auch das hat nichts genützt.

Diese ganze Brandgeschichte hat tief in mein Leben eingegriffen. Mein Arbeitsplatz, genauer gesagt, der Ort, an dem ich gearbeitet habe, ist zerstört, die gutgeölte Teammaschine der Kollegen läuft nicht mehr rund, und die Schüler sind völlig durch den Wind. Mein ganzes Umfeld: Alle leiden irgendwie unter den Folgen, aber einige hat es besonders schlimm erwischt, zum Beispiel den Pommer. Der ist völlig am Boden. Und dann der Fischer. Was mit dem los ist, wissen wir gar nicht genau. Er ist krankgemeldet und gut unterrichtete Kreise – die Nolte – behaupten, er hätte sich aufs Land zurückgezogen. Sogar unser Verhältnis zu Onkel Ali ist angeknackst, seitdem wir uns kritisch gegenüber Mesut geäußert haben.

Mein Privatleben ... okay, die Sache mit Basti hat eigentlich nichts mit all den Vorfällen zu tun. Obwohl, wer weiß! Wären wir nicht so durchgeschüttelt worden, hätte ich mich vielleicht gar nicht auf ihn eingelassen. Männe wird wohl demnächst wiederkommen, ich muss mir langsam Gedanken darüber machen, was beziehungsweise wen ich will.

Nach diesen schlaflosen Nächten bin ich morgens völlig zerschlagen. Wenn Basti mir nicht immer den Kaffee ans Bett bringen würde, käme ich jeden Morgen zu spät in die Schule.

Und da sitze ich dann – wie heute im Lehrerzimmer des Gymnasiums –, fühle mich wie eine Hundertjährige und wünsche mir die alten Zeiten zurück.

«Kopf hoch, Frl. Krise», sagt der Büchner und setzt sich vor einen der schicken teuren Rechner. «Irgendwann werden die ja mal mit dem Dach und dem Kunstraum fertig werden, und dann habt ihr es schöner als je zuvor!»

«Ihr» sagt er, nicht «wir», ER scheint nicht mehr zurück an die Julie-Manet-Schule zu wollen, er möchte wohl lieber im Gymnasium bleiben. Deshalb schleimt er sich auch bei der Arndt ein, er hofft, dass sie sich für ihn einsetzt.

Der Pommer hockt an seinem Platz wie ein Häufchen Unglück. Das Radfahren ist sicher körperlich gut für ihn, aber nicht mental. Mit einem Seufzer stellt er seine Kaffeetasse auf der *B. Z.* ab. Komisch, er liest die Zeitung gar nicht mehr. Früher hat er doch immer vor dem Unterricht geräuschvoll darin herumgeblättert und so lange «Hm, hm, hm» oder «Tzz, tzz» gesagt, bis einer von uns gefragt hat: «Was gibt's denn Neues, Peter?» Und dann hat er wichtig vorgelesen, so, als ob er persönlich der Schreiber des Artikels gewesen wäre.

Die Aufgabe des Vorlesers hat neuerdings der Büchner übernommen. Allerdings liest er nicht die *B. Z.*, er tut es nicht unter dem *Spiegel* oder der *Süddeutschen*. Natürlich auch gerne online. Seine Taktik, uns neugierig zu machen, ist der Pommer'schen allerdings nicht unähnlich.

«Ach, sieh mal einer an», sagt er, «bringen die das auch schon …»

«Was denn, Herr Dr. Büchner?», fragt prompt die kleine dunkelhaarige Studienrätin mit dem nervösen Augenzwinkern, die immer um ihn herumscharwenzelt.

«Na ja, sie meldeten es ja schon gestern Abend auf RBB in

der Abendschau …», murmelt der Büchner, als ob er ihre Frage nicht gehört hätte.

Oh Mann, sich wichtigmachen haben alle Männer gut drauf – ich glaube, dafür können sie nichts, das muss genetisch bedingt sein.

Nun dreht sich der Büchner um, steht auf, sagt knapp: «Paul H. ist wieder frei», und setzt sich auf seinen Platz neben dem Voss.

«HÄ?» Frau Freitag und ich sehen uns an. Pauli ist frei? Wir stürzen an den Computer. Ich sitze als Erste auf dem Drehstuhl und lese:

Paul H. frei

Die Berliner Polizei hat den mutmaßlichen Hauptverdächtigen Paul H. im Fall Karsten S. gestern Abend aus der Untersuchungshaft entlassen. Ihm konnte eine Schuld am Tod von Karsten S. nicht nachgewiesen werden. Paul H. bestritt die Vorwürfe von Anfang an, und sein Anwalt bestätigte, dass seine Unschuld nun zweifelsfrei erwiesen sei. Paul H. befand sich seit seiner Festnahme in einer psychiatrischen Klinik und wurde nun aus gesundheitlichen Gründen in eine andere Klinik verlegt.

Wie die Pressesprecherin der Berliner Polizei erklärte, sei auch der Fall Jessica B., der ehemaligen Verlobten von Karsten S., weiterhin offen. Zu der Frage, ob Karsten S. als Verdächtiger wieder stärker im Fokus der Ermittlungen stehe, wollte sich die Sprecherin nicht äußern.

Die Staatsanwaltschaft war für eine Stellungnahme nicht zu erreichen.

«Das ist ja ein Ding», sagt Frau Freitag. «Der Pauli war es also nicht! Hab ich mir ja gleich gedacht!»

«Aber wie kam er an Kalles Handy?»

Frau Freitag zuckt mit den Schultern. «Keine Ahnung.»

Der Pommer hebt den Kopf und blickt uns aus trüben Augen an. «Was steht da über Jessica? Ich hab's nicht richtig mitbekommen.»

«Eigentlich nichts, Peter. Außer dass der Fall offen ist. Meinst du, dass die jetzt wieder mehr den Kalle verdächtigen, Frl. Krise?»

«Ich blick's nicht so ganz, Frau Freitag! Dieser Artikel ist sehr dunkel. Um mehr zu erfahren, werden wir andere Quellen anzapfen müssen ...»

Andere Quellen ... Wer kann noch etwas über Pauli wissen? Ömür hatte ich gerade erst in der Mangel, Rita hat ihren Laden immer noch geschlossen und ... Mir fällt niemand mehr ein.

Oder doch! Viola. Ja, genau! Sie ist die Einzige, die zu Pauli Kontakt hatte! Vielleicht weiß sie noch irgendwas.

Das Praktikum ist zu Ende, die Schüler sind wieder in der Schule, aber leider habe ich keinen Unterricht in ihrer Neun. In der Mittagspause latsche ich über den Schulhof und verrenke mir den Hals, um Viola zu finden. Das ist total schwierig, alles hier am Gymnasium ist viel weitläufiger als bei uns. Niemand aus dem Jahrgang ist in Sicht. Also ab in die Mensa, vielleicht schwirrt sie da mit den anderen herum.

An der Essensausgabe stehen alle brav in einer Schlange, sogar ein paar Schüler aus unserer Schule sind dabei. Wow, das Gymnasium scheint erzieherische Wirkung zu haben. Bei uns in der Cafeteria gab es doch oft Gedrängel und Geschubse – allerdings haben wir auch nicht wie hier kleine Geländer, die

die Wartenden in der Spur halten. Es riecht irgendwie streng. Nach Blumenkohl oder so. Nicht lecker. Ich esse hier heute nichts. Ich werde gegen Abend Pizza backen. Frau Freitag und ich wollen uns einen netten Abend machen. Sie muss mir dann auch mal endlich zeigen, wie dieses komische Doodle Line Art geht, nach dem neuerdings alle Schüler fragen.

Nimet und Hava winken mir zu. «Frl. Krise, Frl. Krise, Hamid sagt, Physikunterricht in achte Stunde fällt aus! Der Pommer ist nicht da!»

«Unsinn. Der *Herr* Pommer ist sehr wohl da. Steht denn was auf dem Vertretungsplan?»

Die beiden schütteln den Kopf.

«Also, Mädels! Dann ist doch alles klar, oder? Wisst ihr zufällig, wo Viola ist?»

«Die ist krank!», sagt Hava, und Nimet nickt.

Viola ist also nicht da, Mist. Dann wird das nichts mit den «anderen Quellen».

«Hm. Okay, danke erst mal, und wehe, ihr zwei geht nicht zu Physik! Dann gibt's heiße Ohren!»

«Ach, Frl. Krise ...!» Die Mädels kichern hinter mir her.

Bin ich froh, dass ich keinen Physikunterricht mehr habe, puh. Und auch noch in der achten Stunde! Die armen Kinder. An der Uni musste ich ja auch Physik belegen, das war dermaßen sauschwer, und behalten habe ich nichts.

«Frl. Krise, Frl. Krise, warten Sie mal!» Ich drehe mich um. Hava fuchtelt mit ihrem Handy und taucht unter dem Geländer durch.

«Ich hab Viola geschrieben, dass Sie nach sie gefragt haben. Gucken Sie, was sie schreibt!»

«Hava, Handys sind doch in der Mensa verboten, wenn ich richtig informiert bin! Zeig mal her!»

Hava hält mir das Display entgegen: *Sie soll mich anrufen*, lese ich.

«Wieso das denn?»

«Keine Ahnung, Frl. Krise!»

Zum Glück habe ich die meisten Telefonnummern meiner Schüler im Smartphone gespeichert. Aber hier kann ich nicht telefonieren, in diesem Krach. Sehr gut, das kleine Elternsprechzimmer neben der Mensa ist leer. Ein unwirtlicher Raum, kahl und düster. Ideal zur Überbringung schlechter Nachrichten ... egal jetzt, Hauptsache, ich habe ein paar Minuten Ruhe. Das Schreckliche am Lehrerberuf ist ja diese permanente Öffentlichkeit, nicht mal auf dem Klo ist man alleine.

«Hallo?»

«Hallo, ich bin's, Viola, Frl. Krise!»

«Frl. Krise, ich bin nicht in der Schule, wollte ich Ihnen nur sagen.»

«Ja, das habe ich schon gemerkt. Hava meinte, ich soll dich anrufen, was ist denn los?»

«Frl. Krise, ich darf nicht in die Schule kommen ...», Viola schluchzt auf, «meine Mutter lässt mich nicht.»

«Was? Warum denn nicht?? Was ist passiert?»

«Aber nicht weitererzählen, Frl. Krise! Also, ich war am Samstag bei einer Freundin, und wir haben da heimlich was getrunken – nur so aus Spaß –, und ich hab voll gekotzt, in den Flur von ihrer Wohnung, als ich aufs Klo wollte, und ihr Vater hat mich nach Hause gefahren, und meine Mutter hat voll geschimpft – also, am nächsten Tag, als ich wieder nüchtern war. Sie hat gesagt, zur Strafe darf ich nicht mit auf Klassenfahrt oder so. Da hab ich gesagt, ich hätte doch nur wegen der Psychiatrie so viel getrunken, also wegen meinem

Praktikum. Weil der Mörder uns eingeschlossen hat, Sie und mich. Ich hätte das nicht verkraftet, ich hätte einen seelischen Trauma sozusagen. Als Ausrede, verstehen Sie?»

Ich muss mir das Lachen verbeißen. Die Dame ist ganz schön clever – wie sie mit den Begriffen jongliert, die sie gelernt hat!

«Das hat sie dir geglaubt?»

«Ja, klar, weil sie sowieso nicht begeistert war von dem Platz, und jetzt will sie erst mal mit Ihnen sprechen, ehe ich wieder in die Schule darf. Sie sagt, dass ich sofort zum Schulpsychologen muss oder so. Sie hat Sie heute Morgen schon angerufen, aber die Sekretärin hat gesagt, Sie wären im Unterricht.»

«Ja, war ich auch. Mal ganz ehrlich, Viola, weshalb hast du denn so viel getrunken?»

«Nur so, Frl. Krise. War auch gar nicht soooo viel, aber wir hatten so Wodka und Limo getrunken, und das war voll lecker, und ich trink ja sonst nie was, und da ...»

«Ich verstehe. Und das mit der Psychiatrie ...»

«Das war doch gar nicht sooo schlimm da. Mit dem Einschließen, das war doch nur in dem Moment schlimm, als wir da in dem komischen Raum waren. Nachher hat mir das gar nichts mehr ausgemacht! Das hab ich doch nur so gesagt zu meiner Mutter, als Ausrede.»

«Aber Viola, macht dir das denn nichts aus, ich meine, mit dem Pauli? Du hattest es ja wirklich mit jemandem zu tun, der im Verdacht stand, jemanden umgebracht zu haben.»

«Ach, nee. Eigentlich nicht. Ich mochte den doch. Und auf Station hat keiner geglaubt, dass der so was Schlimmes gemacht hat. Außerdem war er ja auch schon vor der Verhaftung gar nicht mehr bei uns, sondern in der Tagesklinik.»

«Und nach der Verhaftung?»

«War er auch nicht bei uns, da war er in der Geschlossenen.»

«Ach so. Und sonst weißt du nichts mehr über die ganze Sache? Ich meine, haben die Schwestern nichts ...»

«Doch, Schwester Edith hat gesagt, Pauli hätte ein Alibi gehabt und das Handy ...»

Viola hustet. Im Hintergrund klappt eine Tür, eine Frauenstimme sagt etwas, das ich nicht verstehen kann, und weg ist das Gespräch.

74

Ritas Laden scheint geöffnet zu sein. Jedenfalls kann ich schon von weitem das Leuchtschild sehen. Es ist hell. Juhu! Eigentlich wollte ich nur zu Onkel Ali, Zigaretten kaufen, aber jetzt geh ich sofort zu Rita. Cool – endlich Neuigkeiten. Frl. Krise hat ja nix rausgekriegt in ihren Gesprächen mit Viola und ihrer Helikoptermutti. Nur dass Pauli angeblich zur Tatzeit ein Alibi hatte.

Na toll, ist ja knallvoll, der Laden. Fast alle Stühle besetzt und Rita alleine hinter dem Tresen. Sie sieht schlecht aus. Kein Make-up, die Haare lieblos zusammengesteckt, vorne auf der weißen Schürze ein Kaffeefleck, und ihre Fingernägel sind auch nicht lackiert, ganz ungewöhnlich.

Ich stell mich mal an und kauf ein bisschen Kuchen.

Warum hatte Rita eigentlich den Laden geschlossen? War sie krank? Schnupfen, Husten, Grippe? Oder hatte sie womöglich einen Nervenzusammenbruch? Wundern würde mich das nicht: Zwei schreckliche Mordfälle geschehen in ihrer Familie beziehungsweise in ihrem engen Umfeld, sie wird Witwe, ihr Sohn Halbwaise, ein guter Freund scheint der Täter zu sein und last but not least auch noch die Belastung durch ein neues Geschäft mit allem, was dazugehört.

Aber es kann auch ganz anders sein ... Ich traue keinem und keiner mehr in dieser komischen Geschichte. Basti, Pommer, Fischer, Rita, Mesut ... alle sind irgendwie verdächtig, sogar der Büchner könnte ... ups, ich bin dran.

«Hallo, Rita, wie geht's?»

«Ach, frag mich nicht, Frau Freitag. Beschissen ist noch geprahlt.»

«Kann ich mir vorstellen. Hab's gelesen mit dem Bärchen. Aber er ist ja wieder frei!»

Rita nickt. Sie sieht bedrückt aus. «Was darf ich dir geben, Frau Freitag?»

«Käsekuchen. Gib mir bitte zwei Stückchen. Zum Mitnehmen.»

«Gerne. Schade, dass wir nicht reden können, aber es ist gerade zu viel los.»

«Ja, blöd. Wann machst du denn Schluss heute Abend?»

«Ach, erst um halb sieben.»

«Du, Rita, ich bin um sieben mit Frl. Krise verabredet. Sie will Pizza backen. Komm doch einfach dazu! Das tut dir bestimmt gut, mal rauszukommen.»

«Ich weiß nicht, Frau Freitag – so, das macht drei Euro zwanzig –, ich bin abends immer so fertig, also psychisch, meine ich.»

«Ebendrum! Du musst mal auf andere Gedanken kommen! Ich hol dich ab! Okay?!»

«Eigentlich hast du recht. Na gut. Aber ... bitte, sei nicht böse, wenn ich dann vielleicht doch nicht mehr mitwill.»

75

Schon gleich halb sechs! Und bei Kaiser's ist es brechend voll. Warum gehen alle Leute um diese Uhrzeit einkaufen? Dieser schleichende Rentner vor mir zum Beispiel, der sitzt doch den ganzen Morgen nur rum, und dann nimmt er den ganzen Nachmittag Anlauf, um genau jetzt, wenn alle von der Arbeit kommen, einkaufen zu gehen!

Ärger dich nicht, Frl. Krise, konzentrier dich lieber. Für die Pizza brauchst du auf jeden Fall Mehl, Käse, Tomaten, Champignons und Schinken. Und Wein. Und Bier, falls Basti früher vom Fußball kommt. Wasser für alle ist noch da – ach ja, aber O-Saft muss ich noch nehmen. Frau Freitag will bestimmt nichts Alkoholisches trinken. Nikotin – das genügt ihr. Ich hab's ja lieber andersherum ... saufen statt rauchen.

So, erst mal zum Gemüse. Zwiebeln, Tomaten, Rosmarin, ein bisschen Rucola. Und für morgen vielleicht Broccoli – ach nee, für morgen kaufe ich morgen ein, sonst wird mir das alles zu schwer.

Mehl ... so, da ist es ja schon, aber die Hefe? Wo ist die denn? Sie müsste doch auch irgendwo hier sein, oder haben sie die dahinten bei den Nüssen und Rosinen versteckt? Ein komisches System ist das in diesem Laden, nie finde ich was auf Anhieb, immer muss ich suchen.

Oh Mist, ich hab die Champignons vergessen, also wieder zurück!

«Hoppla, nicht so eilig, junge Frau!»

Der Pommer! Ich hätte ihn fast umgefahren. Er schiebt keinen Wagen wie ich vor sich her, er hat nur eine Flasche in der Hand. Scotch, das sehe ich sofort.

«Ach duuu, Peter! Entschuldigung! Willst du dir auch noch was zum Abendbrot holen?»

«Abendbrot ...», murmelt der Pommer und lacht bitter auf. «Jaja, genau! Ein flüssiges Abendbrot!»

«Du willst dich doch nicht betrinken, oder?»

Er zuckt mit den Schultern. «Was soll ich machen ... Frl. Krise ...»

«Geh doch lieber raus! Verabrede dich! Bist du nicht mehr bei Parship unterwegs?»

Der Pommer gibt einen verächtlichen Laut von sich. «Nee, Frl. Krise, damit bin ich durch. Und was machst du heute noch? Groß kochen, oder was?»

«Ja, nee, eher backen. Pizza soll's geben, Frau Freitag kommt vorbei.»

«Und der Huber? Was ist mit dem? Wohnt der immer noch bei dir?»

«Ja schon, aber der ist zum Fußball weg. Hertha spielt heute.»

Der Pommer seufzt. Er hebt seine Flasche an. «Okay, Frl. Krise, dann will ich mal ... Tschüs, einen schönen Abend noch!»

«Tschüs, Peter!» Ich schiebe meinen Wagen weiter.

Der arme Kerl. Ich war ja nie seine beste Freundin, aber jetzt tut er mir leid. Den hat's echt erwischt. Zuerst total verliebt in Jessica, dann die Erpressung, die Filme und Fotos im Netz, der finanzielle Ruin – ach, so schnell kann also aus einem harten Hund ein weiches Würstchen werden ... seltsam, seltsam.

Ich drehe mich um. Der Pommer steht immer noch beim Mehl und stiert vor sich hin.

76

Ich bin ja mal gespannt, ob Rita mit zu Frl. Krise geht. Und noch gespannter bin ich, ob wir aus ihr herausbekommen, wie das mit Pauli-Bärchen war, wie er an das Handy kam und auch was die Polizei sagt, also – wen sie verdächtigt. Rita wird das wissen, als Freundin des Hauptverdächtigen ist sie ja bestimmt andauernd verhört worden. Wird allmählich Zeit, dass die Polizei zu Potte kommt, angeblich soll ja bei Mord die Chance für eine Aufklärung von Tag zu Tag sinken. Unsere «Ermittlungsergebnisse» waren auch ziemlich dürftig, nicht mal Havas Stick hat uns entscheidend weitergebracht. So eine Polizeiakte ist für Laien ganz schön schwierig.

Die Eingangstür des Ladens ist schon zugesperrt, aber Rita öffnet mir sofort.

«Frau Freitag, du schon! Ich bin leider noch lange nicht fertig. Ich muss noch die Kasse machen und hinten aufräumen. Es war dermaßen voll heute. Ich bin zu nichts gekommen! Und dann will ich noch Hefeteig ansetzen für morgen früh, du weißt doch, ich biete immer so einen selbstgemachten frischen Butterlochkuchen zum Frühstück an ...»

«Ich könnte dir ja helfen, Rita. Vielleicht die Tische abwischen oder Geld zählen oder so.»

«Lieb von dir, Frau Freitag, aber lass mal. Geh du nur zu deinem Essen und bestell Frl. Krise schöne Grüße und hab einen schönen Abend!»

«Ach, schade, Rita! Wenn du Lust hast, dann kannst du ja noch immer nachkommen ... hier, ich schreib dir die Adresse auf, ist ja direkt um die Ecke.»

77

«Danke fürs Hochtragen, Peter! Ohne dich hätte ich auf jeden Fall mindestens zweimal laufen müssen!»

«Gern geschehen!» Der Pommer wuchtet die schwere Tasche auf den Küchentisch.

«Frl. Krise, meinst du nicht, dass Frau Freitag sauer wird, wenn sie kommt und ich bin hier? Ihr wolltet euch doch einen netten Mädels-Abend machen.»

«Ach, Quatsch, Peter, die versteht das. So, setz dich, und hier hast du erst mal ein Glas. Das Wasser steht da, Bier ist im Kühlschrank. Ich muss mal schnell den Hefeteig zusammenrühren.»

Der Pommer setzt sich an den Küchentisch und schenkt sich großzügig ein – leider aus seiner Flasche.

«Prost!», sagt er und trinkt das Glas auf ex aus. Ach du Schande, hoffentlich betrinkt der sich jetzt hier nicht völlig. Bestimmt hat er den ganzen Tag noch nichts Vernünftiges gegessen, und Hochprozentiges auf leeren Magen, oje! Na, die Pizza wird ihm guttun, aber das dauert noch ein Weilchen, bis sie fertig ist.

Hefeteig ist der einzige Teig, den ich ohne Kochbuch kann, und während er auch schon im lauwarmen Backofen aufgeht, koche ich rasch eine Tomatenoße und schnippel Zwiebeln, Paprikaschoten und Champignons klein.

Peter drücke ich eine Reibe und ein Stück Käse in die Hand. Wenn er beschäftigt ist, kann er vielleicht nicht so viel trinken.

Mist, der Plan geht nicht auf – er legt immer wieder den Käse aus der Hand und nimmt einen Schluck.

Zwei große Gläser Scotch hat er schon weggehauen. Ich muss eingreifen, so geht das nicht weiter – es ist ja gerade erst halb sieben, der ist sonst völlig knülle, noch ehe das Essen fertig ist!

«Peter, man braucht eine Grundlage, bevor man was trinkt! Jetzt isst du erst mal ein schönes Brot!» Zum Glück ist noch Leberkäse im Kühlschrank – genau das Richtige für einen leeren Männermagen. «Und dazu ein großes Glas Wasser!»

«Danke.» Der Pommer guckt trübe am Wasser vorbei und beißt lustlos in das Brot. «Ich hab gar keinen Appetit in letzter Zeit», sagt er, «mir schmeckt nichts, hab schon drei oder vier Kilo abgenommen.»

«Das sieht man. Ist es, wei… es ist wegen Jessica, oder?»

Er zuckt mit den Achseln.

«Peter, ich versteh ja, aber das Saufen macht doch alles nur noch schlimmer. Wenn du nicht klarkommst mit deiner Trauer, musst du dir Hilfe suchen.» Ich setze mich an den Tisch und schaue ihm tief in die Augen.

Er weicht meinem Blick aus. «Phhh, Hilfe. Wer soll mir schon helfen? Mir KANN keiner helfen!»

«Natürlich kann dir jemand helfen! Du musst nur wollen, dich drauf einlassen. Es gibt zum Beispiel Trauergruppen. Oder du könntest eine richtige Psychotherapie machen. Das fände ich eigentlich am besten, weil …»

Der Pommer schüttelt den Kopf. «Das geht nicht!»

«Aber warum denn nicht? Viele Menschen fallen nach dem Tod eines Freundes oder Angehörigen in ein tiefes Loch und müssen sich helfen lassen.»

«ES GEHT NICHT. Basta!»

Mein Gott, der Pommer ist aber auch stur. Typisch Mann – glaubt, sein Kummer wäre einzigartig auf der großen weiten Welt, und bevor er sich helfen lässt, säuft er sich lieber tot.

Ich stehe auf und hole die Schüssel aus dem Backofen. Wenigstens der Hefeteig macht, was ich will, und ist super aufgegangen. Der Pommer schaut mit glasigem Blick zu, wie ich das Nudelholz schwinge. Jetzt noch die Soße drauf und ...

«Bist du fertig mit dem Käse, Peter?»

Natürlich nicht. Er hat schon wieder ein neues Glas Scotch in der Hand. Allmählich bereue ich, dass ich ihn mitgenommen habe. Das wird noch bös enden, wenn der so weitermacht.

«Du, Peter, einem Freund von uns ging es auch ähnlich. Seine Frau starb bei einem Unfall. Nachts auf der Autobahn. Und er kam überhaupt nicht mehr auf die Beine. Er ging dann in eine Trauergruppe. Da hat er ...»

«Das ist doch ganz was anderes!»

«Wieso? Der Unfall geschah auch ganz unerwartet, es war genau wie bei Jessica. Stell dir vor, nachts klingelt es bei dir, dann steht da die Polizei und sagt, deine ...»

«Die Bilder! Die Bilder!» Der Pommer lässt seinen Kopf auf die Arme sinken und schluchzt. «Der ... hat ... doch ... keine ... Bilder ... im Kopf!», stößt er abgerissen hervor.

«Bilder? Was meint du mit ‹Bilder›?»

Peter hebt seinen Kopf. Sein Gesicht ist nass von Tränen. «Der hat es doch nicht gesehen, der war doch nicht dabei!»

78

Ich habe ja so einen Hunger! Hoffentlich ist die Pizza fertig, wenn ich komme! Und hoffentlich ist sie schön dünn und knusprig und hat ALLES obendrauf. Käse, Tomaten, Paprika, Zwiebeln, Mais, Sardellen, Salami, Oliven, Schinken – einfach alles. Frl. Krise ist ja nicht unbedingt die beste Bäckerin, kochen kann sie gut, aber ihre Kuchen sind entweder klitschig oder staubtrocken. Das läge an ihrem alten Gasherd, behauptet sie immer, der hätte keine gescheite Einstellung. Na ja, sie könnte sich ja ohne weiteres einen neuen Herd leisten, aber ich glaube, Männe will da nicht so richtig ran. Der macht immer monatelange Markterhebungen, bevor er sich auch nur einen neuen Dosenöffner kauft. Ich wage mir gar nicht auszumalen, was passiert, wenn bei denen mal die Waschmaschine kaputt ginge …

RrrrrrrrrRrrrrrrrr

Jetzt ruft die Krise an und sagt, dass ich noch was aus dem Späti mitbringen soll. Garantiert. Da hat sie sich aber geschnitten, ich lauf keinen Meter zurück, ich bin ja schon an der Ampel vor ihrer Haustür.

«Jaaaaa, was gibt's, Frl. Krise?»

«Frau Frei…, hö… zu, es ist et…as g…z…»

«Sprich mal lauter, Frl. Krise, ich versteh dich so schlecht.»

«Ich ka… ni…t! Ge… m… wo… ru–iger …t.»

«Okay, warte, ich geh mal von der Straße weg. So, bin in einem Hauseingang. Was gibt's denn? Warum flüsterst du so?»

«Frau Freitag, komm ganz schnell, bitte, der Pommer ist hier und …»

«Ach nee, der Pommer! Auf den hab ich aber gar keinen Bock heute Ab…»

«Du weißt ja nicht, was hier los ist, Frau Freitag!! Ich bin jetzt auf dem Klo, ich muss aber sofort zurück zu ihm. Er war es! Er hat eben gesagt, dass er es war! Was machen wir jetzt?»

«Frl. Krise, hä? WAS war er?»

«Er hat das Feuer in der Schule …»

«NEIN!»

«Doch, doch, er wollte zu Jessica, und dann lag sie da. Sie war tot, sagt er, vielleicht hat jemand sie erschlagen, oder sie ist von der Leiter gefallen oder so, und er war ganz geschockt, und weil er dann schon alles angefasst hatte, hat er das Feuer gelegt ...»

«Oh Gott!»

«Ja, er hatte Angst, die Polizei würde ihn verdächtigen, wegen der Erpressung und der Filme und alles! Es war ihm gleich klar, dass das alles rauskommt.»

«Also – er hat sie nicht umgebracht?»

«Nein, er sagt, er weiß auch nicht, wer das war! Er hat nur den Brand gelegt, um seine Spuren zu vernichten, und mehr weiß er nicht. Oh Mann, Frau Freitag, wenn du jetzt kommst, sag erst mal nicht, dass ich dich angerufen habe. Er ist eh schon halb besoffen. Ich muss jetzt Schluss machen, er ist alleine in der Kü...»

«Frl. Krise! Das geht doch nicht! Du musst sofort die Polizei rufen!»

«Ja, ja, das machen wir, aber jetzt komm erst mal hoch, bitte, schnell, beeil dich!»

79

Der Pommer hat sich nicht von der Stelle bewegt. Er sitzt leicht schwankend auf seinem Stuhl und flüstert vor sich hin. Ich weiß gar nicht, was ich machen soll. Ihn trösten, ihn ablenken, ihm irgendwas erzählen, ihn aushorchen, bedauern, beschimpfen?

Ach, Mann! Keine Ahnung!

Am besten, erst mal die Pizza in den Ofen schieben! Ups,

jetzt hab ich vergessen, die Zwiebeln draufzutun, und scharfes Öl wollte ich doch auch noch ... Egal, völlig egal. Mir ist sowieso der Appetit vergangen.

Hoffentlich kommt Frau Freitag bald. Eigentlich hat sie recht, wir müssen sofort die Polizei benachrichtigen. Vielleicht ist der Pommer ja doch der Mörder von Jessica! Woher wollen wir denn wissen, ob er die Wahrheit sagt?

«Sie war schwanger, Frl. Krise», murmelt er, «schwanger. Wir hätten eine Familie gründen können. Aber sie hat alles kaputt gemacht, sie wollte ja nur mein Geld ...»

«War das Kind denn von dir?»

Der Pommer richtet sich auf. «Keine Ahnung. Sie hat es wohl gesagt, aber ...»

DING DONG

«Das ist Frau Freitag, Moment, ich mach grad mal die Tür auf.»

Der Pommer liegt schon wieder mit dem Kopf auf dem Tisch. Ich glaube, der ist sich dessen gar nicht bewusst, was er mir da eben anvertraut hat. Hoffentlich hat Frau Freitag eine Idee.

Frau Freitag huscht halb gebückt durch die Tür. Es sieht sehr konspirativ aus, sie reibt sich die Hände.

«Da bin ich! Wo ist der Pommer?»

«Pscht, Frau Freitag, nicht so laut. Er sitzt am Küchentisch und heult. Was machen wir bloß mit ihm?»

«Frl. Krise. ALSO! Ich hab mir was überlegt. Wir machen erst mal gar nichts. Wir tun so, als ob nichts wäre, essen Pizza und füllen ihn dabei ab und quetschen ihn ein bisschen aus. Dann kann er später nicht mehr leugnen. Wir sind Zeugen. Du hast doch noch Alkohol im Haus?»

«Ja, klar, außerdem hat er Scotch mitgebracht!»

«Na prima. Wenn er dann richtig over ist, rufen wir die Polizei an!»

«Nee, Frau Freitag, mir wär lieber, wir setzen ihn in ein Taxi und lassen ihn nach Hause fahren. Und DANN rufen wir die Polizei an. Die können ihn doch in seiner eigenen Wohnung festnehmen – ohne dass wir dabei sind. Ist doch viel besser, wer weiß, was das sonst noch für einen Auflauf im Haus gäbe! Und womöglich wehrt er sich und schlägt mir die Bude kurz und klein. Wie findest du meinen Plan?»

«Hm, ja ... ich weiß nicht recht ...»

«Okay, komm, wir müssen erst mal reingehen, sonst schöpft er Verdacht. Und benimm dich bitte ganz normal, Frau Freitag.»

«Ja, mach ich!»

Frau Freitag strafft sich, lächelt künstlich und stößt die Küchentür auf.

«Hallihallo, Peter! Hast du dich auch zum Essen eingeladen? Mensch, hier riecht's aber gut. Ist die Pizza bald fertig, Frl. Krise? Ich hab tierischen Hunger.»

80

Frl. Krise ist schrecklich nervös. Fahrig wuselt sie um uns herum, stellt Teller auf den Tisch, schiebt das Besteck klirrend hin und her und gießt dem Pommer Scotch nach. Ich trinke Wasser, eine muss ja klaren Kopf bewahren, schlimm genug, dass Frl. Krise eine Flasche Rotwein entkorkt und hastig ein Glas hinunterstürzt.

Der Pommer sitzt am Tisch und sieht mich mit glasigen

Augen an. Er fragt sich bestimmt, ob ich schon Bescheid weiß. Ich muss ihn auf andere Gedanken bringen.

«Nächste Woche ist schönes Wetter angesagt. Was ich dich schon lange fragen wollte, Peter, hast du eigentlich immer noch das Boot am Müggelsee?»

Er nickt stumm.

«Ich würde ja schrecklich gerne mal wieder segeln», sage ich und seufze verträumt.

Keine Reaktion. Frl. Krise guckt mich irritiert an. Sie hat sich gerade riesengroße wattierte Handschuhe angezogen und sieht total albern damit aus.

«Kannst du mich nicht mal mitnehmen, wenn du demnächst wieder rausfährst, Peter? Das wäre soooo cool. Ich kann segeln, ich hab sogar den A-Schein!» Das ist glatt gelogen, aber wie die Sache steht, werde ich meine Kompetenzen in Sachen Schifffahrt zumindest in seiner Gegenwart kaum noch unter Beweis stellen müssen. Der kommt doch todsicher morgen in den Knast.

Der Pommer schweigt einen Moment, sagt dann aber erstaunlich klar: «Wenn ich noch mal ... ja ... gerne, Frau Freitag.»

Die Krise scheint überhaupt nicht zu checken, was ich mit meinen blöden Fragen will, das kann ich ihr sogar von hinten ansehen. Sie guckt in den Backofen und verkündet: «Noch fünf Minuten!»

Der Pommer erhebt sich schwer, bleibt etwas wackelig neben dem Tisch stehen und ruckelt mit angelegten Unterarmen seine Hose hoch. «Ich, ich ... wo ist denn die Toilette, Frl. Krise?»

Frl. Krise schreckt zusammen und lässt die Backofentür mit einem Knall zufallen.

«Gleich rechts neben der Wohnungstür. Also, äh, von hier

aus links.» Dabei wedelt sie mit ihren Monsterhandschuhen, als wolle sie ein Flugzeug einparken. Der Pommer zockelt schnaufend ab.

«Und? Was denkst du?», fragt Frl. Krise und lässt sich schwer auf Pommers Platz sinken. Sie hebt sein Glas hoch und schnüffelt daran.

«Trink das bloß nicht!», sage ich warnend. Fehlte gerade noch, dass sie sich auch noch volllaufen lässt. Am besten bringe ich den Scotch mal außer Reichweite.

Frl. Krise seufzt und stellt das Glas wieder ab. «Nein, keine Angst, ich trink nicht gerne Scotch. Eigentlich bräuchte ich dringend einen Cognac! Ich bin mit den Nerven am Ende, Frau Freitag!»

«Jetzt übertreib nicht, Frl. Krise – es ist noch alles im grünen Bereich! Der Pommer ist doch ganz friedlich! Und er will mit mir gar nicht über den Brand reden. Entweder hat er schon verdrängt, dass er dir das erzählt hat, oder er glaubt fest daran, dass du ihn nicht verrätst.»

«Ich hab so Angst, dass er auch der Mörder ist, also dass er Jessica umgebracht hat», flüstert Frl. Krise. «Vor dem Brand, meine ich natürlich!»

«Glaub ich nicht! Nicht der Pommer!»

«Dein Wort in Gottes Ohr! Wenn er es nicht war, kommt er aber auf jeden Fall wegen Brandstiftung in den Knast und ... und vielleicht noch wegen unterlassener Hilfestellung.»

«Hahaha, Hilfestellung macht man nur beim Sport. Hilfeleistung heißt das, Frl. Krise. Aber Hilfeleistung fällt weg, wenn sie tot war. Toten kann man sowieso nicht mehr helfen. Und wie sieht es mit Spurenverwischung aus? Ist das strafbar?»

«Keine Ahnung. Frau Freitag, woher soll ich das wissen?»

«Ich frag mich – wenn er nur der Brandstifter und nicht der

Mörder von Jessica war, wer war es dann? Und vielleicht kennt er den Mörder? Vielleicht hat er ihn noch gesehen! Vielleicht hat er ihn ja sogar überrascht!»

«Könnte gut sein. Auch das noch! Komisch, die Polizei scheint ihn gar nicht richtig auf dem Schirm zu haben, in der Akte stand kaum was von dem Pommer, oder kannst du dich an was erinnern, Frau Freitag? »

«Nee! Nicht dass ich wüsste.»

«Ach, die Akte ... und der dumme Stick von Hava. Von dem hatten wir auch nicht viel.»

Frl. Krise springt hektisch auf und wühlt in einer Schublade. «So, ich glaube, es ist gleich so weit mit der Pizza. Wo ist denn ... wo hab ich denn ... ah, da ist er ja.» Sie hält einen Pizzaroller in der Hand. «Neu! Den hab ich übrigens von der Nolte bekommen.»

«So was schenkt die dir?»

«Ja, zum Geburtstag, sie sagt, das wäre der Porsche unter den Pizzarollern, sauscharf!»

Sie reißt die Backofentür auf.

DING DONG

Frl. Krise fährt zusammen. «Wer ist das denn!?»

Ich kann es mir schon denken. Da kommt bestimmt Rita! Auf die kann ich jetzt aber dankend verzichten – der Pommer reicht mir gerade.

«Basti kann es nicht sein», überlegt Frl. Krise. «Das Fußballspiel fängt doch erst um acht an. Und außerdem hat er einen Schlüssel.»

DING DONG

«Mach nicht auf, Frl. Krise! Lass es klingeln, ist doch egal.»

«Ja, du hast recht.» Frl. Krise klappert mit den Augendeckeln und trippelt aufgeregt hin und hier.

«Hol mal lieber die Pizza raus, ich finde, sie riecht schon ein bisschen verbrannt.» Das stimmt zwar nicht, aber ich muss die Krise beschäftigen, arbeiten beruhigt ja bekannterweise.

Gott sei Dank hat es aufgehört zu klingeln, nee, zu gongen, muss man hier wohl besser sagen. Warum Männe diese komische Klingelanla...

Die Küchentür öffnet sich. Der Pommer tritt langsam in die Küche und hinter ihm im Türrahmen steht ... Rita.

81

Ich bin fassungslos. «RITA, DUUU? Wieso ...»

«Ja, hallo, guten Abend, Frl. Krise! Hat Frau Freitag dir nicht gesagt, dass ich vielleicht noch komme?» Rita sieht etwas verlegen von mir zu Frau Freitag.

«Äh ... doch, ich hab ihr ... äh ... ich war noch nicht dazu gekommen!», stottert Frau Freitag.

Rita verzieht ihr Gesicht. «Ist es denn okay, wenn ich hier einfach so reinplatze? Du meintest doch, ich könnte ruhig ...»

Soso, Frau Freitag meinte also! Spinnt die jetzt völlig? Leute einladen und mir nichts davon sagen ... Aber ich muss mich zusammenreißen und das Beste aus der Situation machen, mitteleuropäische Höflichkeitsnormen beachten und so weiter. Also freundlich nicken und auf den Tisch zeigen.

«Ist alles okay, Rita, Frau Freitag ist manchmal ein bisschen vergesslich. Schön, dass du da bist. Und du siehst, wir haben noch mehr Besuch! Setz dich, bitte.»

So, und der Freitag verpasse ich noch unauffällig einen messerscharfen Seitenblick, damit sie weiß, was ich von ihr halte.

Rita lächelt erleichtert. «Na, dann ist es ja gut. Weißt du, Frl. Krise, der Simon kam überraschend mit seiner Freundin, und die haben gesagt, ich soll mir mal einen Abend freinehmen, und da dachte ich, ich könnte ja doch noch zu euch ... aber als keiner aufmachte ...»

«ICH hab auf den Summer gedrückt», nuschelt der Pommer und sinkt schwerfällig auf seinen Stuhl. «Dachte, ihr habt's nicht gehört.»

Ach, der Herr Brandstifter hat aufgemacht! Das wird ja immer besser. Jetzt lässt der schon jeden, der klingelt, in die Wohnung!

Frau Freitag zwinkert mir zu und macht eine kleine Kopfbewegung Richtung Tür, dann steht sie auf und geht aus der Küche. Was war das? Wollte sie, dass ich ihr folge, oder was? Da kann sie lange warten – bestimmt will sie mir jetzt erklären, warum sie Rita eingeladen hat und wieso und weswegen. Nee, dafür hab ich keine Zeit. Ich muss dringend die Pizza aus dem Backofen holen, sie verbrennt sonst wirklich.

Mann, die Pizza sieht echt gut aus! Schade, dass außer Rita bestimmt keiner Appetit hat.

Der Pommer sieht sich suchend um. «Wo ist mein Scotch, Frl. Krise?»

Ich überhöre das, aber Rita springt auf und angelt die Flasche von der Fensterbank, wo Frau Freitag sie vorhin abgestellt hat.

«Der hier? Könnte ich vielleicht auch ein Gläschen haben?», fragt Rita.

Oh nein, jetzt will die sich auch noch besaufen! Wundern würde es mich nicht, schließlich ist sie genau wie der Pommer in Trauer, im seelischen Ausnahmezustand sozusagen. Aber besonders verzweifelt kommt sie mir nicht vor.

«Wir haben auch Wasser, Saft und Bier, Rita», sage ich. «Gläser stehen da oben auf dem Bord!»

«Danke, Frl. Krise. Ich nehme lieber einen Scotch, wenn ich darf!» Rita gießt sich schon, ohne auf Erlaubnis zu warten, einen Doppelten ein.

Wo ist Frau Freitag? Was macht die da draußen? Die soll hier sein und mir helfen.

Ach, da kommt sie. Sie schiebt ihr Handy in die Hosentasche.

Wortlos setzt sie sich an den Tisch.

Die Pizza ist der helle Wahnsinn, sie ist echt tausendmal besser als alles, was man rundherum bei den Italienern bekommt. Rita scheint es zu schmecken, jedenfalls haut sie richtig rein, der Pommer isst dagegen ohne jede Gemütsregung, Frau Freitag säbelt etwas lustlos an ihrem Stück herum, und ich muss mich zwingen, etwas runterzuwürgen.

Eine komische Stimmung ist das hier ... kein entspanntes Geplauder, kein fröhliches Zuprosten – nur das Schaben der Bestecke auf den Tellern und ab und zu ein Satz à la: «Kann ich mal bitte das Salz haben?»

Der Pommer belauert Rita – er zählt jeden Schluck, den sie von *seinem* Scotch trinkt –, Rita tut ganz locker, und Frau Freitag und ich beobachten die beiden.

Weil ich dieses angespannte Schweigen nicht mehr ertrage, sage ich: «Rita, wie geht es eigentlich dem Paul?»

Oh nein! Warum habe ich denn jetzt damit angefangen? Der Pommer hebt den Kopf, und Rita fährt zusammen.

Frau Freitag versucht meine Frage zu neutralisieren: «Ach, na ja, Frl. Krise, da brauchen wir uns eigentlich gar nicht drüber unterhalten – man kann sich's ja vorstellen.»

Aber Rita steigt auch schon voll ein: «Bärchen hat's eigentlich ganz gut weggesteckt. Zuerst hatte er natürlich einen

Schock, ich meine, sie haben ihn ja auch verhaftet. Aber die Klinik, in die er kam, war voll in Ordnung. Er hat neue Medikamente bekommen, und es soll ihm schon viel bessergehen. Er ist natürlich immer noch sehr sauer auf mich, aber er ist ja auch ein kranker Mensch, da muss man Nachsehen haben.»

«Du ... du ... bist ja ... eine richtige ... SCHLANGE!», sagt der Pommer angewidert.

«Wie bitte? Was soll das denn heißen?» Rita schüttelt den Kopf und starrt ihn an.

«Reg dich nicht auf, Rita, du siehst doch», ich lege meine Hand auf ihren Arm und weise mit dem Kinn auf die Scotchflasche, «er ist nicht mehr ganz auf der Höhe!»

«Ich war noch nie so sehr auf der Höhe wie jetzt!», faucht der Pommer. «Wie würdest du denn eine Frau bezeichnen, Frl. Krise, die einen guten Freund anzeigt? Wegen Mordes?! Eine miese Verräterin ist das, sonst nichts!»

«Ich hab das doch nicht böse gemeint, ich wollte doch nur den Mörder ...» Rita schluckt, und ihre Augen füllen sich mit Tränen. «Ich hab das mit dem Handy doch nur der Polizei gemeldet, weil ich dachte, der Verbrecher, der meinen Kalle erschlagen hat, wollte es dem Bärchen unterschieben.»

«*Ich hab das doch nicht böse gemeint!* Pah!», höhnt der Pommer und rutscht wütend mit seinem Stuhl ein Stück vom Tisch weg. «Tu doch nicht so scheinheilig! Der kranke Junge ist dir doch ganz egal! Du gehst doch über Leichen!»

«Bitte, Peter!», sage ich leise. «Es reicht! Ich glaube, du hast ein bisschen zu viel getrunken! Ich bestelle dir am besten ein Taxi, und du fährst schön nach ...»

«Lass mich in Ruhe! Wenn ich ein Taxi will, bestell ich mir das selbst.» Der Pommer springt auf, er schwankt und hält sich am Tisch fest. «Ihr wisst ja gar nicht, mit wem ihr es zu tun habt! Diese Schlange! SIE ist doch schuld an allem. SIE hat doch ihren Mann in den Ruin getrieben! Ja, der arme Kalle ...! Immer mehr wollte sie von ihm, immer mehr, immer mehr – SIE hat ihn doch angestachelt, krumme Geschäfte mit diesen unsauberen Leuten zu machen, SIE wollte doch das Bratwurstimperium, SIE wollte endlich Geld sehen, Geld in der Hand haben! Dabei hat sie ...»

«Ach ja? Sehr interessant, Herr Pommer, wirklich! Und woher wissen SIE das alles so genau?» Rita ist nun auch aufgesprungen. Ihre Tränen sind versiegt, ihre Augen funkeln zornig.

«Von wem wohl? Jessica hat's mir erzählt! Bei der hat sich dein Kalle ja ausgeheult, als sie noch zusammen waren!»

«Ach, diese kleine miese Schlampe, die es mit jedem getrieben hat, sogar mit IHNEN!»

«Ich stopf dir gleich dein freches Maul!» Der Pommer macht einen unsicheren Schritt auf Rita zu.

Hilfe! Vielleicht sollte ich sofort ein Taxi bestellen, bevor das hier eskaliert! Frau Freitag fasst den Pommer an den Oberarmen und schiebt ihn sanft, aber bestimmt auf seinen Stuhl zurück. Der Pommer atmet schwer und schlägt sich die Hände vors Gesicht. «Jessica, Jessica ...», flüstert er.

Rita lässt sich auf ihren Stuhl fallen und nestelt an ihrer Handtasche herum. «Frl. Krise, tut mir leid, aber ich muss jetzt eine rauchen. Guck mal, wie ich zittere! Und dann gehe ich nach Hause! Ja! Ich lass mir doch nicht von diesem Widerling ...»

«Diesem WAS?» Der Pommer hebt seinen Kopf.

«Sie haben schon ganz richtig gehört, Herr Pommer! Und glauben Sie bloß nicht, dass die Jessica es ernst mit Ihnen gemeint hat, die hat doch alle vera...»

«Halt's Maul!» Der Pommer fährt hoch. «Du sagst nichts gegen Jessica! Kein Wort! Du hast doch keine Ahnung!»

Rita lacht schrill auf. Ihr Gesicht ist verzerrt. «Nee, alles klar! ICH hab ja keine Ahnung! Aber DU! DU bist ja der große Checker! Du bist doch zu blöd, um IRGENDWAS zu kapieren, Pommer! ALLE hat die doch verarscht, die Jessica! ALLE! Sogar mit dem Sturz von der Leiter hat sie ...»

82

Rita verstummt und schlägt die Hand vor den Mund.

STURZ VON DER LEITER?

Der Sturz von der Leiter ... davon weiß doch niemand! Es stand in keiner Zeitung, wurde in keiner Sendung erwähnt. Wir sind auch nur im Bilde, weil Ömür sich damals bei Frl. Krises Vernehmung verplaudert hat. Die Polizei hält dieses Detail aus ermittlungstechnischen Gründen geheim, hat Emre gesagt und mit Ömür geschimpft, dass er es preisgegeben hat. Frl. Krise hat dann geschworen, es niemandem zu erzählen, und daran hat sie sich gehalten – nur mir hat sie es natürlich gesagt.

Klar, der Pommer weiß es auch, er hat ja Jessica am Fuße der Leiter gefunden, aber Rita? Rita kann nichts von einer Leiter wissen – unmöglich ... außer sie ist ... Ist sie etwa Jessicas Mörderin? Hat sie Jessica von der Leiter geschüttelt? Oder könnte der ...

Frl. Krise steht langsam auf. Wie eine Schlafwandlerin bewegt sie sich um den Tisch herum. Sie bleibt vor Rita stehen und fragt tonlos: «Die Leiter ...? Woher weißt du davon? Hast du sie umgebracht?»

«Quatsch!» Rita schlägt die Augen nieder und zieht nervös an ihrer Zigarette. Sie scheint zu tief inhaliert zu haben, denn ein heftiger Hustenanfall schüttelt sie. Sie ringt nach Atem und schlägt sich gegen die Brust. «Nein!», presst sie mühsam hervor. «Ich war's nicht!» Sie ist blutrot im Gesicht, Tränen laufen aus ihren Augen, sie springt auf, beugt sich weit nach vorne, röchelt und japst.

Der Pommer ist völlig erstarrt, nur seine aufgerissenen Augen verraten, was in ihm vorgeht. «Du warst es?! Du?!»

«Moment mal», sage ich, «langsam, langsam mit den Verdächtigungen, Leute. Lasst sie doch erst mal wieder zu Atem kommen!»

Frl. Krise versucht, Rita auf den Rücken zu klopfen, aber die wehrt das ab und wirft sich auf den nächstbesten Stuhl. Endlich lässt der Hustenreiz und damit auch die Luftnot nach.

Rita ist total mitgenommen. «Verschluckt ...», krächzt sie.

«Trink mal was!» Frl. Krise reicht ihr ein Glas Wasser. Rita trinkt in kleinen Schlucken, immer wieder von Räuspern unterbrochen.

Der Pommer greift nach seiner Flasche und schüttet sich mit zitternder Hand einen Scotch ein. Er trinkt ihn aber nicht, sondern schiebt das Glas zwischen seinen Händen auf dem Tisch hin und her.

«Sie war es», murmelt er, «sie war es, sie war es ...»

Mir schießt ein anderer Gedanke durch den Kopf. Es könnte ja auch sein, dass sie gar nicht die Täterin ist, sondern nur eine Mitwisserin. Jessicas Mörder könnte ihr alles erzählt haben.

«Ich war es nicht», wimmert Rita und hustet noch eine

Runde. «Ich war es nicht!» Es hört sich jämmerlich an. Dann legt sie kurz den Kopf in den Nacken und atmet hörbar mit offenem Mund. Ihre Arme hängen schlaff herab.

Ist das nun Show oder was?

«Alles okay?», fragt Frl. Krise.

«Ja, so lala», sagt Rita und schüttelt sich ein bisschen. «Ich ... ich geh jetzt nach Hause!»

«Stopp!», brüllt der Pommer so laut, dass wir alle zusammenzucken. «Du gehst nirgendwohin, du sagst uns jetzt erst, wer ...»

Rita schlägt die Hände vors Gesicht. «Ich war es nicht», jammert sie, «ihr müsst mir das einfach glauben!»

«Ich glaube dir! Aber du musst uns sagen, von wem du das mit der Leiter weißt!»

Frl. Krise streicht Rita über den Rücken, spricht milde wie eine Pastorin, die einer reuigen Sünderin die Beichte abnehmen will, und Rita seufzt tief.

«Du weißt es von Kalle», platze ich plötzlich heraus. Alle sehen mich erschrocken an, und ich bin selbst geschockt. Aber irgendwie ist mir auf einmal alles klar! Kalle war der Täter! Er hat Jessica umgebracht und es Rita erzählt. Wer sonst sollte mit ihr darüber geredet haben? Alle unsere anderen Verdächtigen bestimmt nicht, die kannten Rita ja nicht mal.

Rita schaut auf, ihr Blick ist gehetzt, sie zittert am ganzen Körper.

«Kalle hat sie umgebracht?! Dieses Schwein!», stöhnt der Pommer, «dieses miese Schwein ...»

«Peter, jetzt reiß dich zusammen!», sagt Frl. Krise streng.

Rita ist ganz in sich zusammengesunken. Frl. Krise reicht ihr Pommers Scotchglas, das immer noch gut gefüllt ist, und Rita stürzt es mit einem Zug hinunter. Ich befürchte schon wieder einen neuen Erstickungsanfall, aber sie schließt nur kurz gequält die Augen und schnappt nach Luft.

«Er hat sie ... es war ein Unfall!», sagt sie dann mit belegter Stimme. «Sie ist von der Leiter gestürzt.»

«Tatsächlich? Woher weißt du das?», fragt Frl. Krise.

Rita schluckt schwer. «Von Kalle. Als er kam, war sie schon tot. Er wollte eigentlich noch mal mit ihr reden», sagt sie. «Weil sie schwanger war und so, er wollte, er wollte ...» Sie schluchzt auf. «Ein neues Leben wollte er mit ihr anfangen ... mit dieser billigen Nutte ... und dabei hab ich ihn doch gelie...»

«BILLIGE NUTTE?!» Der Pommer springt auf. Zitternd vor Wut tritt er gegen Ritas Stuhl. «Sag das nicht noch mal! Jessica konntest du doch nicht das Wasser reichen! Und das wusstest du! Du warst eifersüchtig auf sie ohne Ende! Du hast den Kalle doch als deinen persönlichen Besitz angesehen, und als er dir dann laufen ging, hast du alles getan, um ihn zurückzubekommen!»

Was der Pommer da sagt, hört sich schlüssig an. In meinem Kopf überschlagen sich die Gedanken ... War es doch Rita? Hat sie Jessica auf dem Gewissen?

Rita und Pommer stehen sich auf einmal gegenüber wie zwei Kampfhähne. Frl. Krise umtänzelt sie, so gut es in diesem engen Raum geht, und versucht sie auseinanderzuhalten. Sie zieht an Ritas Arm, aber die befreit sich mit einem Ruck und schreit den Pommer an: «Was redest du da? Kalle wäre zu mir zurückgekommen, wenn ich es gewollt hätte!»

«Rita! Moment mal!» Frl. Krise schiebt sich vor Rita. «Ich komm gerade nicht mehr mit. Du hast Kalle also noch einmal gesehen, bevor er starb. Und da hat er dir erzählt, dass er zu Jessica in die Schule gegangen ist, um sie zu bitten, mit ihm ein neues Leben anzufangen? Mit Liebe, Kind, Familie und allem, was dazugehört? Dich und deinen Sohn wollte er endgültig verlassen ...»

Ritas Gesicht verzerrt sich vor Hass: «Ja, mit dieser Bitch! Dieser verlogenen Bitch! Das Kind ... das Kind! Sie hat Kalle gesagt, sie hätte das Kind abgetrieben, dabei stimmte das gar nicht. Stand doch in allen Zeitungen, dass sie noch schwanger war!»

«Mein Kind!», heult der Pommer auf. «Es war mein Kind!»

«Aber Kalle hat ihr den Abbruch geglaubt», sagt Frl. Krise langsam. «Und da hat er plötzlich kapiert, dass sie wirklich nichts mehr von ihm wollte. Er ist ausgerastet und hat sie von der Leiter geschüttelt! So war es, oder?»

Rita nickt. Sie ist leichenblass und starrt vor sich hin.

«Und als sie dann tot oder bewusstlos am Boden lag, ist er abgehauen. Er hat dich angerufen, und du bist zu ihm in die Laube gefahren, und da hat er dir alles erzählt.»

«Ja! Er wollte, dass ich ihm helfe», sagt Rita tonlos.

«Und du hast gesagt, okay, Kalle, ich helf dir??», frage ich ungläubig.

Rita schließt ihre Augen und schweigt. Dann flüstert sie: «Ich habe gesagt, komm zu mir zurück, Kalle ... wir beide können ... ich mach alles, was ...»

«Aber dein Mann wollte dich nicht mehr!», unterbricht sie der Pommer. «Er hatte kein Interesse mehr an der tollen Rita! Gib es zu! Und da hast du rotgesehen! Du hast ihn niedergeschlagen ... mit einem Hammer oder einem Holzscheit oder was weiß ich, was dir da gerade in die Hand kam in der Laube. Du ... du, du mieses Stück Dreck!»

Plötzlich kommt Leben in Rita, sie dreht sich, es blitzt etwas auf in ihrer Hand, es fährt durch die Luft, rast durch Pommers Gesicht und über seine Brust, Blut tropft zu Boden, und der

Pommer schreit auf und sieht fassungslos an sich herunter. Er blutet wie ein Schwein.

Im selben Augenblick ist auch schon Frl. Krise in Ritas Würgegriff. Der Pizzaroller zittert dicht neben Frl. Krises Hals.

«Aus dem Weg», schreit Rita mich an und schiebt Frl. Krise vor sich her in Richtung Tür.

83

Rita hat mich im Schwitzkasten, ganz fest, mein Kehlkopf wird zugepresst, ich kriege keine Luft, muss würgen, kotze fast, der Pommer schreit wie am Spieß, und irgendwie ist alles voller Blut hier – ein Albtraum – das muss ein Albtraum sein. Und dieser Pizzaschneider da an meinem Kinn! Vorsicht! Pass doch auf, Rita! Du wirst mich gleich damit aufschlitzen! Rita zerrt mich vorwärts, in ihrer Armbeuge klemmt mein Hals – au, das tut so weh! Was macht die mit mir, was soll das werden?

HILFE! Warum hilft mir niemand?

Frau Freitag! Und wo ist Basti? Basti soll kommen! Bitte!

Vor mir öffnet sich langsam die Küchentür. Ich stemme einen Fuß gegen den Türrahmen, aber Rita ist stärker als ich. Sie stößt mich nach vorne und presst dabei meinen Oberkörper noch mehr nach unten. Ich kann nur noch die Dielen sehen ... die Küchendielen ... die Flurdielen ... den kleinen Teppich ... riesige schwarze Stiefel ... noch mehr Stiefel ...

«POLIZEI! HÄNDE HOCH! LASSEN SIE SOFORT DIE FRAU LOS!»

Geschrei, Gerempel, Geboxe – ein starker Arm umschlingt mich, reißt mich aus Ritas Griff. Wer ... was ... ein Polizist ... wo kommt der auf einmal her, der Polizist? Noch mehr Polizisten füllen den Flur, ein Sanitäter drängelt sich vorbei.

Rita verschwindet aus meinem Blickfeld, der Polizist drückt mich in Frau Freitags Arme, sie hält mich fest und redet auf mich ein. Aber ich verstehe nicht, was sie sagt ...

In der offenen Küchentür erscheint halb gebückt der Pommer – er stöhnt und geht wie in Zeitlupe zu Boden.

Genau vor unseren Füßen.

Neben ihm liegt der blutige Pizzaroller.

Mir wird schwarz vor Augen, die Beine knicken mir weg ... jetzt bloß nicht umkippen!

Frau Freitag stützt mich und befördert mich ins Wohnzimmer auf die Couch.

Oh Mann, ist mir schwindelig. Aber im Liegen geht's schon wieder. Ein Sanitäter kommt und misst Puls und Blutdruck.

«Alles schon wieder fast okay», sagt er und tätschelt meine Schulter, «aber bleiben Sie noch ein paar Minuten liegen.»

Durch die offene Tür sehe ich nur einen kleinen Ausschnitt des Flurs. Mir kommt's vor, als wäre ich im *Tatort*, dabei ist das hier doch meine Wohnung. Polizisten laufen hin und her, Rita taucht kurz auf – in Handschellen – sie wird abgeführt. Den Pommer schleppen sie auf einer Trage vorbei, und von Frau Freitag seh ich gar nichts mehr. Die wird bestimmt vernommen.

Ein Polizist guckt um die Ecke. «Geht's wieder, Frl. Krise? Ich müsste mal wissen: Unten vor der Haustür steht ein junger Mann, der gibt an, bei Ihnen zu wohnen. Ist das richtig? Sebastian Huber sein Name.»

Basti! Endlich!

Basti stürzt herein. «Frl. Krise, ist ja unglaublich, was hier los ist. Vor dem Haus und im Haus ... überall Polizei, und sie lassen keinen rein. Ich musste mit Engelszungen reden, bis endlich einer nachfragte, ob ich hier ... Und der Kollege Pommer! Was hat der denn gemacht? Der wurde gerade in einem Notarztwagen abtransportiert! Und wie siehst du aus? Ganz grün im Gesicht! Du Ärmste! Ist der Herd kaputt? Hat es gebrannt?»

Ach, tut das gut, so bedauert zu werden. Ich schüttele weinerlich den Kopf.

«Nein», sage ich kläglich, «viel schlimmer, viel schlimmer ... der Pommer und die ...» Ich kann nicht mehr und schluchze einfach los. Basti setzt sich auf die Couch, nimmt mich in den Arm, wiegt mich und streichelt meine Wange.

«Frl. Krise?» Schon wieder dieser Polizist! «Entschuldigen Sie bitte die Störung, Frl. Krise, aber, äh ...»

Er tritt langsam beiseite.

Im Türrahmen erscheint eine große dunkle Gestalt.

Sie trägt einen Koffer.

MÄNNE.

84

«Mit 'nem Pizzaroller?», fragt Onkel Ali jetzt schon zum zweiten Mal und guckt mich ungläubig an.

«Ja, wenn ich es dir doch sage. Mitten durchs Gesicht. Das muss man sich erst mal trauen, jemanden so zu verletzen. Diese Rita ... die hat uns wohl alle getäuscht.»

Onkel Ali kann es immer noch nicht glauben, was ich ihm

da erzähle. Ich bin mir auch nicht sicher, dass er meine Ausführungen richtig verstanden hat. Aber das kann er ja alles in der Zeitung nachlesen.

«Hallöchen, alle miteinander!» Frl. Krise betritt den Späti. Onkel Ali stürzt zu ihr und nimmt sie in den Arm. «Mensch, Frl. Krise, bin ick froh, dit dir nüscht passiert is!»

Frl. Krise grinst wie ein Honigkuchenpferd. Sie genießt es offensichtlich sehr, dass Onkel Ali so an ihrem Wohlergehen interessiert ist.

Wenn man mir das Gesicht mit dem Pizzaroller aufgeschnitten hätte, würde er mich dann auch in den Arm nehmen? Und ihr ist ja eigentlich gar nichts passiert.

«Wirklich, Frl. Krise, ick kann mir ja nich vorstelln, wat du für Höllnqualen durchlitten hast. Jetzt setz dir erst mal hin und trink 'nen Kaffee.» Onkel Ali macht sich an der Kaffeemaschine zu schaffen, schüttelt dabei immer noch ungläubig den Kopf und murmelt: «Diese Rita, diese Rita, was ist dit für eine Frau ...»

«Ja. Hätte ich nicht heimlich die Polizei gerufen und die Wohnungstür offen gelassen, dann sähe Frl. Krise jetzt aus wie aus 'nem Horrorfilm.» Weder Onkel Ali noch Frl. Krise sagt etwas dazu. Onkel Ali murmelt weiter vor sich hin. «Diese Frau, diese Rita, also nee, dit jib's wirklich nich.»

Frl. Krise nickt. «Ja, die willst du nicht als Freundin haben. Da hatte der Pommer schon recht. Eine ganz falsche Schlange. Dass die dem armen minderbemittelten Pauli den Mord in die Schuhe schieben wollte ... unglaublich. Auf so was muss man erst mal kommen ... da hat sie erst ihren Ehemann ermordet, nimmt sein Handy mit, sucht sich irgendeinen Typen, der dem Pauli das Handy zusteckt, und zeigt den armen Kerl dann bei der Polizei an, um von sich abzulenken. Wahrscheinlich hat die dem auch suggeriert, dass er den Mord begangen hat. Der Pauli hing doch so an ihr. Wirklich unmöglich, diese Frau.»

Wir schütteln alle den Kopf und sind uns wortlos einig.

«Und dieser Kollege von euch, wat is jetzt mit dem?», fragt Onkel Ali und bringt uns zwei Tassen Kaffee.

Frl. Krise zuckt mit den Schultern. «Der Pommer? Ich glaube, das wird nicht so schlimm. Der stand ja in dem Moment, als er die Jessica gefunden hat, total neben sich. Wahrscheinlich wird sich das strafmildernd auswirken. Außerdem ist der ja jetzt erst mal im Krankenhaus. Ach, mal was ganz anderes, Frau Freitag, die Nolte hat mich vorhin angerufen.»

«Und?»

«Sie hat mit dem Fischer gesprochen. Wir können Ende nächster Woche wieder in unsere alte Schule.»

«Endlich!»

«Ja. Und sie meint, der Fischer kommt dann auch wieder.»

«Super. Dann wird alles wieder wie früher.»

«Ja, wie früher. Nur ohne den Pommer.» Frl. Krises Gesichtsausdruck verändert sich kurz. Sie starrt aus dem Fenster. «Und ohne Basti», sagt sie leise. «Der bleibt am Gymnasium.»

«Basti?», fragt Onkel Ali. «Wer is denn dit jetz schon wida?»

Frl. Krise schüttelt heftig den Kopf und legt ihren Zeigefinger auf die Lippen.

«Äh, Basti, also Sebastian Huber. Das war so ein ... also der war neu bei uns. So einer von der Freiwilligen Feuerwehr. Aus Bayern», sage ich schnell, und Frl. Krise lächelt mich kurz an.

«Feuerwehr?» Onkel Ali schüttelt den Kopf. «Die tun hier in Berlin aba ooch jeden unterrichten lassen.» Er schüttelt wieder den Kopf. «Na, wenigstens is allet uffjeklärt.»

«Ja. Zum Glück», sagt Frl. Krise. «Ohne uns hätte die Polizei das nie geschafft, stimmt's, Frau Freitag?»

«Allerdings. Sag mal, findest du das nicht auch komisch, Frl. Krise – Mörder und Brandstifter überführen wir mit links, aber für Diebe sind wir anscheinend zu blöd.»

«Hä? Das versteh ich nicht. Welche Diebe meinst du?»

«Na, Frl. Krise. Hast du schon vergessen, wie alles anfing? Wir wissen doch immer noch nicht, wer damals bei uns im Lehrerzimmer die Sachen gestohlen hat.»

«Frau Freitag. Du hast recht. Da habe ich gar nicht mehr dran gedacht.»

«Ja, siehst du! Also, deine Uhr, die ist ja im Internet angeboten worden und ...»

«Genau. Salesman42 oder 41 oder so.» Frl. Krise denkt nach. «Und ... wenn ich mich richtig erinnere, dann war der Rita dieser Verkäufername nicht unbekannt.»

«Meinst du, das war Kalle? Ich meine, das würde Sinn machen, weil der ja auf deine E-Mail nicht geantwortet hat. Konnte er ja nicht. Er war ja schon tot.»

«Stimmt. Aber ist nicht Raifat mit dem Schulschlüssel von der Nolte bei uns ins Schulhaus gekommen und hat die Beamer geklaut? Wie passt das denn zusammen?»

«Es gibt doch bestimmt irgendwas dazu in den Polizeiakten. Frl. Krise, lass uns die noch mal genau durchgehen.»

Frl. Krise nickt. «Ja. Unbedingt.»

«Du hast doch noch den Stick, oder?»

«Frau Freitag, natürlich habe ich den noch. Zu Hause.»

«Na los. Worauf warten wir noch?»

Frl. Krise guckt mich ungläubig an. «Jetzt? Du willst jetzt nachgucken?»

«Ja klar!»

«Nee, Frau Freitag, tut mir leid. Heute hab ich keine Zeit. Ich muss noch einkaufen. Ich hab Männe versprochen, dass ich für ihn koche.»

«Ach ja. Männe! Was soll es denn geben, Frl. Krise? Bayrischen Wurstsalat?»

Frl. Krise rammt mir ihren Ellenbogen in die Seite. «Haha, sehr witzig, Frau Freitag.»

Frl. Krise und Frau Freitag bei Rowohlt Polaris und rororo

Der Altmann ist tot

Übertrieben tot

Gangster in der Aula

Hurra, hurra, die Schule brennt

Frl. Krise bei rororo

Ghetto-Oma

FSC
www.fsc.org
MIX
Papier aus verantwortungsvollen Quellen
FSC® C083411

Das für dieses Buch verwendete Papier ist FSC®-zertifiziert.